THEORIE DER AVANTGARDE

Peter Bürger

现代性研究译丛

周宪 许钧 主编

先锋派理论

〔德〕彼得·比格尔 著

高建平 译

商务印书馆
创于1897 The Commercial Press

Peter Bürger

THEORIE DER AVANTGARDE

根据苏尔坎普出版社 1980 年第二版译出

总　序

中国古代思想中历来有"变"的智慧。《诗》曰："周虽旧邦，其命维新。"斗转星移，王朝更迭，上下几千年，"故夫变者，古今之公理也"（梁启超）。

照史家说法，"变"有三个级度：一曰十年期的时尚之变；二曰百年期的缓慢渐变；第三种变化并不基于时间维度，通称"激变"或"剧烈脱节"。这种变化实为根本性的摇撼和震动，它动摇乃至颠覆了我们最坚实、最核心的信念和规范，怀疑或告别过去，以无可遏止的创新冲动奔向未来。倘使以此来透视中国历史之变，近代以来的社会文化变革也许正是这第三种。

鸦片战争以降，随着西方列强船坚炮利叩开国门，现代性始遭遇中国。外患和内忧相交织，启蒙与救亡相纠结，灾难深重的中华民族在朝向现代的道路上艰难探索，现代化既是一种激励人建构的想象，又是一个迂回反复漫长的过程。无疑，在中国，现代性仍是一个问题。

其实，现代性不只是现代中国的一个问题，在率先遭遇它的西方世界，它同样是一个难题。鸦片战争爆发后不久，法国诗人波德莱尔以预言家的口吻对现代性做了一个天才的描述："现代性就是短暂、瞬间即逝、偶然"，是"从短暂中抽取出永恒"。同时代的另一位法国诗人兰波,则铿锵有力地呼吁:"必须绝对地现代!"如果说波德莱尔是对现代性变动不居特性的说明的话,那么,兰波的吁请显然是一种立场和态度。成为现代的,就是指进入现代,不但是形形色色的民族国家和社会,而且是千千万万男女个体。于是,现代性便成为现代这个历史概念和现代化这个社会历史过程的总体性特征。

现代性问题虽然发轫于西方,但随着全球化进程的步履加快,它已跨越了民族国家的界限而成为一种世界现象。在中国思考现代性问题,有必要强调两点:一方面是保持清醒的"中国现代性问题意识",另一方面又必须确立一个广阔的跨文化视界。"他山之石,可以攻玉"。本着这种精神,我们从汗牛充栋的西方现代性研究的著述中,遴选一些重要篇什,编辑成系列丛书,意在为当前中国的现代性问题思考提供更为广阔的参照系,提供一个言说现代性问题更加深厚的语境。所选书目,大多涉及现代性的政治、经济、社会和文化诸层面,尤以 80 年代以来的代表性学者和论著为主,同时兼顾到西方学术界传统的欧陆和英美的地域性划分。

作为一个历史分期的概念,现代性标志了一种断裂或一个时期的当前性或现在性。它既是一个量的时间范畴,一个可以界划的时段,又是一个质的概念,亦即根据某种变化的特质来标识这一时段。由于时间总是延绵不断的,激变总是与渐变错综纠结,因而关于现代性起于何时或终于(如果有的话)何时,以及现代性的特质究竟是什么,这些都是悬而未决的难题。更由于后现代问题的出现,现代性与后现代性便不可避免地缠结在一起,显得尤为复杂。有人力主后现代是现代的初始阶段,有人坚信现代性是一个尚未完成的规划,还有人凸显现代与后现代的历史分期差异。然而,无论是主张后现代性是现代性的终结,还是后现代性是现代性的另一种形态,它都无法摆脱现代性这个关节点。

作为一个社会学概念,现代性总是和现代化过程密不可分,工业化、城市化、科层化、世俗化、市民社会、殖民主义、民族主义、民族国家等历史进程,就是现代化的种种指标。在某种意义上说,现代性涉及以下四种历史进程之间复杂的互动关系:政治的、经济的、社会的和文化的过程。世俗政治权力的确立和合法化,现代民族国家的建立,市场经济的形成和工业化过程,传统社会秩序的衰落和社会的分化与分工,以及宗教的衰微与世俗文化的兴起,这些进程深刻地反映了现代社会的形成。诚然,现代性并非一个单一的过程和结果,毋宁说,它自身充满了矛盾和对抗。社会存在与其文化的冲突非常尖锐。作为一个文化或美学概念的现代性,似乎总是与作为社会范畴的现代性处于对立之中,这也就是许多西方思想家所指出的现代性的矛盾及其危机。启蒙运动以来,浪漫主义、现代主义和后现代主义,种种文化运动似乎一直在扮演某种"反叛角色"。个中三昧,很是值得玩味。

作为一个心理学范畴,现代性不仅是再现了一个客观的历史巨变,而且也是无数"必须绝对地现代"的男男女女对这一巨变的特定体验。这是一种对时间与空间、自我与他者、生活的可能性与危难的体验。恰如伯曼所言:成为现代的就是发现我们自己身处这样的境况中,它允诺我们自己和这个世界去经历冒险、强大、欢乐、成长和变化,但同时又可能摧毁我们所拥有、所知道和所是的一切。它把我们卷入这样一个巨大的漩涡之中,那儿有永恒的分裂和革新、抗争和矛盾、含混和痛楚。"成为现代就是成为这个世界的一部分,如马克思所说,在那里,'一切坚固的东西都烟消云散了'。"现代化把人变成为现代化的主体的同时,也在把他们变成现代化的对象。换言之,现代性赋予人们改变世界的力量的同时也在改变人自身。中国近代以来,我们多次遭遇现代性,反反复复地有过这样的深切体验:惶恐与向往、进步与倒退、激进与保守、激情与失望、理想与现实,种种矛盾体验塑造了我们对现代性的理解和判断。

现代性从西方到东方,从近代到当代,它是一个"家族相似的"开放概念,它是现代进程中政治、经济、社会和文化诸层面的矛盾和冲突的焦点。在世纪之交,面对沧桑的历史和未定的将来,思考现代性,不仅是思考现在,也是思考历史,思考未来。

是为序。

周宪　许钧

1999 年 9 月 26 日于南京

目　录

英译本序言：现代主义理论还是先锋派理论*

约亨·舒尔特-扎塞

一 现代主义还是先锋派：初步的划分

1. 波焦利的《先锋派理论》及其局限性

彼得·比格尔这本书的书名会使美国读者想起雷纳托·波焦利于 1968 年出版的同名著作。尽管波焦利的名字现在已很少有人提起了，但他的研究方法的影响仍在最为晚近的关于现代主义、后现代主义和先锋派理论的论述中有所体现。至少，他的方法与目前主要由后结构主义的前提所决定的讨论具有亲和性。由于这个原因，对于由比格尔与波焦利的书所代表的完全不同的思路作出系统

---

    * 作为一个直到现在为止，其所有作品都是用马克·吐温曾出色地描绘过的奇怪的条顿语言写就的人来说，尝试用马克·吐温自己的语言来陈述我的思想，是一个羞辱的经验。因此，我更加感谢琳达·舒尔特-扎塞在翻译方面以及林塞·沃特斯在编辑这个版本方面所给予我的大量帮助。

的阐述，会有助于确定，比格尔的《先锋派理论》一书可以在哪些方面对目前停滞不前的有关现代主义和先锋派的争论产生影响。

这一争论背后存在着一个很少受到质疑的假定，认为先锋派文学来自于对常规的、陈腐的语言与驱除这些陈词滥调的实验性语言形式所作出的区分。这种解释当然并不仅仅存在于对使用语言的艺术媒介的研究之中，在对其他门类的艺术进行批评时，类似的对常规与独创的区分也占据着统治的地位。早在1939年，克莱门特·格林伯格就在论文《先锋派与矫饰》中，无论从论文的题目还是论文的内容上都勾画了艺术批评中的这种倾向。格林伯格这位可能是美国50年代至60年代早期最著名的艺术批评家，选择了这篇纲领性的论文作为他的著作《艺术与文化》（1961）一书的引言，是这种倾向的一个典型的反映。

波焦利也不例外。照他看来，"先锋派"写作对语言创造性的关注的倾向，是一种"对我们公众言语的平淡、迟钝和乏味的必要的反应，这种公众言语在量的传播上的实用目的毁坏了表现手段的质"。因此，玄秘而隐晦的现代小说语言具有一个社会任务："针对困扰着普通语言的由于陈腐的习惯而形成的退化起到既净化又治疗"的作用。[1] 对于波焦利来说，先锋派艺术对"新奇甚至怪异的狂热"[2] 具有一种在我们"资产阶级、资本主义和技术社会的紧张关系中"确定的历史的和社会的根源。[3]

然而，波焦利所谈到的"资产阶级、资本主义和技术的社会"，并不是从（20世纪）20年代，即历史上的先锋派时期才开始的，当然更不是从50和60年代，即后现代主义时期才开始的。波焦利对先锋派的历史和社会起源的探索，使他陷入一个困境之中。他将资产阶级-资本主义社会以及对语言的商业化与贬质化与"先锋派式"的对语言的怀疑主义态度作了比较。如果这种比较成立的话，那么，由于语言在市场上的使用而造成的退化，以及由此激发的批判意识应在 18 世纪后期即已出现。而一旦人们能发现 18 世纪后期和整个 19 世纪资产阶级-资本主义社会与对语言的怀疑主义态度的联系，那么，波焦利对语言的约定俗成性与先锋派的对立的定位能否作为一种"先锋派理论"的出发点，就非常可疑了。这是因为，如果那样的话，先锋派这个术语的使用范围就被扩展到 18 世纪后期，从而成为一个空洞的口号，不再能帮助我们将浪漫主义、象征主义、唯美主义、先锋派和后现代主义等区分开来。

　　我将从第一点，即是否在 1800 年前后存在着对语言的怀疑意识谈起。实际上，人们可以征引出许多出于那个时代的、说明语言的陈腐性是一个社会和历史问题的论述。在 18 世纪末，席勒和歌德决定着手进行一个对非专业创作进行研究的计划。*关于这个计划（这个计划后来没有完成）的笔记写道："所有的非专业创作者都是剽窃者，他们通过重复、摹仿和填充进他们自己的空虚感受，榨干所有语言和思想中原创的和美的东西的生命力，使之归于毁灭。因此，语言越来越充斥着盗窃来的、什么也没有表达的短语和形式；人们会读到整本的具有优美风格却没有任何内容的书。"[4] 人们可以很容易地在 18 世纪最后 25 年的作家作品中找到类似的评

---

　　* "非专业创作"（dilettantism）一词指西方艺术史上的一个重要现象，即那些未经过专业训练的人为着自娱的目的涉猎艺术，主要指原本作为艺术赞助人的一些贵族有时也参与到创作中去。——译者

论。这些早期对语言退化的批评之中渗透着对各种社会历史产物相互联系的意识：资产阶级-资本主义社会、大众文化、诗人反对这些产物的姿态、"高雅"文学故作玄秘的特征，等等。法国的卢梭、德国的莫里茨、席勒和浪漫主义者们，以及（稍后的）英国的华兹华斯和柯尔律治，讨论了劳动的分工及其对文学的影响；现代社会中的异化经验；理性工具化的不良效果；"私利"、"利益"、"虚荣"以及"经济利己主义"等词汇表述的由交换价值所决定的社会相互作用所占据的主导地位。这些社会学的论题对文学和审美理论产生直接影响的原因，与其说是由于伟大作家对社会历史的变迁的敏感，不如说是由于书籍市场对 18 世纪国民经济的重要性[5]，以及作者不得不与通俗文学的大众吸引力相竞争的新经验。[6]这些发展结果导致作家与商业精神，独创性与因循守旧，自律的"高雅"文学与一种致力于从意识形态上再造社会的文学之间的对峙——所有这些都在一种对语言的批判意识中得到表现。波焦利尽管并没有涉及任何社会-历史的细节研究，却对这些发展用一般性语言进行了描述："人们甚至也许会宣称，异化精神氛围的创造（先锋派本身也是如此）是一种至少是明显地受制于由突然的、相当晚近才出现的艺术家的经济地位变化所产生的实际的、意识形态的和精神的结果的现象。"[7]

波焦利清楚地看到，他所提到的社会历史变化，以及作家对这种变化的反应，在 18 世纪后期即已出现："造成先锋派艺术在实质上而非偶然不具通俗性的基础，是对新异甚至奇特的迷恋，这是在典型的先锋派出现之前就有的一种极具浪漫主义特性的现象。"[8]在另一处，他甚至提到德国的狂飙突进运动。然而，他却没有考虑到，如果他所提到的这些特征可以运用到这样长时段的文学，那么，这些特征就不再能成为20世纪先锋派理论的基础。波焦利的标准不论从历史上还是从理论上看都太不具体了，他的论述不能完成作为一个"先锋派理论"所必须完成的起码的任务：以理论的精确性说明20世纪20年代的先锋派艺术（未来主义、达达主义、超现实主义、俄国和德国的左翼先锋派）的历史独特性。

2. 比格尔对艺术史的重构：与波焦利相对照

波焦利的论述是普泛的，而比格尔则具有历史的具体性和理论的精确性。比格尔描绘了三种性质上的变化，这使得他能够建构资产阶级社会艺术史发展的三个阶段。资产阶级艺术建立的第一个阶段是由这样一个历史转变所决定的，在这时，艺术家对庇护人的依赖关系被疏离并最终被切断了，转而出现对市场及其所代表的利润最大化原则的非个人性的、结构性的依赖。这一转变说明，在18世纪，资产阶级文化取代了由宫廷所代表的文化。[9]在一个短暂的启蒙运动早期乐观主义狂热时期，作家赞成中央计划，试图规划未来，并压制空间上和时间上边缘的东西。在此之后，资产阶级的"高雅"文化就为一种对经济活动的抗议并与之划清界限的内在姿态所决定。这些艺术天才们至少从意识形态上将自己与大众，与市场分离开来；艺术在这第一阶段独立于社会之外。然而，在这过程中建立的艺术的自律性至少还没有被认为是一种绝对的分离状态。相反，在18世纪的后期和19世纪早期，艺术一方面自认为拥有了自律性，一方面又继续对社会作批判性思考。席勒的戏剧就很好地表现了这种倾向：这些戏剧取材于被视为具有否定性的现实与包含着变化之希望的未来之间的历史性与哲学性紧张关系。因此，这种并非是绝对的，而只是时间问题的否定与肯定的对立，决定了作品本身的结构，其主人公通过悲剧性死亡而追求道德和谐的原则——它还不能作为一个可适于社会整体的原则而得到实现。这样的文学的目的在于同时达到社会的和审美的效果：它的审美的和心理的力量应在观众和读者那里引起诸如"感性"与"道德"间的和谐一类的条件，这些被认为是个人的和心理的，却又是建立一个理想社会的前提。

在这一阶段，有关社会和语言的艺术批评还没有完全否定通过传达意义而影响社会的可能性。然而，即使在这时，由于艺术的自律地位，后来发展成为艺术与社会绝对对抗的潜在因素已经存在了。正如马尔库塞在他的《文化的肯定性质》（1937）一文中所说，艺术的自律性从一开始就具有一种自相矛盾的性质。单个的作品也许会对社会的反面现象作出批判，但期待社会和谐成为作为个人审美愉悦一部分的心理和谐，则冒着蜕变为对社会的缺点仅仅作一种理智补偿的危险，并由此而恰恰对作品内容所批判的对象作了肯定。换句话说，接受的方式削弱了作品的批判性内容。马尔库塞坚持认为，即使那些最具批判性的作品，由于其体制上与社会实践相分离，也不可避免地展示出一种肯定与否定的辩证统一。

对于比格尔来说，这种艺术在资产阶级社会中不明确的地位，提供了理解近年来艺术史发展逻辑的钥匙。隐含在艺术起作用的自律性方式之中的否定与肯定的矛盾，导致了作家的一种无能为力感，以及一种对他们所掌握的媒介的社会无效性的意识，因而导致艺术家与社会之间更激烈的对抗，特别当肯定因素和补偿因素日益影响读者的反应时。

这一发展极大地改变了艺术家所寻求制造的效果，也改变了制造这些效果的方法——叙述和艺术地处理语言的技术。传统叙事方式描绘数量有限的社会代理人在一个情节中，从故事的开始处于一个社会集团之中到故事最后处于另一个社会集团之中。这种叙事方式只有在记述或者是批判性，或者是肯定性地表示对社会的相互作用具有至关重要的规范或价值时，才有意义。绝大多数现代主义批评家对这种相互关系看得都很清楚。

在《新之衰败》一书中，欧文·豪写道："当一位作家构想出一个情节时，他不言自明地认定，人的行动具有一个理性的结构，他能够探明这个结构，并为他的作品提供一个顺序。但在现代主义文学中，这些假定就出现了问题。一部作品写作的前提是：它所描写的动作并不存在着可靠的意义，或者尽管一个动作能抓住我们的注意力，激发我们的情感，但我们对它的意义的可能性却不能确定，或必须保持不确定。"[10] 从 19 世纪中期开始——大致上是从福楼拜开始——这一倾向不仅变得非常普遍，而且变得非常突出了。欧文·豪的观点中唯一可以批评的是，他把一个社会历史的发展转化成了一个哲学的问题。

美国的文学批评一般将这一巨大的在艺术上对语言和形式朝向怀疑主义的转变确定在 19 世纪中期，这在近年来的艺术史中成为一个重要的分界点——开始了一个通常被说成是现代主义的时期。这种新的怀疑主义，这种对艺术语言能够成为讨论规范和价值媒介的质疑，导致语言从传统的叙述形式中分离出来，而这种观点至少能部分地解决波焦利方法遇到的困难。换句话说，"高雅"文学与商业社会的格格不入已渗透到了它的形式之中。这种文学不再以批评地显示规范和价值的方式来肯定地表现社会，而是以一种相当于思想的游击战的方式对社会及其语言进行攻击。正如欧文·豪所说，现代主义作家"选择骚扰观众，危及他们的最珍视的情感的主题。……现代作家发现他们是在文化已被流行的知觉和感受样式打上烙印的时刻开始他们的工作的；而他们的现代性就体现在对这种流行的样式的反抗，对官方程序的不屈服的愤怒之上。"[11]收集有当时的口号和熟语的福楼拜的《常用观念词典》，从这一立场看，标志着一个艺术史的新时期的来临。这一时期艺术的基本特征对此后的艺术产生了决定性的影响。*

彼得·比格尔否认这一通常被确定在 19 世纪中期的转折点的存在。比格尔发现，美国的有关现代主义的争论，忽略了一个更为彻底的转折，即发展于本世纪初年的唯美主义向历史上的先锋派转折。对于比格尔来说，作为象征主义和唯美主义特征的对语言的怀疑，以及形式与内容关系的转变，是从一开始就植根于"艺术"体制的发展逻辑，即资产阶级社会中具体的艺术交换的体制化之中的。甚至在 18 世纪后期资产阶级文化中的自律性艺术，虽以其内容对社会进行批判，却在形式上（包括艺术交换的体制化）与社会的主流分离了开来。照比格尔看来，这一导致象征主义和唯美主义的发展可以被恰当地描述为将形式转化为内容。当艺术本身成为一个

---

* 福楼拜对一些人们常用的套话表示强烈的不满，于是将这些话搜集起来，成为一个小册子，戏称为《常用观念词典》(*Dictionaire des idées reçues*)，主要目的是为了自娱。这里作者的意思是，并不是这本书本身重要，而是这种对待语言的态度在艺术史上具有重要意义。——译者

问题之时，形式成为艺术品的首选的内容："过去构成资产阶级社会中艺术的体制地位的与生活实践分离的特性，现在变成了作品的内容"（第 91 页 *）。换句话说，照比格尔看来，从 18 世纪艺术自律性，到 19 世纪后期与 20 世纪早期的唯美主义的发展，是艺术与资产阶级社会的分离日益严重的表现。通过这个观点，比格尔显示出了他与在美国流行的关于先锋派历史的观点的界限。他坚持认为，存在于艺术之中朝向艺术独立地位的倾向，既使单个的艺术品，也使"艺术"体制日益走向对自律性的极端强调。对于现代主义常常提到的自从 19 世纪中期以来作家对语言和意义的怀疑，比格尔认为是艺术家对写作技巧、材料的使用，以及对艺术的潜在效果的日益增强的意识而已。这种意识与促进艺术观众的审美敏感从历史上讲构成一种呼应关系。比格尔把这一发展看成是合乎逻辑的、必然的，但却是具有反面意义的，因为它导致一种艺术品语义萎缩的状态。

显然，我在此必须进一步讨论比格尔一个不言自明的预设：仅仅在艺术以某种方式与对规范和价值的涉及社会的讨论相关，并因此与对作为整体的社会的认识相关时，艺术才具有社会意义上的重要作用。对于比格尔来说，维护促使唯美主义文本产生的纯粹的审美经验是毫无意义的。与一些人，例如朱莉娅·克里斯蒂娃不同，比格尔没有提供对现代主义文本所拥有的解构意识形态封闭体的潜力的批判性分析。照他看来，唯美主义艺术不断地切断所有的社会关联，将自身建成纯粹审美经验的媒介："当'内容'范畴萎缩时，

---

* 此处已改为本中译本页码。以下凡未特别注明者，均同此。——译者

人们获得了手段"(第83页)。在《先锋派与矫饰》中,克莱门特·格林伯格描绘了同样的现象:"在将注意力从对题材的日常经验转移开之后,诗人或艺术家将之转移到施展自己技能的媒介上来。"[12]比格尔将这一发展视为本世纪艺术发展的历史前提。唯美主义对艺术自律性及其对建立一个被称为审美经验的独特王国作用的强调,使得先锋派艺术可以清楚地认识到自律性艺术的社会意义的丧失,从而试图把艺术重新拉回到社会实践之中。因此,对于比格尔来说,先锋派的发展与对语言的批判意识无关;它不是在唯美主义中已经存在的倾向的继续。相反,对于比格尔来说,从唯美主义向先锋派的转折点,是由艺术对自身在资产阶级社会中起作用方式的理解程度决定的,是由它对自身的社会地位的理解决定的。历史上的先锋派是20世纪艺术史上的第一个反对"艺术"体制以及自律性在其中起作用方式的运动。在此以前的运动恰恰是以对自律性的接受为存在方式的。因此,这一特点将之与以前所有的艺术运动区分开来。

甚至从这一对比格尔的历史重构的粗略评述,我相信已经清楚地显示出,比格尔做到了波焦利由于其标准而不能做到的事。比格尔给了我们一个具有历史具体性和理论精确性的对先锋派的描述。波焦利的"理论"充其量是一个现代主义理论,解释了19世纪中叶,也许是从歌德和华兹华斯以来艺术生产的某些基本特征而已。不能从质上(而不仅仅从量上)确定浪漫主义与现代主义的区别,是他的书之脆弱之处。然而,波焦利的将现代主义与先锋派等同的倾向,以及将两者都放在"现代主义"标签之下的做法,使英美传统得到了典型的表现。约翰·韦特曼(John Weightman)给予他在1973

年出版的讨论这个论题的著作以《先锋派的概念：对现代主义的探索》的书名，并非是一个巧合。[13] 在欧文·豪的笔下，这两个术语是可互换的（"现代主义作家和艺术家构成了……先锋派"[14]）。

　　将这两个术语等同起来的根源在于不能看到现代主义者与先锋派作家在理论上的侧重点是根本不同的。如果现代主义与先锋派的艺术策略可以被归结为纯粹语言学的否定性策略，人们试图表述一个包罗万象的现代主义理论的做法就会被认为是正当的。波焦利写道，"先锋派看上去给人的印象，以及实际所起的作用，就像一个否定性的文化"，[15] 并且，他有意强调先锋派写作中对语言、文化边界，以及文化变得僵化的各种方式的关注中体现出来的否定性策略。初看上去，试图发展出一种也能作为一种现代主义理论起作用的先锋派理论，似乎是完全能够为人们所接受的。像布勒东那样在超现实主义宣言中对思想与语言惯常形式的单维性所作的"现代主义"攻击，似乎是支持这种观点的很好证据。例如，在第一个"超现实主义宣言"之中，包含了他对陀思妥耶夫斯基的现实主义描写的狂热批评，而这基本上是一个对现实主义使用惯常语言模式倾向的"现代主义"批判。[16] 虽然比格尔也会承认这些类似之处，但他的主要论点与唯美主义与先锋派的差异有关。如果我们注意艺术在现代社会中的不稳固的地位——"艺术"的"制度"——我们就能看到现代主义与先锋派的否定性策略的根本不同之处。现代主义也许可以被理解为一种对传统写作技巧的攻击，而先锋派则只能被理解为为着改变艺术流通体制而作的攻击。因此，现代主义者与先锋派艺术家的社会作用是根本不同的。

　　到现在为止，我所做的还是描述多于分析。在下一节里，我将分析这两种（阿多诺和法国后结构主义者之前的）最为流行的（也最为有趣的）现代主义理论的一些社会的、历史的，以及哲学的先决条件。我愿通过这种方法对彼得·比格尔的理论及其含义进行分析准备基础。

二 诸种主要现代主义理论的 社会与政治含义

人们对先锋派的理解方式可以分为哲学上和历史上的两种。这些方式具有相互对立的人类学的、社会的与哲学的含义。一种是从似乎是无穷无尽地变化着的凝结与分解，再现与生活，形而上的封闭与解构，一般与特殊，量与质的对立出发；而另一种则是从对大众传媒与官方的、意识形态的话语为了统治的需要而毁灭和剥夺个人"语言"的历史观察出发的。这后一种思想方式将被剥夺状态与一种乌托邦状态并置，在这种状态中，被统治的诸社会集团重新对语言进行调整，使它再次成为表达需要及个人与群体的物质性和具体经验的表现。因此，这就与努力在社会上占据统治地位的力量构成了抗衡关系。这里的第一种思想方式一般说来，可包括布勒东、阿尔托、巴特、阿多诺以及德里达等人。第二种思想方式可把布莱希特、本雅明以及内格特与克卢格 *包括进去。如果将彼得·比格尔归入到反对这两种主要的文化政治学的理论的阵营之中，他对现代主义和先锋派历史的独特的重建所包含的政治含义就

---

* 这里指他们合著的《公共空间与经验》一书。请参见注释44。——译者

更好理解了。因此，在对比格尔作分析之前，我将对这两种思想方式作进一步的考察，提出以阿多诺和德里达所代表的第一种思想方式，以及由像波焦利一类的批评家（尽管他们思辨性要较差一点）所代表的第二种思想方式，都必然地趋向于社会的和政治的悲观主义。

1. 阿多诺的现代性理论

阿多诺关于艺术与社会相互关系的概念是由他关于从 19 世纪中叶以来发达的自由资本主义发展的观点决定的。

在近代，交换价值逐渐在社会中占据统治地位，所有的质都被归入到量的等式关系。阿多诺并不将此过程看成仅仅是在近代才出现的，即 19 世纪社会、经济及政治的种种决定所导致的从优雅走向堕落的过程，或看成某种可能避免的过程。相反，这一过程从人类历史出现时就已开始，植根于人的自我保存的内驱力和由这种内驱力产生、并伴随着这种内驱力的理性的矛盾性。在《启蒙辩证法》[17]一书中，阿多诺与霍克海默反思了"理性概念的困境"，即它一方面表示人的一般利益和"自由、人性、社会生活的思想"，而另一方面则是"计算判断的法庭"、"资本比例"、统治工具，以及最合理地利用自然的手段。人在物质上自我保存的必然性决定了工具理性的真理成分（即这种理性的方式"使世界适合于自我保存的目的，并仅仅承认为了使客体成为屈从的材料而只是来自感性材料的对客体的限定"[18]）。但是，理性指向人类自我保存的作用，会出现同样必然的、但却是危险的作为工具的僵化现象。工具理性具有两种形式：作为技术理性以统治自然为目的而发展与作为社会理性向着实施作为社会力量的统治手段的方向发展。

支配自然的欲望在人类历史进程中最初导致了对外在自然所有的特性的剥夺。为了试图从技术和操作方面使用自然，工具理性逐渐将自然看成"他者"，看成可控制之物，并将之归属到由纯粹量的关系构成的概念框架之中："启蒙所承认的存在和事件仅仅是那些可以从整体上把握的，其理想是所有的一切都从属于它的一个体系。"[19]

这一由自我保存的内驱力所预先决定的倾向，照阿多诺看来，是一点一点地逐渐渗透到人的生活的所有领域，包括社会组织（其中个人的相互间关系是由精神力量所决定的），并量化内在自然以适应可在商业上利用的标准化的需要。当"高级的"或自由的资本主义建立以后，这种利用成为一个社会的普遍原则，它寻求用同一原则征服一切："资产阶级社会是由平等所统治的。"[20]

就社会实践而言，上面所提到的与没有提到的思考赋予阿多诺的"批判理论"一种悲观主义的色彩。在《否定的辩证法》中，他写道，人们的"总的状况向着一种匿名性意义上的非个性发展"。[21] 单个的主体所面对的不是作为一个规定性语境的社会（在其中这些主体保持着一种相对的行动自由），而是一种"生活着的人类的总体状况"。也就是说，对于单个的诸主体来说，一个（作为历史辩证法产物的）总主体处于"功能性语境上客观的优先"地位："位于这个总主体核心的是客观状况。"[22] 由于"人类"这个总主体在历史的进程中已屈服于使思想与行为量化的普遍规则，诸主体已陷入量化支配形式的恶性循环之中。仅仅是在这个主体中心意义上，阿多诺谈到了"资本主义制度的日益综合化的倾向，以及其因素被缠绕进一

个越来越全面的功能性语境之中的事实。" [23]

使这种综合在公众那里实现的手段是文化产业。在《启蒙辩证法》中，霍克海默和阿多诺多次提到，公众通过文化产业而日益"完全量化" [24]："在垄断的情况下，所有的大众文化变得一致，而人为框架的边界线开始显露出来。"按照霍克海默和阿多诺的解释，由于在"操纵与反作用需要的循环"之中，"体制的统一性变得日益强大"，对大众的操纵取得了无情的成功。 [25]

因此，艺术可以被理解为不过是一种反抗普遍倾向的、濒临灭绝的媒介而已，它缺乏任何由于内容的可传达性而取得的社会影响。仅仅是一小撮精神贵族仍在借助于某种艺术，拒绝对社会的屈从，准备反击时代所具有的征服性力量。阿多诺（卢卡奇也是如此）坚持黑格尔的原理，认为艺术与社会整体联系在一起。但是，对阿多诺来说，艺术并不反思社会，也不与社会交流，而是反抗社会。他不再将艺术与现实的关系看成是一种富有洞察力的批评，而是看成绝对的否定。"纯"艺术是一种清除所有实用目的的媒介，在其中个体可以（除了实现其他目的外）否定由于工具理性的原因而僵化了的语言上和精神上的陈规陋习。艺术因此而成为在坏日子时冬眠的媒介："艺术中的反社会因素是对确定的社会的确实的否定……［艺术］对社会所作的贡献不是与社会交流，而是某种非常间接的东西——抵抗。" [26]

对这一理论的细读，可以揭示那种批评阿多诺"企图用哲学和意识形态批评取代政治-经济和性-政治的斗争"是徒劳的，正如迈克尔·瑞安（Michael Ryan）所做的那样。 [27] 阿多诺比瑞安和其他左倾的解构主义者更加清楚地看到，一个宣称进步可以在社会之中实现的哲学理论必然也愿为之确定一个社会代表。由于不能在社会中找到这样一个代表，并因而不能保证哲学上的进步，阿多诺得出了一个悲观主义的结论：他必须发展哲学上的冬眠策略。这是阿多诺的社会分析导致现代艺术分期将现代主义的"真正"开端定在19世纪中期的原因：从对词语作为意义的负载者（即当作可成为媒介的规范和价值的负载者）的不信任的角度来看待现代主义的本质与统一性，并将它的全部精力放在否定僵化了的语言和思想形式。在"回顾超现实主义"一文中，阿多诺将20年代历史上的先锋派与一种同社会决裂的现代主义的概念结合在一起：

> 主体，自由地控制自身，脱离所有对经验世界的关注成为绝对之后，暴露出他自身活力的缺乏，暴露出他实际上已经死亡，尽管彻底的具体化使他不得不完全依靠他自身和它的抗拒。超现实主义的辩证图像是主体自由在一种客体不自由状态中的辩证关系。……然而，如果今天超现实主义本身已过时，那是由于人们已经拒绝一种包含在超现实主义的否定性之中的拒绝意识。[28]

超现实主义与所有的现代主义一样，在这里被归结为一种拒斥社会的艺术策略。阿多诺关于现代主义的概念和分期与他的悲观主义的社会分析是同一个硬币的两面。

2. 德里达与现代主义

由于德里达似乎关心纯认识论问题，有关分期和社会分析问题在德里达那里所起的作用与在阿多诺那里显然不同。然而，一旦德里达及其追随者将他的阅读方法运用到纯认识论目的以外的方面时，他们显示出一种基本上与阿多诺一致的现代主义观念。换句话说，一旦德里达超出了对文学分析的认识论反思，阿多诺所明确表述的社会政治学上的悲观主义主题，就隐含在德里达的思想之中了。

德里达很少称赞文学家的思想，但他还是赞扬了两位超现实主义和先锋派的作家安托南·阿尔托和乔治·巴塔耶（Georges Bataille）。我们可以从他对阿尔托关于残酷戏剧的论述出发来看德里达对待现代主义态度的意义："因此我说'残酷'就像我说'生命'一样。"[29] 德里达写道："残酷戏剧不是一个再现。就生命是不可再现而言，它是生命本身。生命是再现的不可再现的起源。……此生命载着人前进，但主要不是指人的生命。后者仅仅是生命的再现，而这是古典戏剧的形而上的限制——人文主义的限制。"[30] 虽然生命作为再现的起源，即作为决定所有艺术材料的结构和所有不同的意义表述的力量和运动，不能被认为是严格的再现的对立面；然而，德里达在这里清楚和干净利落地揭示出来的思想对立结构是极为重要的。

德里达对现代主义戏剧的分析是以一种两分法为基础的。尽管他也许会通过各种辩证的姿态使这一立场得到缓和，但事实的确是如此。他将一种对他来说是积极的，和一种显然是消极的两种形式的戏剧放在一道，显示出了这种两分法的鲜明性。他在"残酷戏剧与再现的封闭性"一文中，以其"神创论"的特点而对"传统的"戏剧表示轻蔑。统治这种戏剧的是"一种原初的逻各斯格局，这种逻各斯不属于戏剧现场，而是从一定距离之外来支配它。只要戏剧的结构追随传统的完整性而表现出下述因素，该种戏剧就是神创论的：一个作者-创造者不在场而离得很远，以文本为武装，关注、组合、制约再现的时间或意义，让后者再现他的那被称为戏剧内容的思想、意图和观念。"[31] 德里达将阿尔托的戏剧与这种完全排他性的戏剧形式作了鲜明的对比。在阿尔托的戏剧之中，"逻辑的和推理的意图以日常的用法表述从而保证其理性的透明度"被削弱并列为从属地位，"以便为了意义而窃取［戏剧之］体"。[32] 这种戏剧取得了一种对生活本身的加入，而不是生活的再现，并通过此"揭示词的内涵、词的响亮度、音调以及强度，即语言和逻辑的表述尚未完全凝冻住的呼叫"，从而构筑戏剧，"其中的喧闹还没有被平息下来变成词句。"[33]

在该文和其他一些文章中，德里达对阿尔托及先锋派戏剧与西方的神创论戏剧的传统，作出了与他自己的哲学与西方哲学的"形而上学"传统同样鲜明的对比。他在先锋派的残酷戏剧实践中，找到了与解构的实践类似的东西。残酷戏剧对再现戏剧的反拨，与解构对形上的封闭体的反拨是一致的。

为了揭示德里达的哲学与现代主义的联系，我必须从该哲学的一些基本特征开始。德里达首先强调的是语言，但语言是作为解决其他问题的手段而得到重视的。

德里达认为，语言是一个区别性的和物质性的系统——它本身从不封闭，也从未达到完善，但却处于永远运动之中。语言本身不仅组织思想，而且还在所有的思想上打下它的印记。换句话说，我们对现实的推论性的认识和评价，是由一个跨主体的语言场所决定的，其建构过程受着一个永不止息却又永不完全成功的、形而上的或以理性为中心的排斥和封闭努力的影响。然而，德里达与其说是对思想是由语言决定这一简单的事实，不如说对这一观点所带来的对构想进行知觉和表意的主体的影响感兴趣。他着手批评，并超越了结构主义的观点，这一观点假定一种自律而封闭的、对人类文化起着普遍决定作用的语言体系。德里达表明，由于从全能化能指系统的观念出发，结构主义这种对体系的设定，同样是掉进了形而上学的陷阱之中。尽管假定这样一个体系被认为是以意义的虚化，以及对作为认识论中心的主体的解构为目的，结构主义仍然在再现体系之中运作，就其原理上讲，这仍然可为一知觉着的主体所利用。通过显示能指的运作是怎样不断地破坏人们捕捉意义的努力（例如比喻和图像的运作），德里达不仅投入到对再现观念的彻底批判之中，而且也对可获得再现体系的知觉着的主体观念进行了批判。这不可避免导致的认识论的后果是，主体不再可被视为一个自明的关于他的意见和知觉的中心。他总是消失在能指的链环和交织体之中。尽管他也许会显示出种种自我美化的意图性，主体作为一个思维的中心必定会被分散在语言场之中，这里所说的是由能指结构，由区别性的语音材料决定的某一语言场的结构。这迫使德里达经常以一种批判的方式阅读其他思想家的作品，证明这些作品对能指的基本意旨形成了特别的压制——这种压制导致从认识论上将主体实体化，成为意志和知识之中心，以及以逻各斯中心或形而上的封闭形式强化被认定为可客体化的体系性知识。

德里达的"重复"与"显现"一类的术语必须在这个语境中来理解。唯心主义认识论的自信的主体将自身看成是自我显现的，即他的显现被认为是由他自己的自律性活动所决定的。这样的自我将语言看成仅仅是迟到的体现与再现某种先前已在他自己的意识中显现过的内容,但却未能认识到,每一个符号都是先验地由它的可重复性所构成的,这种重复性意味着意识是由能指之链先验地编织而成。在一篇评论阿尔托的文章中,德里达写道:"对于我们来说,没有任何词,一般说来也没有任何符号,不是由自身的可重复性构成的。如果一个符号不重复自身,不是已由最初的重复形成区分,就不是一个符号。能指性指称因此必须是理想的——其理想性仅仅是重复的有保证的力量——以便在每次指称同样的物。这就是为什么存在(Being)成为永远重复的关键词,成为神与死对生命的胜利的原因。"[34]

　　有趣的是,正是在这里,一个正面的理想形成了:一种生活的和非重复的理想,它不仅是在后结构主义的解构实践之中,而且是在先锋派的艺术实践之中得到了实现。现代主义的艺术写作实践总是倾向于通过质疑作为中心的作者以实现对意义的解构的,该作者给艺术的创作过程提供意义,并将重点从所指之链转移到能指之链。它偏爱从语言学上讲是生产性的、而非再现性的文本。对于德里达来说,阿尔托似乎最能代表先锋派艺术纲领的积极意义。这不仅仅在于他反对"所有意识形态戏剧,所有文化戏剧,所有交流性的,阐释性的……戏剧所寻求的超越内容,或传达信息",还在于他努力为一种正面的、建设性的戏剧建立纲要和基础,这是由于,"阿尔托工作的深刻的本质,他的历史-形上性决定"是:"阿尔托要完全消除重复……在坚定向前、决不回头的单向性的时间流逝中,非重复性、消费性必须结束使人恐惧的推理性,结束无法回避的本体论，结束辩证法。"[35]

德里达对先锋派的赞扬，正如他自己从哲学上和逻辑上对传统文本进行解构的实践一样，仍然对其对立面，即对唯心主义的认识理论及其所假定的有关自恃的主体的概念有着内在的依赖关系。只要德里达停留在认识论思考的领域，只要在此领域他可以显示唯心主义认识理论的普遍重要性、影响及其缺陷，这种依赖就是可以接受的。但是，一旦他超出了认识论领域，这种依赖的问题就暴露出来了。例如，意在批评或组织社会实践的话语也许不能避免用"形而上的封闭体"来运作。在任何话语中指出形而上的封闭体的认识论研究也许都具有认识论的意义，但它并非必然与对社会实践的哲学反思有关。甚至在颠覆性的唯心主义认识论中，解构思维仍然依赖于"真与假"的对立。通过允许此对立将哲学或理论反思作为整体来构造，它将以"对与错"的（相对）对立为中心而形成的理论化排斥在外。换句话说，后结构主义思想倾向于将有关可能性的实用问题从属于真理问题。这样的运作怎样才能被证明是正当的？难道这足以断言任何利用"形而上的封闭体"而运作的思想都将落入拥有真理的错觉的圈套之中？这个问题似乎在文学批评中显得尤其紧迫，因为它本身就是后结构主义倾向扩展到认识论领域之外的证明。这一扩展决定了，例如，我们所发现的哪一个文学文本对于现代文学潜在的发展或者特别有价值或者具有范式意义。它决定了我们的关于现代主义的观念和评价，以及在"再现"的或语言学上具有生产性的文本之间所作的文化-政治选择；它影响了在不同的公众生活领域中与文学相关的体制性交流。因此，它陷入了社会实践之中而又对此困扰缺乏反思。德里达的现代主义观念的局限性在这里显示了出来。他自己的哲学实践仍是一种否定的策略。它仍依赖于它所解构的对象。问题在于，一旦德里达超出了认识论问题——它也许从属于对真与假的分析——而转向艺术问题，他就不能将艺术与社会实践联系起来，而在这里，真与假的问题必然地要让位于对与错的问题。德里达似乎将行动问题仅仅从属于真理问题。[36]

我愿在此回到阿多诺，以便达成一种与德里达、阿多诺以及他们关于现代性的观念的妥协。我想在此阐述我在本节一开始就提出的想法，即他们关于现代主义的观念是一致的。情况确实是如此，尽管德里达从哲学上对同一性和自我认同的批判初看上去与阿多诺对于特殊性以及自我认同的性质所赋予的积极意义似乎是不相谐调的（阿多诺将自我认同的性质与逻辑上从仅仅是特殊的个体直到工具理性所加在现实之上的最高的一般性所形成的等级制度并置，并且将物理的，以及社会的、人的现实中的因素归结为一个统一化的和量化的过程）。

然而，阿多诺与德里达哲学的基本思维结构是以一些非常有趣的方式相等同的。这种等同远远超出了瑞安与约亨·赫里奇（Jochen Hörisch）所指出的理论上的相似性。[37]

两种哲学都批判一种形而上学封闭体的体系，这种体系由于占据着统治地位而将差异和性质归结为相对同一，并且以一种可互换的同构性而消除异质性。但两种哲学都不以社会实践为指向。我反对那种认为德里达与阿多诺的"主要区别"在于"德里达的批判工具是逻辑的（或哲学-历史的），而阿多诺的工具是社会的"说法。[38] 阿多诺正视他所作的悲观主义的社会分析的后果，排除"工具"能从其社会相关性方面赢得赞赏的可能性。正是由于这个原因，审美理论（以及作为它的思考媒介的艺术）成为阿多诺思想的核心：它训练艺术家与艺术的接受者的"思考力"，而这是艺术"不能单独完成的"，[39] 从而加强了艺术对具有社会性的所有事物的抵抗，这种社会性肯定已被当作具有完全欺骗性的语境。这种对于阿多诺来说必然发生在艺术领域的思考，与德里达敦促我们在哲学领域里从事的解构实践相类似。这两种精神活动都不可能是一种朝向社会进步体制化的实践。在这里，阿多诺与德里达的唯一区别是，阿多诺将陷于象牙之塔的知识分子的困境作为一个主题并将这种境况与自己的社会分析联系起来，而德里达则甚至连他的哲学实践怎样被体制化和与社会建立关联的问题都没有提起。他仅仅是坚持一种理性实践的发展而已。

前面提到的阿多诺与德里达间的差别极其重要。如果有人想反对阿多诺的方法，他就不得不从他的社会分析开始，并通过诸如讨论从历史-政治上与从哲学上看他忽视了另一种社会力量，而证明其结果不精确；而这种社会力量将允许一种对进步（以及政治干预）的设想。阿多诺自己清楚地意识到一种社会力量的存在对于一种"乐观的"、朝向进步的社会哲学的重要性。他后期的社会政治悲观主义和其他一些思想，均来自于他在 30 年代的思想发展使他不再能将无产阶级当作其存在保证进步的历史主体。由于他不能看到任何其他的社会力量（它不一定必须是历史的或普遍的主体，但它包含着，例如，我们的心灵结构及其对一个具体化的"世界"作出的反应），他的后期哲学则把重点放在对理智的冬眠的研究上。如果一个人想拒绝德里达的方法，他就不得不从一个全然不同的方法开始。由于德里达对作为社会实践的解构的体制化问题不感兴趣，人们就不能以对社会动力的历史-政治或哲学的讨论为根据来展开对德里达的批判。因此，对他思想的社会与历史前提的讨论必然要再往前推进一层。它必须开始于他的思想的结构，开始于他用两分法分析概念的过程（例如，他将自我夸耀的、唯心主义认识论的主体与作为能指作用的效果的意义观念作对比）。他的思想实践的结构是以排斥其他的思想可能性，而又不以任何方式来使这种排斥合法化为基础的。这一过程使解构实践扩展到认识论领域的关注以外的可能性受到了限制。即使在这一领域之内，德里达也是极易受到批评的，因为他所攻击的对手——整个西方思想传统——所做的事，正是他在做的事：他仅仅在批判唯心主义认识论和批判认识论的封闭体之时，才获得了论辩的力量，但这么做时，他采用了同样可疑的排斥策略。

　　阿多诺以艺术为媒介的否定实践与德里达的哲学解构，从社会实践方面看，均有其不足之处，但它们各自的原因却略有不同。阿多诺纠缠于动力问题，但在眼下还看不到解决的办法。德里达则对动力问题根本没有涉及。下面，我仅能对阿多诺未能回答，而德里达则根本没有涉及的动力这一关键的问题作出一些提示。然而，在本序言的结尾处，我将更详细地讨论这个问题。

　　有关社会实践的各种理论并非对普遍的"真"，而是对在特定的历史情境下"正确"感兴趣。对社会实践的讨论必须同与行动有关的价值联系在一起。由于任何可能的行动都与历史或实践纠缠在一起，因而行动所依据的价值就决不可能是"绝对的"或"真的"。依我所见，后结构主义理论化的构造和排除的效果是相当典型的：

甚至最爱思考的人，只要经过解构的思维方式训练，也会匆忙地断定，仅仅靠使用"价值"一词，就暗示了某一立场的绝对有效性。文本的以及我们自身的与历史或实践的纠缠使得评价只能在特定历史情势的框架之中进行。这些情势并非在意识形态上均质的。在任何这种框架之中的意识形态立场的差异，是在单一话语之中或在不同话语之间的分裂、不连贯以及矛盾的结果，这可以被视为力求取得优势地位的竞争策略。但是，立场的差异与竞争的过程带来了从政治上与历史上反思这些区别，以及对它们进行比较性估价的可能性。一种将自身从反面加以定义，揭示在特定历史语境中获得优势与加以利用的形式，并触及文本在这场斗争中所起的作用的推理，必然会最终带有倾向性。与这种立场相反，对文学的解构性阅读将总是"局限于……无休止地去除神秘化的苦差之中。"[40]

3. 在阿多诺与德里达对现代主义的论述之外：文学与经验

在一个特定的历史框架之中，某事物是"对"还是"错"的问题取代了它是"真"还是"假"这一认识论的问题。因此，很有可能并不是一个主体先有某"意义"，然后才通过语言表达出来（语言成了我们可使用的工具）。情况也可能"与把握（该主体）所赖以立足的'客观的'世界相反，意识是（主体）从未完全'知晓'或控制的、社会的和无意识的过程所产生的效果；所有为世界所提供的一般性解释模式，从某种程度上讲，都是理论的虚构。"[41] 但是，这与将文学文本当作再现性文本，当作人的行为的模式，以及当作在社会中永不休止地争取解释权斗争的参与者所作的讨论的必要性并不矛盾。

充其量,过分强调认识论问题阻碍了我们看到,文学媒介与文化生产的公众空间将得到社会的高度重视,因为它们使得个人完成他们的物质经验,并尽可能地从"意识上"来对这些经验加以理解。由于其注意力锁定在文本(作为特定的历史情势所预先规定的能指的秩序)和写作(作为这一秩序给我们留下的印记),后结构主义从一开始就排除了存在着一种外在于语言,通过物质的以及文化的再生产而印在我们的心灵(以及身体)之中,写入我们的存在之中的,社会现实的物质组织的可能性。

我的意思并不是说,在语言的帮助下,我们能"准确地"认识社会的物质组织对人类所产生的生理-心理的效果。但是,我前面所述可以意味着,这一效果可以造成一种潜在的它自身与当时通行的"文本"之间的紧张关系,意味着通行的历史情势意识形态(组织进"文本"之中)是被设计来对这种效果加以曲解,并因而建立虚幻满足的前提条件。相应地,这种满足不仅被设计来使种种心理紧张和矛盾得到转移,而且使特定社会中通行的意识形态与经济再生产的制度得以稳定。正如能指的作用与任何拥有意义明确、概念清楚、以理性为中心的话语的要求相矛盾,并消解它一样,物质经验也与历史情势中流行的意识形态相矛盾,并消解它。并且,正像要将形而上的封闭体强加在争取阐释权的斗争之上,试图对能指的作用加以限制一样,通行的意识形态对个体或多或少有意识地理解其物质经验的手段会加以限制。

如果我前面的勾画是真实的话,那么一个时期的占统治地位的意识形态就可以被解释为一种文本统治的策略,其目的在于从被统治的集团、性别、民族,以及阶级那里夺去对于解释它们的处境所必不可少的语言。霍克海默和阿多诺所说的通过文化产业而使公众空间"完全量化"，可以被描述为对异类语言的剥夺。而正是这些异类语言，使个体的经验保持可解释性，不至于使个体沦为"完全等同于普遍性"。[42] 然而，对于阿多诺来说，大众传媒从一开始就通过一种占统治地位的场面、图像与再现而阻碍我们的感性-物质经验的阐释。

　　我愿在此提出并强调的问题是，是否这种彻底占领文化生活的企图必然会成功。这个问题在阿多诺那里，回答是肯定而明确的，而在德里达及解构的文学批评那里，回答同样是肯定的，但却是含蓄的。然而，如果物质的、表达不清的经验存在的话，如果它们的效果是某种心理的紧张或矛盾的话，那么，一定程度的语词上的近似物，以及有意识的理解是可能的。但是，这种理解在何种情况下，以什么样的方式发生？这些经验是存在于意识阈限之下，还是被有意识地进行，依赖于人们进入到生产的公众空间（Produktions öffentlichkeit）之中。生产的公众空间一语表示"话语"与"体制"，它可给个人或社会群体提供一种手段，用以处理潜意识的感觉经验，并学会或多或少是在有意识的和批判的层次上来阐释这些经验。用保罗·德曼的话说，很有可能在"人类学主体间性阐释的行动中，一个根本的差异总是阻止观察者与他所观察的意识恰好吻合"，并且，"同样的差异存在于日常语言之中，存在于使实际的表现与应表现的对象间，以及使实际的符号与符号的所指间的不可能吻合之中。"[43] 然而，人们不应该允许这一个因素，即语言作品起作用的方式这一个方面，转变为仅仅是解释学上的构成要素。我们不能省去为达到一种理解所必须花费的劳动，这种理解也许只能在一种"试验-错误-再试验"的过程中，在一种体制化的"生产的公众空间"中，才能达到。

在他们的著作《公共空间与经验》中发展了"生产的公共空间"概念的奥斯卡·内格特与亚历山大·克卢格认为，只有经过讨论而得到肯定和确证，并被当作集体经验而处理的经验，才能被说成是真正经验到的："当社会经验被组织进去之时，公共空间仅仅拥有使用价值的特征。"[44] 对于内格特与克卢格来说，文学，或者说得更广一点，讲故事，具有重要的功能。对于他们来说，重要的不是对"好的"还是"坏的"故事作出区分，而是区分异质性和同质性。"讲你的故事"意味着你只有在讨论你的经验时才能对这些经验进行处理。当然，故事如果是描绘脱离个人经验的行为模式的话，也能够很容易地服务于文化控制的目的。"抽象"故事，例如霍雷肖·阿尔杰神话 *，在对语言的剥夺方面所起的作用，与意识形态的陈词滥调是一样的。按照内格特与克卢格的观点，现代文化产业通过排斥"语言"作为组织他们自己之经验媒介的方式，从个人那里夺走了用以阐释自我和世界的这些语言。意识产业确实代表了一个生产的公众空间，但这种空间将意识当作"原材料"，并总是试图切断具体的经验与意识的联系。

在这里，最好要对意识做一个交待。在内格特与克卢格的方法中，意识既不是被构想成唯心主义认识论意义上的、进行着真理追求的、静态而自足的中心，也不是后结构主义意义上的、不知道其

---

　　* 霍雷肖·阿尔杰 (Horatio Alger, 1832—1899)，美国儿童文学作家，曾写作近130本儿童文学作品，其中最著名的是《衣衫褴褛的狄克》系列。——译者

作者是谁的文本。意识是意义之历史性的具体生产，它接近于对感
性-物质的经验精确的表述。从这个角度出发，就出现了一个逃脱
将意图分散到一连串的能指之中的机会，因为每一个历史情境都包
含着意识形态的中断并依照或多或少地接近于理解物质经验的程
度来提供思想的选择性。照我看来，今天之文学批评的主要理论选
择，并非在解构的与唯心主义的认识论之间进行，而是在下列两个
问题所表现的立场之间进行：第一，具有"历史的-政治的-经济的-
性的决定性"，即具有其理性与物质身份的自我，是否在实际上"无
异于一个结构上对不可约简的异质性的抵抗"？[45] 或者是第二，存
在着不同程度的对物质经验的概念理解，在其中，暂时的"统一的
概念"大于"为了推迟极端的异质的可能性而制造的文本上的障眼
法"？[46] 如果对第一个问题作出肯定的回答，那么，任何形式的对
一历史情势的实践指向的理解都是不可能的。我相信，只有对第二
个问题作出肯定的回答，我们才能避免意图被分散到能指之链中。
每一个历史情势中的意识形态的断裂，都能使我们发展出思想的选
择，从而接近对经验的理解。

4. 现代主义诸理论以及对当代社会所作的社会学与
    政治学评价：阿尔托、布勒东、巴特

　　我的两个问题与先锋派的理论密切相关，每一个问题及对该问
题的回答都与一种关于先锋派的独特的概念相对应。被准确地描
绘成"响应现代主义文学生产条件"[47]的后结构主义文本理论，赞
同作者"恰恰将创作的'文本性'，意义上的含混性和多义性，指
称材料造成的自律的与扭曲的效果加以突出。"这种理论赞同高度

组织的文本,在其中却无法找到意义。因此,兰波(Arthur Rim-
baud)、洛特雷阿蒙(Lautréamont,本名 Isidore Dukas)、乔伊斯、
罗布-格里耶(Alain Robbe-Grillet)或策兰(Paul Celan,本名 Paul
Antschel)被认为是先锋派作品的典范。像布莱希特这样的作家由
于在他的艺术中为着某种目的使用先锋派的写作技巧而受到称赞,
但这些目的本身却被认为对于从理论上和历史上确定先锋派是无
关紧要的。

只有将先锋派放在文化政治学与意识产业的广阔语境之
中——而且只有看到运用这一体制中的断裂的机会——我们才能对
先锋派获得一个完整的理解。阿多诺与德里达的局限帮助我们认
识到,先锋派与人们一般认为的唯心主义的和唯物主义的先锋派概
念中所固有的差别没有什么关系。两种理论都具有局限性,它们都
将资本主义、资产阶级社会看成是封闭的铁板一块,其中没有任何
空隙允许干预的实践。两种理论都面对这铁板一块而成为一种社
会与政治的悲观主义。

我们可以从德里达、阿多诺、克里斯蒂娃那里看到这种悲观主
义。而且,在罗兰·巴特那里,这种悲观主义也明显地表现了出来,
他谈到现代性时这样写道:"我们现代性作出不懈的努力,以击败
交换:它努力抵抗作品的市场(通过将之排除在大众传播之外)、抵
抗符号(通过免除意义,通过疯癫)……尽管如此,现代性什么事
也做不了:交换使一切都得到了恢复,使格格不入的一切都得到调
整。"[48]如果"资本主义语言的压力"是"偏执的、成体系的、好争辩
的、有表现力的"(对此巴特表示反对),那么,人们就可以具体地、
以一种被赋予新的意义的语言对这种压力进行批判。然而,资本主

义语言却"具有顽强的附着性，是正统（doxa）*，是一种无意识：简言之，是意识形态的本质。"[49]

超现实主义者早已看到语言是受政治与经济制度支配的。在这种制度中，语言起着功能性作用，但正是由于这种作用，它变得封闭和静态。那么，在什么样的情况下才能够让文化圈以我所说的方式来表述经验？只有当存在着印刻于个人身上，却独立于语言，独立于布勒东所谓的"添加图像"的世界之外的物质的社会组织时，文化才能提供这种可能性。经验概念本身必须随着社会是否与语言同一而得到改变。超现实主义似乎倾向于一种社会的与语言的经验同一。布勒东要证实："经验变得越来越封闭。它在一个笼子里转来转去，越来越难表现出来。"[50]

关于现代社会圈住和压抑经验的见解仍然决定着当下对经验与文化关系的讨论。只要看赖纳·内格勒最近的一段论述，我们就可知道："资产阶级公共领域及其传媒机制无所不在的对经验的组织，不仅阻碍新的经验表述方式的出现，而且阻碍对经验本身的表述。如果经验能以其他形式存在的话，那也只可能以否定性的形式出现在文本中，出现在文本的缝隙和断裂处。"对于内格勒来说，晚期资本主义文化的占支配地位的力量"通过经验的全能化和内在化的结构"而起作用。[51]

经验在这里被视为由于社会秩序而枯竭了的无血无肉的抽象的敌人。如果它还有可能作为存在的肯定的方式的话，它也可能已

---

　　* doxa 原系一个希腊词，意思是"正确的意见"。基督教接过了这个术语，使它具有"正统"的含义。这里作者在否定的意义上来使用这个词，故我用"正统"这一描述性的词，而不用"正确"这一评价性的词来翻译它。——译者

变成了仅仅是对情感烈度的个人性的感受。因此，不可能出现某种中介，使得个人从自身对生活烈度的感受转向到对社会的了解上来。所留下的唯一的独特之处仅在于：它暂时物态化了，并且绝不会与社会中的一般性事物联系在一起。

正像我们上面所说，我仍认为，如果一个社会组织以一种语言以外的方式印刻在个人身上，那么，谈论一种感性-物质的经验就是可能的。我发现，甚至在超现实主义者那里，也有着一种他们所要表达的意图中涉及语言和经验的富有成效的矛盾状态。这种矛盾状态在由巴特、德里达、克里斯蒂娃等人所代表的现代主义理论中丧失了。阿尔托曾梦想一种语言，其词汇不再以"抽象性"为其特征："这是用一种独特的自然语言取代口语，而这种自然语言的表现力将与口头语言相同。"[52]

作为一个积极的战术，阿尔托所作的努力与阿多诺、德里达和巴特的悲观主义相比，是非常有价值的。阿尔托想使自然语言具有与语词语言相同的表现潜力，而不仅是给解构提供笑料。晚期资本主义时流行的抽象的语言，既是异化了的主体性的表现，也是它的前提。人们不能使用和依据这样的语言来接近个体的经验。正是由于这个原因，阿尔托致力于发展一种思维，它可以从内部消化独特的经验："[语词]以其本性和明显的特性，一劳永逸地捕获思想，使之麻痹，而不是容纳它，滋养其发展。并且，只要我们生活在一个延续着的具体的世界之中，我就用发展一词表示在实际上延续着的具体的性质。"[53] 阿尔托坚持思想的对象必须是具体而个别的，这还应该与他寻找积极而肯定的表现形式联系起来理解。这种表现不仅避开了在罕见的、拥有特权的、常常是自由受到威胁的时刻（例如通过解构实践）抽象的意识形态词语占据统治地位的情况，并且还有力地更新了我们感受特殊经验的能力："重要的是，通过积极的手段，人们被投入到一种深入而敏锐的知觉状态之中。"[54]

阿尔托与布勒东努力将一个过程颠倒过来。他们希望夺回被夺去的语言。但由于强调特殊（在这一点上他们与阿多诺相似），他们没有能根据经验与语言的辩证法，或者同构性与异质性，来思考这个问题。我们只有停止将语言与社会想成是融合成一个能使人产生错觉的铁板一块时，才可能投身到对它的研究中去。我们必须寻找中断处。我们必须寻找社会与语言之间所固有的滑能损耗（slippage）所提供的可能性。正如我所说的，超现实主义者对经验与语言、社会与主体之间联系的分析所表现出的矛盾状态，有系统地，但却是不幸地被排除在了由巴特、德里达和克里斯蒂娃所代表的现代主义理论之外了。[55]与此相反，瓦尔特·本雅明则认识到超现实主义命题中的积极因素，并进一步发展了超现实主义的经验概念——等一会儿我们将回到这一点上来。

三　关于先锋派理论历史性的问题

1. 为什么马克思主义的现实主义没有提供答案

马克思在他的《〈政治经济学批判〉导言》中写道："异化意欲的实现是任何统治关系的必要条件。"[56]这是对社会环境怎样培养传统叙事形式的一段精彩的总结。只要意欲的社会统治对于维持社会秩序是不可或缺的，传统的叙事就会得到繁荣发展。但是，一旦这种依赖于人的欲望的潜在侵入而形成的统治关系开始成为社会的基本特征,一旦占统治地位的文化开始将各种语言和欲望占为己有,以便使它们"等同"和"量化",某种在此之前所固有的,由实际需要而形成的主体与它们自己的话语之间关系的危机势必要对传统叙事的艺术形式构成威胁。阿多诺与德里达等人提出的现代主义理论,就其所涉及的范围而言,对于我们理解这一危机是有帮助的。他们的解释是有益的,也是正确的,然而,他们做得还不够。

卢卡奇代表着一种我们到现在为止所讨论的现代主义理论以外的方法。在今天,这种方法的强有力的代言人是詹明信(Fredric Jameson)。在写于 1975 年的《文本的意识形态》一文中,詹明信反对巴特的现代主义理论,理由是,这种理论对于风格给予了太多的重视。[57] 詹明信从与消费资本主义联系的角度解释现代主义所具有的对新异性的迷恋与现代主义文学所起的震撼作用。然而,对于詹明信来说,现代主义文学对规范的合法性及其经由叙事转化为公众语言的商品化所持的批判姿态仍是肤浅的。詹明信写道:"现代主义以其反对现实主义话语以及它处于其中的资产阶级世界的极端立场而想象,如果……透过旧的'资产阶级的'范畴而看到世界是坏的,风格的转换就会帮助我们用一种新的方式来看世界,从而形成一种它自身的文化的或反文化的革命。"[58]

詹明信究竟可以带领我们将现代主义问题解决到什么程度?他认为,现代主义在冲破旧有的叙事形式方面,是行进在一条正确的轨道上。但是,他反对那种认为诉诸风格的独创性仅是肤浅的策略的说法。那么,他自己的建议是什么呢?通过对"经验"的参照(见前引书第 223 页),他似乎与人们通常所持的那种文学应描写或反映社会整体的正统马克思主义美学保持了距离。然而, 他又不断地回到卢卡奇的立场。他在著作中反复强调, 卢卡奇是本世纪最伟大的马克思主义美学家, 并时时暗示, 艺术的责任是寻求再造社会整体的可能性。

　　詹明信的立场与卢卡奇过分接近, 因而是不可靠的。任何追随卢卡奇而建立的理论, 都将在两个相关方面妥协。第一, 它不可能超越卢卡奇在艺术品中对有机整体性的要求。这一要求对艺术描述现代社会的矛盾性质构成了严重的限制, 它导致一种对通过破碎的作品性质本身显示现实的分裂和缝隙的现代主义的、先锋派文学的否定态度。第二, 卢卡奇的立场是非民主的, 过分估计了一个先进政党的政治领导作用。这一立场不允许审美的思考开始于独特的经验, 并因而可以通过艺术的媒介来完成。这是因为, 组织起来的先进政党的精英们由于其理性的分析能力, 而被认为处于已经知道什么政治行为是必要的、社会应向什么方向发展的地位。如果这样的话, 艺术在实际上已被贬低到对精英们在此之前已经知道是正确的东西作"优美的"描画而已。[59]

2. 比格尔对他自己的历史重构的历史性的反思

　　对一种将以退隐的姿态而实现自我解放的实践归结为哲学上或艺术上对意识形态的放弃或与之决裂的实践我们不可能感到满意。同样, 对于左翼的艺术进步理论将内容放在核心的地位, 我们也不会感到满意。换句话说, 我们既不会对德里达, 也不会对卢卡奇的思想感到满意。我们需要超越这种无意义的对立, 而正是在这里, 彼得・比格尔可以对英语世界关于现代主义和先锋派的讨论作出有价值的贡献。

如果比格尔的贡献仅仅在于将从 18 世纪及 19 世纪早期古典主义和浪漫主义阶段，经由现代主义／唯美主义，直到先锋派这一资产阶级文化中自律文学的发展进行历史性重构的话，那么，他的方法仍然会是不适当的。比格尔的重要性在于，他的理论反映了其自身可能性的条件。如果它仅仅是一种黑格尔–马克思式的对历史的重写，他的历史性重构在其方法论和认识论方面就会受到攻击。比格尔的理论的独特之处是对他的范畴背后的东西的反思。

比格尔的独创性在于他对范畴的历史性所作的反思，这一点非常重要，原因在于，他所重构的历史已由马尔库塞、哈贝马斯等人提出。在《合法性的危机》(1973)一书中，哈贝马斯将资产阶级的-自律的艺术的社会功能定义如下："只有取得相对于艺术的外在功利性要求而自律的资产阶级艺术，才持代表资产阶级理性化牺牲品的立场。资产阶级艺术成了满足(或仅仅是虚幻地满足)在资产阶级社会的物质生活过程中仿佛变得非法了的一些需要的安慰品。" [60]

不仅对于哈贝马斯和比格尔，而且对于马尔库塞来说，艺术在资产阶级社会中都具有一种不稳定的、模棱两可的地位。一方面，现代社会中古典–浪漫派艺术对异化和具象化表示抗议，并坚持在未来实现某种理想。而另一方面，由于它脱离社会，自我独立，并且与社会处于并存的位置，它同样会蜕变为仅仅是对社会的补充，从而最终成为对那些从它的角度看来没有理由抗议的那些社会状况的肯定。因此，艺术既能对现存状态提出抗议，也能保护这种状态。现在我们可以理解，为什么比格尔在艺术的体制作用方面看不出古典–浪漫派及现实主义艺术与现代主义艺术有什么根本的区别了。现代主义或唯美主义艺术的主要特征是唤起对它自身材料的关注。这一转换仅仅代表一种渐进的变化，这是由于在资产阶级社会中自律性艺术的模棱两可的地位，这一变化的可能性早已存在了。在向唯美主义的发展过程中，比格尔看到的仅仅是一种量的，而不是质的发展。艺术将自身与它在社会中的交流功能分离，并将自身定位于与社会彻底对立。这一变化在艺术的内容层面上表现出来；它的功能不变，却导致对文学能在规范与价值之间起调停作用的思想持拒斥态度。哈贝马斯这样说道：

> 现代倾向使得针对外在于艺术的语境使用而言的资产阶级艺术的自律性变得极端化。这一发展第一次产生出一种反文化，这一反文化从资产阶级社会的核心产生出来，并对占有性的-个体性的、由成就和利益所支配的资产阶级生活方式持敌意的态度。……在艺术的美之中，资产阶级曾体验到它自身的理想，并履行在日常生活中被悬置的一种尽管是想象出来的对幸福的承诺。而极端化的艺术则很快就不得不承认，自己对社会实践起着否定而不是补充的作用。[61]

目前在美国批评界流行的绝大多数现代主义理论都夸大了从现实主义向唯美主义的过渡的意义，以至于忽视或不能充分领会先锋派摧毁"不再美的错觉之壳"的实践，并致力于使艺术"将非崇高传递给生活"的重要性。[62] 其结果是，绝大多数美国批评家没有能看到先锋派为自己所树立的目标。先锋派艺术家们并不是仅仅以一种厌烦、焦虑、愤世嫉俗（weltschmerz），以及其他一些有关灵魂的伪存在主义的激情来反抗社会。先锋派艺术家并不仅仅是通过打破和驱除流行风格的背水一战来实现反抗社会。美国的现代主义理论与它们的法国模式一样，强调现代艺术家的情感而非他们的实践。我们应该看到，现代主义艺术家积极地向艺术体制发动进攻。他们并非要使自己孤立起来，而是要将他们自己以及他们的艺术与生活重新结合起来。这样看来，积极的、甚至带有攻击性的艺术宣言成为 20 世纪先锋派艺术家所喜欢用的表达自己的手段，就不是偶然的了。

在有关先锋派对艺术体制攻击的论述方面，比格尔超出了哈贝马斯。哈贝马斯仅仅提及这个问题而已，比格尔则阐释了那些宣言的历史以及认识论意义。他揭示出，先锋派对资产阶级社会中的艺术"体制"攻击的作用，并不仅仅在于摧毁这个体制，而且也在于使这个体制的存在和意义变得显而易见。

这最后一点非常重要。由于"艺术"体制基于历史原因而没有进入在其中实践着的艺术家的视野，先锋派之前的现代主义艺术就必然陷入其自身的体制化之网中。因此，唯美主义的现代主义未能探讨在资产阶级社会中艺术的社会地位问题，而仅仅形成以风格为武器的社会批评，并以此破坏资产阶级社会的普遍意识形态。不仅如此，这种艺术实践本身导致它甚至无法看到自身的地位。

为了揭示先锋派怎样从被动的现代主义姿态转向一种更为主动而进取的姿态，并逐渐将其实践建立在一种对艺术体制的更为反思的态度之上，比格尔的所作所为与他所分析的历史相似。当然，这种思想与黑格尔和马克思是一致的。黑格尔在他的《法哲学》序言中写道："当哲学将灰色画为灰色时，一种生活方式已经老了，用灰色画灰色,这种生活方式不能新生,而只能被认识。密涅瓦的猫头鹰*只在夜幕降临时才开始飞翔。"[63] 换句话说,只有在一个时代临近尾声,因而被扬弃(Aufhebung)时,哲学才能充分认识这个时代。马克思从唯物主义的角度发展了这个思想。他具体分析了"劳动"范畴,指出对这一范畴的普遍有效性的知觉并非始终外在于普遍有效性本身。马克思指出,"条件必须历史地展开,从而使知觉成为可能。"比格尔将这一思想运用于艺术史研究之中,从而令人信服地展示出,对过去艺术,即它的"体制"的社会功能的历史分析,只在有下列情况下才是可能的:第一,这一体制的历史展开已经到了尽头,唯美主义或现代主义艺术与社会已经彻底分离;第二,由于这一发展,先锋派能够对"艺术"的体制进行攻击。换句话说,比格尔不仅思考他所重新构造的历史,而且思考了他自己的理论的历史性。[64]

没有联系历史和社会而进行的文学和哲学分析是武断的。即使这种分析是"正确的"(从某种意义上说)或"符合"其对象的,对于处于分析的显微镜之下的对象以及这一分析本身的历史性发展的认识,仍是重要的。我写这段话的意思是,任何借以理解一对象的范畴都必须建立在该对象发展的概念基础之上。比格尔的范畴从一个更深刻的意义上讲,是具有历史性的。

3. 艺术体制

比格尔的理论由于其强调来自具体历史语境的审美范畴的历

---

* 密涅瓦,又译密纳发,是希腊神话中智慧女神雅典娜的罗马名称。她是众神之父朱庇特的女儿,没有母亲,从她父亲的头颅上直接生出来,出生时即全副武装。她最喜欢的鸟是猫头鹰。——译者

史性，而成为对所有缺乏历史自觉的理论的驳斥。他超出了那些坚持认为现代艺术发展的关键是从现实主义到唯美主义的人的见解，高度重视先锋派对艺术体制抨击的重要意义。更为重要的是，他运用这一抨击取得了一个视角，从中看到艺术与社会必须以某种方式关联。他因此而能够显示一个认识：在所有时代都存在着从历史上看是具体的审美实践的体制化。他显示出，这一层次上的关联并非与艺术作品的概念无关。由于它将艺术作品的概念本身历史化，并与之建立联系，因而是至关重要的。

那些不了解艺术体制作用的批评家们是根据一种古典的艺术作品的概念形成他们的批评的。寄生于这样的艺术作品之上的批评家，不可避免的是社会上的一个特权阶层。据我所见，甚至像保罗·德曼这样的高明而富有独创性的批评家也在重复这一姿态，他高度强调对文学语言的界定（参见注释 64）。

比格尔的这本书中最值得赞赏之处是他对"体制"、"自律"、"艺术品"、"综合画"*、"拼贴画"**等概念是怎样相互关联的思考。

---

　　* 原文为 Montage，在用于绘画时，通常译为混合画或综合画，指一种将各种图片或图片的部分裱贴在一起，成为一幅图画的技术。它与下面讲的拼贴画的区别在于，拼贴画常使用实物制作图画，而综合画只使用现成的图像。这个词也常常被用于电影。作为电影术语，通常译为蒙太奇或剪辑。——译者

　　** 原文为 collage，指一种制作图画的方法。它将照片、剪下来的报纸新闻，以及其他各种适合的物体贴在一个平面上，并常常与绘画结合在一起。这本来是儿童和业余艺术家们所从事的一种制作图像的游戏，在 20 世纪则被专业艺术家们所采用。立体主义者首先将实物如报纸等放进图画中，并故意利用艺术的双重功能，即既作为实物，又作为图画的一部分而起作用。后来，拼贴艺术被未来主义者放进了社会的和意识形态的意义，被达达主义者用于他们的无政府主义的目的，被超现实主义者用于强调相互分离而不连贯的图像间的并置。——译者（参考了《简明牛津艺术和艺术家词典》，牛津大学出版社 1990 年版。）

通过显示"艺术"体制是怎样将艺术与资产阶级社会关联，比格尔揭示，只有体制本身，而非关于艺术作品的先验概念，才能以精确的、历史性的、可重复出现的方式说明艺术的本质。不管我们具有什么样的艺术概念，也不管我们在什么意义上讲艺术的自律的地位，这些概念和意义都来自于艺术在现代社会的功能。自律艺术通过提供一个更好的世界的"美的外观／外貌"（沙因）而满足资产阶级世界中的人的剩余需要，但它也通过它自身的存在创造出在未来实现社会理想的希望。艺术必须在肯定与否定之间实现平衡，而这种平衡又是不稳定的。尽管历史的发展导致这种平衡的逐渐破坏，这些现代艺术体制的基本的特征在整个 19 世纪都被保留了下来。

由于艺术作品的概念具有体制性，而这一体制仍然存在，艺术的意识形态功能也被保留了下来。实际上，艺术作品的概念是使艺术体制化，成为意识形态再生产媒介的必要手段。了解这一点将是非常有趣的。

浪漫主义美学常常谈论关于艺术作品意义的复杂性、不可穷尽性和无限性。这种谈话具有非常清楚的意识形态功能，这是由于"复杂性"绝不意味着意义的异质性或多样性。恰恰相反，"复杂性"与"单一性"在古典-浪漫主义美学中是联系在一起的。柯尔律治这样写道："美的，就其本质而言，即从其类别而非程度而言，是一种多，仍被看成是多，但成为一。"[65] "有机的"艺术作品作为一个单一的整体具有的审美限定，同时也是意识形态的限定。在这些限定之中，艺术将自身构建为"无限的反思连续体"（弗里德里希·施莱格尔）。换句话说，每一个艺术文本都被理解为拥有一群意义，作为与"外延"对立的"内涵"，能够引出一系列可能是无休无止而不断变化的阐释。在美国的语境之中，维姆萨特用下面的方式表述了这一点："每一位读者都在他自己的一个或几个经验层次上体验一首诗。一首好的故事诗就像一块石头被扔进池塘一样被扔到我们的心灵中，由于故事的结构，它散开的波纹比被扔了石头的池塘中的波纹还要更大更远。"[66] 如果我们像最近出版的一本书所说的那样，相信"通常的批评将目标定在一个充满问题的多样性封闭体之上：它意在阐释，确定一个意义，找到一个源泉（作者）和一个结果，一个封闭体（此意义）"[67]，那么，我们就不能认识浪漫主义艺术概念的真实本性。通常的艺术概念要比这更加复杂。"有机的"艺术作品的意识形态功能依赖于在逃脱了简单固执后的内在意义上丰富性与排除对艺术作品的外在考虑而将之包裹起来的意识形态上的分野之间的平衡。无数的关于艺术体制自律的美学书籍都在证明这一点。自律的艺术作品同时意味着排斥意识形态与主观经验的完满性。到现在为止，只有皮埃尔·马舍雷对艺术的这种功能作出了最为透彻的阐述。[68]

比格尔关于拼贴画与综合画有很多话要说，他也确实应该如此。检验任何先锋派理论是否成功，都要看它是否能对拼贴画和综合画的形式原理提供令人信服的说明。比格尔勾画出这一形式原理如何是先锋派抨击艺术体制的必然结果。在资产阶级艺术体制中起作用的艺术作品的自律地位及其概念即已暗示着一种与社会生活的分离。对于意在从一定的距离对世界作阐释的艺术来说是至关重要的。对于这样一种审美活动来说，一种关于艺术作品是封闭的、尽管是"复杂的"整体的概念，是合适的。然而，先锋派的审美实践却以干预社会现实为目的。[69] 先锋派看到了资产阶级艺术体制的有机整体概念使艺术处于无力干预社会生活的状态，因此发展出一种不同的关于艺术作品的概念。这一概念显示出，如果艺术家创造非封闭的、向着补充性反应开放的艺术片段的话，那么艺术就有重新融入社会实践的机会。这种审美片段与浪漫主义艺术品的有机整体所起的作用完全不同，它向接受者挑战，使它成为接受者自身现实的一个组成部分，与感性的-物质的经验相关联。比格尔所引用的布莱希特的一段话在这方面特别具有启发意义（见本书第169页）。

四 对比格尔自己的社会政治预设及这些预设对后先锋派艺术的潜势所构成限制的批判

1. 对比格尔的批判：后先锋艺术的潜势

通过对先锋派攻击艺术体制的历史学含义的反思，比格尔成功地提出了一种关于资产阶级艺术发展的唯物主义理论，这种理论比起他关于先锋派本身的分析要更加严密。他将自己限制在先锋派创立新的开端，并忽视发现未来艺术功能的意图的历史反思之上。为了做到这一点，他对艺术体制进行了有力分析，并将这种未来功能与作为审美原则的片断联结起来。另一方面，他在我发现并不令人满意的关于当前艺术实践的不统一和多样性的陈述前面迅速退却。比格尔强调，由于先锋派没有能将艺术带回到现实生活之中，后先锋艺术仅仅具有排除所有传统的风格主义与审美形式的能力。

先锋派并没有提供从理论上讲比传统更具权威性的形式。

比格尔如此悲观必定有着他的道理,但在书中,他对此仅仅是暗示而已。他对资产阶级社会中艺术体制的历史反思,导致他得出这样的结论:这一体制本身具有历史具体性,因而不能适用于其他的时期和其他的社会。从表面上看,艺术体制的概念仿佛仅仅使人通过考察一个具体时期的审美理论、作家的书信、日记以及对重要文学作品的评论来把握文学的社会功能,因此使人能够以一种普遍适用的方式来确定某个时期的文学的这种功能。然而,这种机械的理解将歪曲这个概念的意义。比格尔所谓"艺术"的体制是一种典型的欧洲的和资产阶级的现象,只有在从 18 世纪到 20 世纪的资产阶级时期,艺术才构成了多种社会体制中的一种。在其他时期,艺术也许会成为某种社会体制的一·部·分,甚至是其主要的部分,但它本身不独立构成体制。

这一事实对于文学批评的学术话语结构具有重大影响,而这一影响至今还未被人们完全了解。文学学者们中很少有人理解,他们(所研究的)学科是资产阶级社会中赋予文学的体制效用的产物。他们并不能通过自己的努力就获得一种体制效用。如果说文学研究的话语能够将自身或多或少看成是独立于其他科学话语的话(在 20 世纪文学话语朝这一方向作出了努力),这种能力直接依赖于作为文学的艺术本身在社会中拥有一种体制的地位。进一步,我愿指出,先锋派对于艺术体制的解构,使得任何试图将自己定义为纯·粹·的文学科学,却同时又宣称能充分描绘艺术在社会中的功能的文学·批评话语变得过时。二战后德国和美国的文学批评的发展对资产阶级的艺术体制有所反映,却对先锋派艺术实践对形势改变的程度缺乏了解。彼得·比格尔的著作在显示为什么情况是如此，为什么艺术体制的崩溃必然导致文学科学的变化方面具有极端重要的价值，这是因为当艺术不再自律之时，文学科学也就再也不能自律了。恰恰是在这一点上，显示出文学科学在将来只能以一种跨学科方式进行研究的原因。目前对传统叙事和对叙事的道德功能的反思就反映出这一点。我们应不再被迫强调，文学科学的科学地位并不建筑在我们以一个良好的实证主义的方式掌握关于文学的事实的能力之上。这些事实是重要的，但我们必须以一种历史的和理论的方法来对它们进行反思。这样的反思必须包括不仅对艺术，而且对文学批评体制的思考。

现在让我们回到比格尔：他拒绝思考先锋派所开创的艺术在未来融入社会生活的可能性，这是值得注意的。因为他自己对我们看到未来艺术功能的轮廓提供了帮助，而且强调了像布莱希特和亚历山大·克卢格这样一些先驱者的范例性作用。固然，他的拒绝并不反映一个习惯于跨学科方法和在未来问题面前退缩的历史学家的假谦虚。[70] 相反，只要进行细致的研究就会发现，比格尔的历史观也是悲观主义的。他相信，先锋派将艺术重新融入生活实践中去的企图在资产阶级社会中是不可能实现的，除非以一种对自律艺术的虚假的扬弃或克服形式出现。假定这种重新融入之不可能，或者意味着历史仅仅由客观的发展规律所支配，独立于人的主体性（这是一种从列宁开始的，与所谓科学马克思主义和先进政党的精神联系在一起的思想），或者是一种阿多诺式的悲观主义，即不再能设想干预和进步，而仅仅是忍受，在一种瘫痪状态中等待变化。最起码，它意味着相信，即使一种社会进步的力量是可以设想的，这也不是艺术(可与哈贝马斯的社会哲学相比较)。上述三种立场表明,所有目前可能的艺术形式都在社会中处于无能的状态。比格尔对解除艺术的自律地位是否可取持怀疑的态度,这也显示出他倾向于上述三个立场中的一个。他在书中写道:"如果要有一种对现实的批判的认识的话,艺术与生活实践相比而具有的(相对的)自由同时是一个必须现实的条件"(见本书第121—122页)。当然,在18和19世纪的资产阶级艺术中融合进的理想,只有由社会整体才能实现;但是,我们能够由此得出结论说,只有克服了资产阶级社会,才能克服资产阶级艺术,而今天我们所能设想的艺术类型仅仅是在时运不济时的冬眠吗?比格尔对后先锋艺术的可能性作描述时,暗示了一种对此问题的肯定的回答,而他的描述则是试图将马尔库塞和阿多诺对资本主义社会艺术的限定结合起来。[71]

然而,比格尔并没有像我所设想的那样,通过这一描述将他对资产阶级"艺术"体制的分析推向其逻辑结论。通过持续不断地将艺术归结为社会整体,不管这是指阿多诺的否定意义,指古典-浪漫主义的"美的外观",还是指马尔库塞的赎罪记忆,比格尔坚持资产阶级的"艺术"体制的构成范畴(即整体性)。从这一点出发,就依据逻辑推导出,接受者必定仅仅通过沉思而接触艺术,从一定的距离来思考它的批判性内容。但是,比格尔因此而假定一个注定要形成抽象形式的先验主体,该主体将自身体验为自足的认识中心。这是由于,由整体性、沉思和距离这样一些概念决定的艺术的认识功能只有通过主体将艺术内容当成那些"铭刻"在主体上的东西以外的事物才能实现,不管这种内容是前语言的物质结构,还是能指链,都是如此。艺术作为一个完成并组织特殊经验的媒介,不能被设想为建立在这些先决条件的基础之上。此外，这样一种将先验的主体实体化的做法，具有肯定晚期资本主义社会的一个基本特征（即剥夺语言对经验的理解，而代之以抽象的再现）的危险，这时语言只能被理解为中立的手段。然而，我相信，比格尔对先锋派对"艺术"体制攻击所作的出色的分析，为把艺术当成新型的相互作用模式和理解经验的"生产的公众空间"而进行分析和体制化开辟了道路。如果让语言和经验重新适用于故事的叙述，它能够被结合进不同的生活实践之中。

2. 经验和叙事

经验概念在比格尔的著作中起着明确的作用。他从本雅明那里借用了经验萎缩概念，该概念可被溯源于资产阶级社会的日益强烈的劳动分工和功能的专门化，可被人们从"抽象"过程的意义上理解。然而，经验本身能否萎缩甚至消失，或者我们有意识地完成经验的手段能否被剥夺，这是有问题的。比格尔倾向于这样一个经验概念，它常常仅表示像超现实主义的狂醉（Rausch）概念一样的强烈的经验。它也不能被理解为从具体经验与由社会构造出来的解释框架之间的差异出发的经验概念。比格尔自己对这个概念的使用在他论法国超现实主义的著作中表现得尤为清楚。那本书于1971年出版，可被认为是他的《先锋派理论》的准备。[72] 在这本论超现实主义的书中，经验概念成为超现实主义的关键："最恰当地描绘超现实主义者的自我追求的术语是经验……资产阶级社会在其发展的垄断阶段越是汇入到单一的功能语境之中，允许个人传达，并因此可引向有意义实践的经验就越少。在一个消除经验的可能性成为大势所趋的社会里，超现实主义寻求重新获得这种经验。"[73] 这看上去是无害的，在比格尔的两本书中，他都将经验定义为"一串已经历过的知觉和思考"（参见本书第 101 页）。然而，很清楚，即使在这里将经验定义为完成的经验（这里没有将前面提到的"铭刻"与完成的经验作区分）也来自一个可以追溯到阿多诺的前提。阿多诺相信，在大众社会中，主体是完全由起着条件作用的社会语境所决定的。这一定义使得比格尔不能将注意力集中在感觉-物质经验与一般阐释模式之间的差异上，而正是这种差异作为主体与社会间联合体的破裂是造成了心灵的矛盾和紧张（反过来，这必然会对后先锋派时代艺术的社会功能起决定作用）。这种缺乏准备对允许具体的和异质的经验在决定后先锋派艺术的社会功能上起一份作用，也与比格尔的整体性概念（以及这个概念在决定艺术的诸因素中所要起的作用）有关。照比格尔看来，完成了的经验归根结底只能是对社会的完整了解的结果：

> 像伏尔泰或狄德罗这样的资产阶级大作家对他们所处时代的社会、艺术和科学有一个通盘的了解是可能的；巴尔扎克是最后一个试图提供社会的完整画面的作家。19 世纪迅速发展的经济和技术所造成的专业化使得个人不再能获得对社会整体的认识。经验的萎缩意味着丧失了一个可以把握社会整体的有利位置。[74]

从这一有利位置出发，文学不能被把握为一个生产的公众空间，在其中，特殊经验与"官方"语言的差异不能通过一种从理论上讲是反思性的"故事"交换的努力而得以缩小。

　　比格尔的整体性概念对他将超现实主义的经验概念仅仅理解为经验的直接性和强烈性起着直接的作用。如果一个人将艺术的社会功能理解为对整个社会的认识性理解，那么超现实主义者所追求的"纯粹的直接性"实际上不能构成任何具有社会性的经验形式。[75] 但是，本雅明在论超现实主义的文章中已经对先锋派的经验概念，就其意味着令人陶醉的直接生活的强烈性而言，有了不同的理解："通过陶醉使自我放松，同时，丰富的生活经验使这些人走出陶醉的境界。"[76] 本雅明相信，"宗教和药物的迷狂"导致一种"世俗的启迪，一种物质主义的、人类学的灵感"，对此，陶醉本身只能"给予入门的一课"。强烈的陶醉经验使得那些"物质主义的灵感"（这个术语仅仅意味着感觉-物质经验突然转变为意识的形式而已）变得敏锐。具有这种启示能力的先锋派作品"将蕴藏在这些[我们生活世界中具体]事物中的'气氛'的巨大力量推至爆炸点。"在这里论及关于具体思考的社会政治含义的本雅明，立刻将这一思考与通过阐释的意识形态范型的普遍性来实现对语言的剥夺逻辑地联系在一起："正如人人都在唱的街头歌曲那样，在一个决定性的时刻，你认为，生命将采取哪一种形式？"[77] 他以一种"世俗的启迪"使所谓的"身体与意象"成为可能，反对通过将自己伪装成具体的抽象来扼杀具体。也就是说，印在肉体存在物之上的物质经验与其所获得的具体的语言"是如此相互渗透，以至所有革命性紧张成为身体的集体神经刺激，并且该集体的所有身体的神经刺激成为革命性的释放。"[78] 这种"神经刺激"，即刺激通过神经到器官的"线路"（这里指物质经验），目的在于连结意象与集体经验。本雅明在关于超现实主义的文章中所作的评论清楚地显示，他与我上面所概述的关于经验概念的看法是一致的："一个构成性经验启示的例子。该启示的场景是记忆。相关的经验在出现时并不构成启示，而对于一个经验者来说是遮蔽着的。只是在那些被越来越多的人在回溯时意识到它们的相似性时，它们才成为启示的。这正是它们与宗教的启示不同之处。"[79]

　　因此，本雅明的超现实主义论述在一连串在他的众多著作中反复出现的"经历"（Erlebnis）、"经验"（Erfahrung）和"叙述"（Erzählung）等术语所表现的思想中找到了它的位置。在论述波德莱尔的一篇文章中，本雅明离开本题，对这个问题作出重要的论述。我在其他地方对这个论述的重要性，作了详尽的阐述。[80] 对于本雅明来说，"经历"意味着还没有完成的经验（即我所说的感觉-物质经验），它从无意识领域和"生糙"的经验中通过真正的"叙述"而重新获得。本雅明用"经历"、"经验"和"叙述"这三个术语所描述的先锋派艺术概念所导致的社会政治方案常常被人们忽视和混淆，这是因为他一再重复的叙述的危机被人们在一个过分黑格尔式的历史哲学背景下解释："对于黑格尔来说，艺术的终结意味着它在知识中被扬弃。知识不再需要艺术而得到表现。然而，这句话的具体意思是，虽具有知识所依赖的有组织的形式，但还不是真正意义上的知识的［艺术］已不再需要了。因此，在（科学）知识的时代，那些在前一时代需要用来表述经验的叙述和有组织的形式已变得过时。至少以这种方式，人们能够对于本雅明在他的著作结尾处的论述所依赖的前提作出解释。"[81] 这样一种阐释忽视了本雅明在一个较为反历史的、正面的、起平衡作用的意义上对他关于叙述和经验所作的历史-哲学陈述的消解，从而将它们的意义与对未来社会的追求联系起来。

在我看来，本雅明的著作和更为晚近的奥斯卡·内格特与亚历山大·克卢格两人合作的著作中，记录了一种现代文学的理论和实践，它将引导我们走出比格尔的悲观主义和不愿意涉及先锋派以后的审美实践可能性的倾向。[82] 这些思想将带领我们走得比其他关于现代主义、先锋派和后现代主义的讨论更远。[83]

我愿以对比格尔所做工作的一个总的估价来结束这一冗长而离题的引论：就其对先锋派所作的准确而带有历史性思考的界定而言，比格尔的《先锋派理论》一书的价值是怎么估计也不过分的。他在论述中显示出来的、与流行的、以法国后结构主义为基础而建立起来的现代主义理论的对立，对于我们理解这些运动的缺陷，是一个有价值的贡献。只是在面对后先锋派艺术的潜力时，比格尔显然没有能从他自己的分析推导出逻辑结论，并关注一些开始对这种潜力作探讨的文本（这些文本包括，例如，20 年代的左翼极端主义文学、布莱希特、形形色色的当代拉丁美洲文学、亚历山大·克卢格的电影和小说，以及从美国女性主义运动中涌现出来的文学）。由于部分回到阿多诺、卢卡奇和马尔库塞的美学理论，比格尔没有能详细阐述本雅明所准确表述的一些先锋派的思想，并使用它们来对后先锋派艺术的可能的决定作用作理论和历史的理解。

作 者 前 言

如果人们认为，一种美学理论只有在它反映了这一学科的历史发展时，才具有实际内容的话，那么，对先锋派的研究就应成为这一理论的必要因素，因为，这一研究使这种关于艺术的理论加进了当代的内容。

我是在写完一本关于超现代主义的书以后写本书的。为了尽可能避免太多的单个的引文，我在这里提请读者注意那本书中所作的单独分析。[1] 这本书所关注的焦点与那本书不同。本书并非想取代一些重要的单独分析，而是要提供一个便于进行这种分析的范畴框架。与此相应，我们在本书中所见到的文学与艺术的例子，并非对单个的艺术作品进行历史的和社会学的阐述，而是用于对一种理论作说明。

这本书是 1973 年夏到 1974 年夏在不来梅大学进行的"先锋派与资产阶级社会"研究计划的成果。如果没有对之感兴趣的学生们的合作，这一研究计划就不可能完成。本书的部分章节曾与克丽斯塔·比格尔（Christa Bürger）、海伦妮·哈特（Helene Harth）、克里斯特尔·雷克纳格尔（Christel Recknagel）、雅内克·雅罗斯洛斯基（Janek Jaroslawski）、赫尔穆特·兰普雷希特（Helmut Lamprecht）

以及格哈德·莱特霍伊泽(Gerhard Leithäuser)讨论。我对他们提供的批评意见表示感谢。

引言：先锋派理论与文学理论

那些总是逃避艰苦的概念工作的人说，他们厌倦了理论的争论，人应该最终接触事物本身，接触文本。这类言论是以文学理论与阐释实践分离为标志的科学危机的征兆。文学学术的两难境地远不止于这一分歧。伴随着理论结构抽象性的常常是个人阐释的盲目具体性。这正是不应通过重理论而轻阐释，或者重阐释而轻理论来应付这一危机的原因。最有益的做法是，将理论与仅仅是谈论区分开来，将反思性地运用一部作品与对它的释义区分开来。但这种活动需要标准，而只有理论才能提供这种标准。[1]

对理论在文学科学中的意义作一澄清，尽管是暂时的，也是有用的。在德国，对我的《先锋派理论》的讨论已经显示出，在许多情况下，理论远远不能满足对理论的普遍期待。当然，我并不是说，理论不可批评，但我认为，只有批评与所批评的对象密切相关时，它才能生产新的知识。[2]要做到这一点，批评就必须尊重所批评对象的科学与逻辑的地位。文学理论并不等于个人的阐释，这一点常常为人们所忽视。理论论述要想避免抽象，也需要引用文学作品，但这种引用并不等于阐释。它们是用具体例子来说明具有普遍性的道理。我们也不应将关于一个具体领域的理论与对这个领域中的现象的描述混淆。小说的理论并不等于小说史，先锋派的理论也不是欧洲先锋派运动的历史。

如果人们将席勒的《论素朴的诗与感伤的诗》、黑格尔的《美学》和卢卡奇的《小说理论》当成重要的文学或艺术理论论著的话，那么，我们可以从中推导出某些共同的标准。在关于社会发展的历史学建构（古代社会 / 现代的资产阶级社会）与在文学（或艺术，在黑格尔那里）领域相应的发展之间，一种联系已经建立了起来。同时，人们已经提出一组概念，以便能够把握这个领域中的矛盾性。一般说来，这种理论是以在历史建构与对一个领域的系统研究之间的联系为标志的。

如果这种理论被用来理解在资产阶级社会范围之内的变化过程，那么依赖于古代性与现代性对比的历史建构就失去了它的基础。现在的问题是：怎样才能重构资产阶级社会中的艺术 / 文学的发展？卢卡奇将黑格尔美学运用于资产阶级社会，并将之与一种马克思主义的历史建构理论联系起来。在资产阶级上升时期，文学（古典主义和现实主义）占据着重要的地位，就像希腊艺术在黑格尔的体系中占据着重要地位一样。尽管实际上受着历史条件的制约，它在当时被当作是永恒的形式。对于 1848 年以后文学背离古典的现实主义，卢卡奇认为是资产阶级社会腐朽的标志。先锋主义运动是这种腐朽的重要例证。与此相反，阿多诺则企图将资产阶级社会中的艺术的发展说成是理性发展，人对艺术的控制增强的表现。这一理论将先锋主义运动看成是资产阶级社会中艺术发展的最发达阶段。

卢卡奇与阿多诺两人的理论形成了一种相反相成的关系，两者都以先锋主义运动作为参照点。他们两人都从价值的角度来讨论这个问题：阿多诺持肯定的态度（先锋艺术是艺术最为发达的阶段），卢卡奇持否定的态度（先锋艺术是腐朽的）。这种源于 20 和 30 年代的文化政治斗争的判断，并非与理论无关。由于这些争论已不再具有当下性，因而即使先锋主义运动成为发达的资产阶级社会中艺术理论关注的中心，也可以免去先入为主地确定它们的价值的负担。那种将先锋主义运动说成是代表了资产阶级社会中艺术发展的逻辑方向，据此人们才能把握艺术的观点，并不意味着对先锋现象的一种肯定或否定的价值评估。许多人没有理解我避开价值评价问题、指向借助作为体制的艺术而形成的先锋主义运动的中断的真实意图。因此，一些批评者将我的书看成仅仅是回到阿多诺的观点（作为一种赞同先锋派的理论），而另一部分人将之看成是批评先锋派的。[3]

　　所谓问题的转移，是我们所具有的很少的几个解决失语症策略之一。但是，应该看到，这一转移是由客观的情况为之提供了可能。在这方面，我的观点不同于阿尔都塞的"位移"（*décalage*）[认识论的中断]。阿尔都塞将马克思的《〈政治经济学批判〉导言》解释为将科学的对象与现实彻底区分开来，并主张科学发展出自己的、与社会不同的时间连续体。[4]与此相反，我对马克思的同一文本的解读（黑格尔派马克思主义者卢卡奇和阿多诺也持这样的观点）是，它使我们洞察到对象和对它的认识的可能性（用阿尔都塞的术语说就是，现实与科学对象）之间的联系。[5]必须强调的是，这个问题与对马克思的解读没有任何关系，我们在这里面对的是两个似乎正相对立的关于理论性质的观点。

　　从阿尔都塞的观点看，我所提出的对社会认识的可能性依赖于社会发展的观点，可以被斥之为一种经验主义的观点。阿尔都塞用这个词描述一种将认识看成是已经由现实提供，而认识者只要发现它就行了的观点。[6] 他运用一种认识是生产的想法来反对这一观点。他的这一见解意图十分明显：反对摹仿理论。然而，在这里，我们所讨论的不是认识是复制还是生产间的对立，而是认识的前提条件扎根于社会的发展之中。显然，阿尔都塞将之归为经验主义是有问题的。对于马克思（黑格尔也是如此）来说，资产阶级社会是一个逻辑原点，从这里出发，对于社会（或现实）的系统的认识才有可能。[7] 这当然与阿尔都塞所正确地批判过的那种认为现实产生范畴，而科学家的任务仅仅是使用这些范畴的观点不同。对于实际发展和范畴发展之间关系的洞察，仅仅意味着对一个领域的认识的可能性取决于该领域的发展而已。[8]

　　我愿在下面讨论前面提到的确定问题的方式的转变，却又不是提前说出《先锋派理论》将要论述的观点。只是因为我的出发点是，今天的先锋派艺术应等同于历史上的先锋派，我才有可能将在卢卡奇和阿多诺的著作中居于核心位置的价值判断悬置起来，并超越他们所达到的理论层次。一种不再是用肯定或否定的眼光看待先锋派"作品"的观点，可以使人从中看到某种黑格尔式的马克思主义者看不到的东西，这就是我们所倡导的与资产阶级社会中的艺术决裂。艺术体制的范畴并不是由先锋派运动发明的（在这一点上，阿尔都塞是对的）。但是，只有在先锋派运动批判了在资产阶级社会中发展起来的艺术自律的地位以后，这一范畴才被人们所认识到。[9]

　　这一范畴的意义何在？初看上去，它似乎仅仅是对古典的艺术自律原理重新命名而已。在这里，关键仍在于对问题的定义方式的转移。用一个高度图式化的方式说明这个问题：卢卡奇与阿多诺是在艺术体制之内来争论这个问题的，正是由于这个原因，他们不能将之作为一个体制来考察。对于他们来说，自律原理是一个他们在其中思考的视觉的界限。我所提出的方法则与此相反，资产阶级社会中作为规范性手段的体制原理本身成了研究的对象。[10] 由于上面所说的问题的转移，一种探讨成了文学兴趣的中心，即文学作品的社会功能。但是，由于有关功能的定义并非个别作品所固有的，而是由社会性的体制化决定的，只要艺术 / 文学体制不成为研究的对象，功能就不可能成为文学学术研究的中心。

　　高雅文学与低俗文学的两分有助于我们理解这一视角的转移。[11] 对于卢卡奇来说，在艺术体制中不起作用的东西，就不是分析的对象。阿多诺对于通俗艺术问题作了精彩的分析，这些分析对于我们的研究有着许多启发。但是，在他的研究中，严肃文学与地摊文学被严格区分开来，并使这种区分成为艺术 / 文学体制建构的一个组成部分。由于在阿多诺的划分中，地摊文学不属于艺术，阿多诺不加区分，断定它们一律都是坏的，是在鼓励接受者默默忍受非人的状态。[12] 在这里，起决定作用与其说是一个判断（作为社会批评的艺术与对糟糕的普遍状态持肯定态度的文化产业之间的对立）——他对晚期资本主义的判断总的说来是准确的——不如说是一个事实，即严肃文学与地摊文学间的关系，正由于两者从一开始就被划入完全不同的领域，而成为研究的主题。[13] 尽管有关艺术在资产阶级社会中的体制化问题确实也不能废除这一区分，但是，它迫使人们对它进行研究。这是因为，一旦艺术 / 文学的体制成为研究的主题，就必然会出现是什么样的机制使得将某些作品斥之为地摊文学成为可能的问题。[14]

难道"艺术／文学的体制"范畴的引入会造成这一学科历史的中断，并会将卢卡奇和阿多诺的理论与分析放逐到前科学的地狱之中，或者，最多承认他们不过是审美经验的表现而已？[15] 这一解释模式似乎有着诱惑力，但却是缺乏说服力的。如果社会学的理论确实是这些理论所属的该领域发展水平的一项功能，那么，历史上的先锋派运动的结束就使得上述问题的转换成为可能。但这并不意味着当问题被人们用另一个方式限定时，所获得的结果就无效。卢卡奇和阿多诺的方法与用来考察体制理论的方法之间的关系，可以被描述如下：卢卡奇和阿多诺用于单个作品之上的意识形态-批判的方法，现在已经被当成资产阶级社会中支配艺术品的起作用的标准构架。因此，对作品进行意识形态-批判的分析与关于体制理论的研究之间就相互补充，并且，在对象（或领域）中发现矛盾的辩证方法构成了它们的共同基础。[16]

我所作的种种研究，受着一个从黑格尔、马克思、卢卡奇、布洛赫到阿多诺和哈贝马斯的辩证传统的影响，这个传统可被说成是辩证批评的传统。教条的批评将自身与它所批评的对象对立起来，将自己看成是真的，将对象看成是非真的。这种批评始终外在于他的对象。作为一种对其他理论的拒斥，它只要求证明或者仅仅陈述他自身的理论是真的。与此相反，辩证法批评则是内在的。它进入到所批评理论的对象的实质之中，并从其夹缝和矛盾之中汲取决定性的刺激：

　　如果我证明了我的体系或我的命题，并且得出结论，对立面是假的；对于这后一个命题，前一个命题将永远是外部的或外在的。虚假不必通过他者显示出来，非真不是由于它的对立面是真，而是由于其自身。[17]

对于辩证批评来说，所批判的理论中的矛盾并不表示为作者缺乏理性活动，而是表示问题未解决或者未表现出来。辩证批评因此具有一种对所批判理论的依赖关系。然而，这也意味着它达到了一个理论不能证明其为理论的极限。所有剩下的，按照黑格尔所说，只是它的"排斥"而已，在这里，它放弃自称为理论，因为它只能作为一个意见来反对非理论。[18]

来自黑格尔-马克思传统的下一个论题，是前面提到的关于对象的发展与范畴的发展之间的关系。通过引导我们探索理论的范围与局限，与产生了特定理论的艺术发展状况有关的问题也许在讨论理论时，对消除立场的抽象对立起了作用。例如，如果能够揭示，与接受美学（Rezeptionsästhetik）相对应的是资产阶级社会中一个我们称之为唯美主义的艺术发展阶段，那么，在此基础上形成的一种文学进化理论就必将被当成一种超历史的一般化而受到质疑。[19] 批判科学并不屈从于一种它能够建立与其对象直接关系的错觉。相反，它试图摧毁的正是它的对象所直接给予的表象。例如，人们一般所持的那种一个人只要密切注视，就能够把握诗的文本的独特性的观点，并没有考虑到，这一"注视"已经依赖于某些假定（如假定诗的文本与非诗的文本之间有区别）与思想，尽管这些假定与思想会很模糊。理论的因素，不管它有没有提升到意识之中，都包含在这样的信念与思想之中。相信集中在现象上的扫视的直接性是一种自我欺骗。文学学者所处理的对象总是间接的。文学理论所要关注的正是揭示这种间接性。

第一章　对批判的文学科学的
初步思考

> 传统意义的世界向阐释者所展示的程度只是他自己的世界能同时得到澄清的程度。

——哈贝马斯 [1]

1. 解释学

批判科学与传统科学不同之处在于它反映了其活动的社会意义。[2] 如果要形成一个批判的文学科学，就必须认识到这一区别所造成的一些问题。我指的不是今天我们有时会在左翼学者那里见到的那种将个人的动机与其社会相关性等同起来的天真的做法，而是指一个理论上的问题。确定哪些具有社会相关性，是与阐释者的政治立场联系在一起的。这意味着，一个话题是否具有相关性，并不能由一个对抗性的社会中的讨论所决定，尽管对之进行讨论是可能的。我相信，如果每个学者和研究家都自然而然地愿意对选择所要研究的课题和问题提出理由，那将是一个重大的进步。

批判科学将自身理解为社会实践的一部分，尽管它也许具有某种间接性。它不是"无利害关系的"，而受着利害关系的引导。这一利害关系大致可以定义为一种理性状况下，即没有剥削，没有不必要的压迫状况下的利害关系。这种利害关系不能在文学学术中得到直接表现。当人们要尝试这么做，即以"这一事业是否和在何种形式上是一个意在处于给定的具体历史情境下的改变的实践之既必要也有用的成分"[3]作为尺度来衡量一个唯物主义文学科学之时，我们就是在将科学直接工具化，这既对科学不利，也对试图改造社会的实践不利。在文学研究中，影响和指导认识的利害关系应该仅仅以间接的形式表现出来，也就是说，确定一些范畴，在它们的帮助下，文学对象化*变得可以理解。

　　批判科学并非要发明新的范畴，然后将它们与传统科学中的"虚假的"范畴构成对立。相反，它考察传统科学的范畴，从而发现其中有哪些问题它可以提出，哪些问题（正是由于范畴选择的结果）已经被排除出了理论的层面？在文学研究中，下列问题是重要的：这些范畴是否使得对文学对象化与社会条件之间关系的考察变得可能？坚持研究者所使用的范畴框架的意义是十分必要的。例如，俄国形式主义者将文学作品看成是某些艺术问题的解决，而这些问题是作品出现的时期技术水平所决定的。但是，这么一来，除了那些作为似乎纯粹是艺术所固有的问题而反映出来的社会因素以外，有关社会功能的一切问题都已经被排除在理论层面之外了。

　　为了能够对形式主义理论进行充分的批判，人们需要一种范畴框架来规定阐释者与文学作品间的关系。只有一种能够甚至将自

---

　　*　文学对象化 (literarishe Objektivationen) 指理念获得具体的形象，一个黑格尔哲学影响下形成的术语。这里指反映了理念的具体文学描写。——译者

己行动的社会功能也当成科学活动的对象的理论才能完成这一要求。在传统科学之中，解释学将研究与阐释者之间的关系作为自己的中心任务。从这一学说我们得知，作为可能的认识对象的艺术作品并不仅仅是"照原样"（tel quel）*提供给我们的。认出一个文本是一首诗，我们必须依赖于一种我们已经从传统中接受的知识。对文学的科学分析开始于人们认识到，直接性，即将一首诗看成诗，仅仅是幻觉。精神的对象化不具有事实的地位；它们以传统为媒介。因此，对文学的认识只有通过批判地对待传统才能实现。由于我们从精神的对象化是通过传统而与解释学联结在一起受到启示，因此我们的反思从对传统的解释学进行批判开始是合乎逻辑的。

　　加达默尔在他的《真理与方法》中所发展的两个重要的解释学基本概念是成见（Vorurteil）和应用（Applikation）。加达默尔在使用"成见"这个术语时，赋予它比这个词的日常用法更为广泛的意义，而不专用于贬义。在理解不熟悉的文本的过程中，成见是指阐释者并不仅仅是被动地仿佛自己被文本同化，而必然是带着某种思想进入到对文本的阐释之中。应用是指由当时具体的利害关系而激发的每一个解释。加达默尔强调，"理解总是与某种将被理解的文本应用于阐释者的当下情境有关。"[4] 在法官阐释法律文本或牧师布道阐释圣经文本时，"应用"的因素可以在阐释行动中直接看出。在阐释历史或文学文本时，也离不开阐释者的处境，不管阐释者是否有意识地认识到这个过程。换句话说，阐释者是带着成见接近将

---

*　tel quel 是一个法文词，意思是"照原样"、"照它本来的样子"。20世纪60年代，法国有一个文学刊物就叫 Tel quel，由菲利普·索勒斯（Philippe Sollers）任主编。——译者

要被理解的文本的，他联系到他自己所处的情境来阐释它，并将它应用于那个情境。到这里为止，加达默尔是正确的。但是，他所赋予这些概念的内容却受到一些人，特别是哈贝马斯的正确批判。哈贝马斯指出："加达默尔将他对作为成见的结构的理解的洞察变成对成见本身的恢复。"[5] 这发生于加达默尔将理解定义为"将自己放在传统过程之中"之时（《真理与方法》，第 275 页）。对于保守的加达默尔来说，理解最终意味着服从传统的权威。相反，哈贝马斯引导人们注意"反思的力量"，这使得理解中的成见结构变得透明，从而能够打破成见的力量（《社会科学的逻辑》，第 283 页）。哈贝马斯清楚地指出，对于一种自主的解释学来说，传统表现为一种绝对的力量，仅仅是因为劳动和支配的体系还没有进入它的视野（《社会科学的逻辑》，第 289 页）。由此，他规定了一种批判的解释学的必须由此出发的起点。

加达默尔写道："在人的科学中，对传统的兴趣是由现在状态及其趣味决定的一种特殊的方式所推动的。研究的主题和领域实际上由研究的动机构成"（《真理与方法》，第 269 页）。将历史的-解释的科学与现在状态相联系是一个意义深远的洞见。但是，"各自的现在状态及由此决定的趣味"这个公式包含着现在是某种始终如一的东西，其趣味是确定的，而这一点是绝对错误的。到现在为止的历史表明，统治者的与被统治者的趣味几乎是从来不相同的。只是由于将现在状态假定为一个磐石般的整体，加达默尔才能把理解与"将自己放到一个传统过程之中"等同起来。我们所赞同的，不是那种使历史学家成为被动的接受者的观点，而是狄尔泰所坚持认为的那样，"研究历史者同时也在制造历史。"[6] 不管他们是否愿意，历史学家或阐释者总是在他们的时代的社会争论中处于一定的地位。他们观察研究对象的视角是由他们在当时的社会力量中所处的地位决定的。

2. 意识形态批判

解释学目标并不仅仅在于使传统合法化，而且在于从对传统有效性的理性考察向意识形态的批判的转变。[7]众所周知，意识形态概念中包含了多种多样的相互矛盾的意义。然而，这对于一种批判的科学来说，却是不可缺少的，这样人们就能够思考理性对象化与社会现实的矛盾关系。我们在这里并不试图求得一个定义，而是讨论马克思在他为《黑格尔法哲学批判》所作的导言中对宗教的批判，在这一批判中，这种矛盾关系得到了阐明。年轻的马克思将他不能否认其真理性的理性构造谴责为虚假的意识，正是在这里，存在着他的意识形态概念的困难却又富有科学成果之处[8]：

> 宗教是那些还没有获得自己或是再度丧失了自己的人的自我意识和自我感觉。但人并不是抽象的栖息在世界以外的东西。人就是人的世界，就是国家，社会。国家、社会产生了宗教即颠倒了的世界观，因为它们本身就是颠倒了的世界。……宗教把人的本质变成了幻想的现实性，因为人的本质没有真实的现实性。因此，反宗教的斗争间接地也就是反对以宗教为精神慰藉的那个世界的斗争。
>
> 宗教里的苦难既是现实的苦难的表现，又是对这种现实的

苦难的抗议。宗教是被压迫生灵的叹息，是无情世界的感情，正像它是没有精神的制度的精神一样。宗教是人民的鸦片。

废除作为人民幻想的幸福的宗教，也就是要求实现人民的现实的幸福。要求抛弃关于自己处境的幻想，也就是要求抛弃那需要幻想的处境。因此对宗教的批判就是对苦难世界——宗教是它的灵光圈——的批判的胚胎。[9]

正是在宗教之中，意识形态的两面性显示了出来。1.宗教是一种幻象。人将他们希望看到在地上实现的事物投射到天国之中。就人相信那不过是人的特性的对象化的上帝而言，他屈从于一种幻象。2.但宗教也包含着真理的成分。它是"现实的苦难的表现"（因为人性在天国的实现仅仅是心灵的创造和对在人的社会里缺乏真实的人性的谴责）。它是"对这种现实的苦难的抗议"，因为即使以异化的形式出现，宗教的理想仍是[世界]应该如此的一个标准。

在这段话中，马克思没有明确区分意识形态的消费者（民众）和意识形态的批判者。然而，只有这一区分才能使观察的辩证方式中的特殊成分为人们所掌握。对于虔诚的人（意识形态的消费者），宗教是自我作为一个人在其中实现的经验（"人的自我意识和自我认识"）。对于带有启蒙思想的无神论使者来说，宗教是有意识的欺骗的结果。在宗教的帮助下，不合法的统治得以维持。这些"教士欺骗说"的代表们的成就在于，他们根据宗教观的功能来设定问题。然而，他们的回答并不能解决问题，因为这只是简单地否定了意识形态消费者的经验而已。这种观点将这种消费者仅仅看成是从外部强加的操纵的牺牲品。这位意识形态的批判者同样探讨宗教的社会功能。但是，不同于教士欺骗说的是，他试图通过这种虔诚背后的社会因素来解释它。他在"现实的苦难"之中寻找宗教观的劝诱力量的原因。通过这一分析，宗教的矛盾性被揭示了出来：尽管它不是真实的（不存在着上帝），但作为苦难的表现和对苦难的抗议，却是真实的。它的社会功能也同样具有矛盾性：通过容纳一种"虚幻的幸福"经验，它对苦难的生存状态起缓和作用；但在完成这一经验的同时，它又对"真正幸福"的建立起着阻碍作用。

　　这一模式是意义深远的，它并没有在理论层面上明确建立理性的对象化与社会现实之间的关系，而是将这一关系看成是矛盾的。因此，它允许个人分析具有必要的认识余地，从而防止成为仅仅是一个已经建立的图式的展示。

　　同样必须指出的是，在这一模式中，意识形态不再仅仅被理解为社会现实的复制，而是它的产物。意识形态是对被体验为不适当的现实的反应（人的"真正现实"，即人性在现实中的展开受到了阻碍，被强迫进入一个在宗教领域中他自身的"虚幻的实现"）。意识形态并不仅仅是某种社会状况的反映；它是社会整体的一部分。"意识形态因素并不仅仅'掩饰'（verdecken）经济利益，它们并不仅仅是旗帜和口号；它们是真正的斗争的组成部分。"[10]

　　马克思模式所依赖的批判概念在这里也应受到重视。批判不是形成一种自己的观点与意识形态中非真理性的严格的对立，而是一种认识的生产。批判的目的在于将意识形态中的真理与非真理区分开来（希腊语中的批判一词 krinein 意思是"分开"、"区分"）。尽管在意识形态中有真理成分，仍需要批判来揭示它。当对宗教的批判摧毁了上帝的真实存在及由此带来的一系列幻觉时，它同时也就使人能够感受宗教的真理成分，即它的抗议性质。

卢卡奇与阿多诺等人将马克思的辩证意识形态批判的模式运用于单一作品和作品群的分析之中去。[11] 例如，卢卡奇将艾兴多夫的中篇小说《一个无用人的生涯》阐释为对"现代生活中不近人情的过分殷勤周道,对新老市侩们的'效率'和'勤奋'"的反抗的表现。* 通过在这里使用艾兴多夫的术语，卢卡奇想表明艾兴多夫的抗议仍停留在事物的表面，没有把握事物间联系的本质，而这种本质对理解表面的现象是至关重要的：

> 每一次反对的冲动都显示出，它常常正确地暴露资本主义社会的矛盾，以真诚的愤怒和巧妙的嘲讽与这些矛盾作斗争，但是，它却不能理解该社会的本质。在绝大多数情况下，这导致了对问题的夸大和歪曲，直至造成真正的批判变成了一个社会的谎言。因此，对资本主义劳动分工中矛盾的暴露转化为一个无批判地赞扬劳动分工还未出现时的社会状况；这里存在对中世纪的热情的根源。[12]

就艾兴多夫批判(资产阶级)劳动生活由于它允许其目的从外部作规定而产生的异化现象，以及批判由于闲暇时间的增多坚持的自主的生活概念而言，《一个无用人的生涯》具有真理的成分。然而，

---

　　* 艾兴多夫(Joseph Freiherr von Eichendorff, 1788–1857)，德国浪漫主义文学家。他的中篇小说《一个无用人的生涯》(Aus dem Leben eines Taugenichts)出版于1826年，小说将梦幻般的描写与现实的描写结合起来，被人们认为是德国浪漫主义小说的代表作之一。——译者

当它变成一种对资产阶级以前状况的盲目赞扬时，这种浪漫主义对资产阶级的手段-目的理性的批判就成为不真实的了。

在很长的一段时间里，卢卡奇与阿多诺的争论掩盖了这两位黑格尔式的马克思主义者的共同之处，其中最重要的是辩证批评的方法。卢卡奇将艾兴多夫说成是"封建的浪漫派"，而阿多诺尽管用尖锐的语言批判卢卡奇，但下面的一段引文就可以看出，阿多诺也在艾兴多夫的矛盾结构中看出卢卡奇所谓的浪漫的反资本主义：

> 显然，艾兴多夫的思想来源于失势的封建领主的眼光，因此从社会的观点来对它进行批判是愚蠢的。不仅恢复沉沦的秩序，而且抵制资产阶级带来的破坏性，都是符合他的利益的。[13]

卢卡奇和阿多诺从马克思的模式中所采用的，是对意识形态对象的辩证分析。它被看成是矛盾的，而批判的任务正是来说明这种矛盾的性质。然而，我们至少可以看出两点与早期马克思的方法的根本不同之处。对于马克思来说，对宗教的批判和对社会的批判是一回事。批判摧毁了宗教的错觉（不是宗教里的真理成分），以便使人能够行动："宗教批判使人摆脱了幻想，使人能够作为摆脱了幻想、具有理性的人来思想，来行动，来建立自己的现实性。"（马克思，《〈黑格尔法哲学批判〉导言》*）。在将这一模式应用于单个的文学作品和作品群时，这一目标并不能原封不动地被套用，因为文学

　＊　中译本引自《马克思恩格斯选集》第一卷，第 2 页。——译者

与宗教具有不同的地位（这一点我还会提到）。对于卢卡奇和阿多诺来说，意识形态批判与社会批判间的关系显然与早期马克思对这种关系的理解不同。对意识形态批判的分析以历史的重构为条件。艾兴多夫作品的矛盾性质仅仅在它面临它要对之作出回答的社会现实时，也就是说，在从封建社会向资产阶级社会的过渡之中，才是可以理解的。对一部作品的意识形态的批判分析同时也是对社会的批判，但却仅仅是以间接的形式进行的。通过展现作品的社会内容，它反对其他阐释的企图。这种阐释或者压制作品中的抗议成分，或者通过将审美变成空洞的形式完全消除内容。

3. 功能分析

对单个作品的意识形态批判分析与马克思模式还有另一方面的区别：从总体上说，它没有涉及意识形态对象的社会功能。马克思既讨论了宗教的社会功能的矛盾本性，也讨论了它的矛盾特征（作为慰藉，它阻碍了任何促进社会变化的行动）。卢卡奇与阿多诺的分析对功能问题主要持排斥态度。这种排斥需要一种解释，尤其是由于功能方面是马克思的模式中所固有的。如果我们意识到，美学的自律，不管它以什么修正过的形式出现，都是他们的分析的焦点的话，卢卡奇与阿多诺避免讨论艺术的社会功能就是可以理解的了。然而，美学自律包含着对艺术功能的定义：[14] 它被看作是一种与日常资产阶级存在的手段-目的理性相区别的社会领域。正是由于这种理性，它能够批判这样一种存在：

> 艺术中的社会性，是它针对社会的内在运动，而不是它的公开声明。……就一种社会功能可被说成是艺术的而言，正是在于它的无功能性。[15]

阿多诺显然在不同的意义上使用了功能这个术语：前者是一个价值中立的描述性范畴，后者则就服从于资产阶级生活的具体目标而言带上了否定性的含义。阿多诺放弃功能分析，也是由于他怀疑在这背后存在着将艺术附属于外在目的的企图。这在他与实证主义的接受研究的争论之中，明显地表现了出来。[16]阿多诺将［艺术的社会］效果看成某种外在于艺术作品的东西：

> 对艺术作品的社会解读的兴趣必须转向艺术本身，而不是听任它被效果的发现和分类所搪塞过去；由于社会原因，这些效果常常与艺术作品及其客观的社会内容有着根本的不同。（《审美理论》，第 338 页）

作品与效果在这里以直接的方式被并置在一起。其中的一个讲述关于社会的真理，而另一个则植根于一种为真正的艺术所反对的具体化的领域。在一个所有人际间的关系都已彻底地具体化的社会里，与艺术的交流也服从于这个原理。因此，接受研究最多也不过是能够掌握普遍的具体而已，而这对于艺术作品来说，并不是至关重要的。[17]

　　这样，很多问题就都清楚了：阿多诺对功能方面的排斥具有其一整套的理由，而这些理由可以在他的审美理论及其社会理论基础中找到。上面所提到的阿多诺将一个来自于唯心主义美学的、思辨的关于艺术品的概念与一个实证主义的关于效果的概念并置，是引人注目的。但在这一并置之中，他放弃了将作品与效果联系在一起的可能性。在阿多诺看来，资产阶级文化不能如所应该的那样实现平等具有其社会的原因。只有在单子般的艺术作品的孤立形式之中，才能谈论这个社会的真理。这就是阿多诺所说的"无功能性"的艺术的功能，因为它已不再带有艺术将引发变化的希望。

　　如果在卢卡奇与阿多诺对单一文学作品所作的意识形态批判的分析之中，功能方面退回到背景之中是真的话，那么，人们也许会问，是否马克思主义的辩证批判模式可以被运用于艺术的对象化，而功能问题不被忽视。马尔库塞的文章《文化的肯定性质》可被看成是这种运用的一个尝试。[18] 马尔库塞勾画了资产阶级社会中全球性的对艺术功能的一个矛盾的规定：一方面，它显示出"遗忘的真理"（因此它抗议一种现实，在其中这些真理是无效的）；在另一方面，这些真理借助其审美外观的媒介而偏离现实——艺术因此而恰恰对它所抗议的社会状况起稳定作用。不难看出，马尔库塞受到了宗教批判方面的马克思主义的模式的指导：正如马克思显示出宗教稳定了令人讨厌的社会状况（作为慰藉，它消除了变化的动力），马尔库塞揭示出资产阶级文化将人性的价值放逐到想象的王国之中，从而预先阻止了它们的实现。马克思在宗教中看到批判因素（"对这种现实的苦难的抗议"），马尔库塞则将伟大的资产阶级艺术作品中的人性要求看成是向不能遵从这种要求的社会的抗议：

　　　　这种文化理想包含着人们对幸福生活的向往：追求人性、善、

愉悦、真理和团结。只是在这些理想中，所有这些因素都带有
肯定的特征，属于一个更高的、更纯粹的、非散文的世界。(第
114 页)

马尔库塞将资产阶级文化称为肯定的，是因为它将这些价值放逐到
与日常生活不同的领域之中：

> 它的决定性特征是主张无条件地肯定一种具有普遍而必
> 然性的、永远会更好而更有价值的世界：这是一个本质上不同
> 于日常生存斗争实际的世界的世界，不能由每一个个体在不改
> 变现存状况的情况下"从内部"实现它。(第 95 页)

因此，肯定性这个术语显示了一个文化的自相矛盾的功能：它保留
了"与能够成为的样子相似"，但又同时"将已有的存在形式合法
化"。(第 98 页)

> 当然，它[肯定性文化]将"外在条件"排除在"人的使命"的
> 责任之外，因此使得它们[这些条件]的不公正稳定化。但它
> 也把一个更好秩序的图景作为一个任务向他们提了出来。(第
> 120 页)

马尔库塞对资产阶级社会中文化功能的定义并不涉及单个的艺术
作品，而是针对它们作为与日常生存斗争相区别的物体的地位而言
的。这一模式提供了重要的理论上的启示：艺术作品不再被看作单

个的实体，而要在常常决定了作品功能的体制性框架和状况之中来考察。当人们说某单个作品的功能时，他常常是在比喻的意义上说的；因为如果这样的话，人们所观察或推断的主要不是它的特殊性质，而是在一个特定社会或社会的某些阶级或阶层中规范它与同类作品交流的方式。我选择"艺术体制"这个术语来表示这种提供框架的条件。

除了文化的对象化是由体制所决定的这一启示之外，马尔库塞还讲了艺术作品在资产阶级社会的功能。在这里，对接受者的水平与社会整体的水平作出区分是适宜的。艺术至少允许在日常实践中被抑制的个人需求在想象中得到满足。通过对艺术的欣赏，萎缩了的资产阶级个人可以体验到具有个性的自我。但是，由于艺术与日常生活的分离，这种体验仍然没有实在的效果，即不能融入生活之中。缺乏实在的效果并不等于无功能性（正如我在前面的一个模糊的陈述中所提到的），而是表示了艺术在资产阶级社会中的一种特殊的功能：使批判无效化。这种使改变社会的冲动无效化因而是与艺术在资产阶级主体性的发展中所起的作用紧密联系在一起。[19]

从马尔库塞的文化批判理论中获取关于艺术功能的社会决定是体制化的启示，以及实现资产阶级社会中艺术功能的全球性决定的企图，受到了来自两方面的反对：关于艺术的话语作为一个过程等同于实际上与艺术的交流；以及尽管在资产阶级社会中艺术的意识形态可以被理解，这却并不意味着这种意识形态掩盖了艺术的实际功能。我们可以用通俗的语言将问题归结如下：关于艺术的体制化的话语在什么程度上决定了对作品的实际交流？对于这个问题存在着三种回答：人们可以假定，艺术／文学体制与实际上与作品的交流在倾向上重合，在这种情况下，就不存在着问题。或者，人们可以假定关于艺术的体制化的话语不揭示任何与作品实际的交流。在这种情况下，这里所提出的文学-社会学方法将不促进对艺术作品功能的理解。在这一假定背后，存在着一个经验主义的错觉，即认为无数的阐释能够使我们最终理解艺术品的功能，因而无需理论。第一种回答具有使问题消失而不是解决它的缺陷，第二种回答则具有不能在关于艺术的体制化话语与同作品交流之间建立联系的缺陷。因此，我们不得不寻求一个并不预先在理论层面上决定问题的第三种回答。很可能，艺术体制和与作品实际交流之间的关系应被看成是一个在历史上变化的关系。然而，在这里，"实际交流"这个术语内在的困难应被清楚地了解。这个术语产生出一个研究者可以理解"交流"本身的错觉。任何认真地进行过接受的历史研究的人都知道，这是不正确的。我们所分析的充其量不过是关于与文学接触的话语而已。然而，这里的区分并不是无意义的，特别是在有关理解资产阶级社会的艺术功能时更是如此。如果在资产阶级社会中艺术被体制化为意识形态的话，那么仅仅弄清楚这种意识形态的矛盾结构就不够了。相反，我们必须也探讨这种意识形态隐藏了什么。[20]

第二章 先锋派理论与
批判的文学科学

审美理论中天生就有历史。它的范畴具有彻头彻尾的历
史性(阿多诺)。[1]

1. 审美范畴的历史性

审美理论家们也许会竭其所能,以求获得超历史的知识,但当
人们回顾这些理论时,就很容易发现它们清楚地带有它们所产生的
那个时代的痕迹。但如果审美理论具有历史性,那么,我们也必须
认识到,那种企图阐明这种审美理论的作用的艺术批判理论,本身
也是具有历史性的。换句话说,它必须将审美理论历史化。

我们首先要弄清的是,将理论历史化是什么意思。它绝不意味
着将历史视角的理论运用于现今的美学之中,即将一个时期的所有
现象理解成那个时期的表现,从而在各个不同的时期创造出一种理
想的同时代性(兰克所谓的"同样接近上帝")。对虚假的历史主义
方法上的客观性的批判是正当的。那种在理论探讨中将它召回到
生活中的企图也是荒谬的。[2]但是,历史化也并不意味着人们可以
将所有以前的理论都看成走向自身的步骤。这样做了之后,以前的

理论的碎片就从它们原先的语境中脱离开来，并被放到新的语境之中，但是，这些碎片的功能和意识的变化则还没有得到充分的反思。尽管它有其进步性，将历史构造为当下的前历史是一种典型地由处于上升时期的阶级所从事的构造。它具有一种黑格尔意义上的片面性，这是因为它只掌握了历史过程的一个方面，而将其他方面交给一种虚假的客观主义。在现今的语境中，将一种理论历史化将具有一种不同的意义，即洞察一个对象的展开与一个学科或科学的范畴之间的关系。以这种方式来理解，一个理论的历史性就既不是基于一种时代精神的表现（历史主义的观点），也不是基于一种它与在此之前的理论（历史成为当下的前历史）结合的情况，而是基于对象展开与范畴形成相联系的事实。一种理论的历史化意味着把握这一联系。

那种认为这样一件工作只有通过置身于历史之外才能完成的观点也许会遭到反对。因为如果那样的话，历史化同时也必须是反历史化的，或者说，有关一门科学的语言的历史性的决定，要求一种可以做出这种决定的形上层面，而这一形上层面又必须是超历史的（这又要求对这一形上层面本身进行历史化，如此等等）。我们在这里引入对历史化概念讨论并非意在区分不同的语言层面，而是在一个反思的意义上在一种语言的媒介中把握它自身言语的历史性。这里所讲的意思，也许可以通过马克思在《〈政治经济学批判〉导言》中所阐述的基本方法论的洞见得到解释："劳动这个例子确切地表明，哪怕是最抽象的范畴，虽然正是由于它们的抽象而适用于一切时代，但是就这个抽象的规定性本身来说，同样是历史关系的产物，而且只有对于这些关系并在这些关系之内才具有充分的意义。"[3] 这一思想很难掌握，因为马克思一方面坚持某些简单的范畴是始终有效的，另一方面，他又说这些范畴的普遍性是由于具体的历史条件。在这里，关键的区别是"适用于一切时代"与对这种普遍有效性的感知（用马克思的术语说，"这个抽象的规定性本身"）。马克思认为，使感知成为可能的条件是历史地展开的。他写道，在货币制度中，财富被说成是钱，这意味着看不到劳动与财富的关系。只有在重农学派的理论中，劳动才被看成是财富的源泉，然而，他们所说的劳动并不是一般的劳动，而只是一种特殊形式的劳动，即农业。在英国古典经济学中，在亚当·斯密那里，不再是特殊形式的劳动，而是一般劳动被认为是财富的源泉。对于马克思来说，这一发展不再仅仅是一个经济理论的发展。相反，他感到知识中进步的可能性是由认识所指向的对象本身的发展所造成的。当重农学派发展他们的理论时（法国的 18 世纪后半叶），农业仍是主要的经济成分，其他经济部门都依赖于它。只是在经济上更发达的英国，那里的工业革命已经开始，因而农业对其他社会生产部门的统治地位已经消失之时，斯密关于不是特殊形式的劳动，而是劳动本身创造财富的见解才是可能的。"对任何种类劳动的同样看待，以一个十分发达的实在劳动种类的总体为前提，在这些劳动种类中，任何一种劳动都不再是支配一切的劳动。"（《〈政治经济学批判〉导言》，第 25 页。*）

　　我的观点是，马克思通过对劳动范畴的例子所揭示的，存在于一范畴的普遍有效性与该范畴所属领域的实际历史发展之间的关

---

　　*　中译文见《马克思恩格斯选集》第二卷，第 107 页。——译者

联，也适用于艺术中的对象化。在这里，一领域中组成要素的充分展开，也是对该领域的充分认识的可能性的条件。在资产阶级社会中，只有唯美主义的出现，才标志着艺术现象的全面展开成为事实，而正是唯美主义，才是历史上的先锋派运动所做出反应的对象。[4]

　　"艺术手段"或"艺术手法"的范畴可以用来说明这一论点。通过这一点，艺术创造的过程可以被重新构造为一个在不同的技巧间作出理性选择的过程，而这种选择是参照所要取得的效果而形成的。这样一种艺术生产的重新构造不仅以艺术生产中的相对较高的理性程度为前提，同时也以手段被自由地使用为前提，也就是说，不再是一种风格规范体系，即一种社会规范在其中得到间接表现的体系的一部分。莫里哀悄悄地使用了与贝克特完全一样的手段。但是，只要看一下布瓦洛的批评，就可以知道，在莫里哀的时代，人们还没有形成对这些手段的认识。在这里，审美批评仍是对社会统治阶级认为不能接受的粗俗的喜剧的风格手段的批评。在 17 世纪法国封建专制的社会中，艺术仍主要是与统治阶级的生活方式结合在一起的。尽管在 18 世纪发展起来的资产阶级美学从将封建专制主义的艺术与该社会的统治阶级联系起来的风格规范中解放了出来，艺术仍继续服从"模仿自然"的原理。因此，风格手段就仍还不具有手段的一般性——其目的单纯为了接受者的效果——而是服从于一种（在历史上变化着的）风格原理。艺术手段无疑是用于描绘艺术作品的最一般的范畴。但是，只是在历史上的先锋派运动出现后，对不同的技巧和手段的认识才成为可能。只是在历史上的先锋派运动中，艺术手段才整体性地作为手段而为人所使用。在艺术发展到这个阶段之前，对艺术手段的使用受到特定时期的风格的限制，这是对所允许手法的既有规训，对它的侵犯只是在一定的范围内才能被接受。但是，在一个风格占据着统治地位时，作为具有普遍性"艺术手段"的范畴并不能被人们看成是如此，实际上，它只能作为一个特殊的范畴出现。另一方面，历史上的先锋派运动具有一个独特的特征，它并不发展出一种风格来。并不存在一种可被称为达达主义或超现实主义的风格。实际上所发生的是，当这些运动将过去时期中的艺术手段的适用性提升为原理时，它们也就消除了一个时期的风格的可能性。直到普遍适用性的出现，艺术手段的范畴才成为一般性的。

　　如果俄国形式主义者将"非熟悉化"看成就是艺术技巧，[5] 那么，由于在历史上的先锋派运动中，使接受者感到震惊成了占据着主导地位的艺术意图的原理，在这一氛围中，对这一范畴的认识成为可能。由于非熟悉化实际上成为占主导地位的艺术技巧，它才能被发现是一个普遍的范畴。这不是说，俄国形式主义者主要是在先锋派艺术中展示非熟悉化（相反，什克洛夫斯基喜欢用的例子是《堂·吉诃德》和《项狄传》）。这里所说的不过是先锋派艺术中的震惊原理与对非熟悉化是一个普遍的范畴的认识之间的联系而已，尽管这是一个必要的联系。这种联系之所以可以被假定为必要的，是因为只有在事物完全展开时（这里是指由于震惊而被推向极端的非熟悉化），该范畴的普遍有效性才成为可认识的。这并不是说认识行为被移入到现实本身之中，从而否定生产这一知识的主体。这里所承认的只不过是认识的可能性受到物体的现实的（历史的）展开的限制。[6]

　　我的观点是，某些关于艺术作品的一般范畴最早是由于先锋派而形成对它们认识的可能性的。其结果是，只有从先锋派的观点出发，在它以前阶段的艺术作为一个资产阶级社会的现象的发展才能被理解。用相反的方法，即借助于以前的艺术阶段来研究先锋派则是错误的。这一观点并不意味着只是在先锋派艺术中所有的艺术作品的范畴才实现了完美的阐释。相反，我们将注意到，某些对于描述前先锋派艺术至关重要的范畴（例如有机性、部分服从总体，等等）实际上在先锋派作品中被否定。因此，我们不能假定所有的范畴（以及人们对它们的理解）经历了一个均衡的发展。这种进化论的观点将消除历史过程中的矛盾性，而代之以发展是线性进步的思想。与这种观点相反，坚持社会作为一个整体的历史发展，以及在这个社会中，种种子系统仅仅可被理解为诸范畴频繁地在竞争中进化的结果。[7]

　　上述观点需要在一个方面做出进一步说明。如上所述，只有先锋派才使具有普遍意义的艺术手段成为可认识的，这是因为它不再按照一种风格的原则来选择手段，而是将这些手段作为手段来运用。当然，先锋派实践并不是凭空创造出认识艺术作品的普遍有效性范畴的可能性。相反，这种可能性是以艺术在资产阶级社会中的发展为历史先决条件的。从19世纪中叶起，即在资产阶级的政治统治得到巩固以后，这一发展发生了一个特殊的转变：艺术结构的形式-内容辩证法的重心转向了形式。艺术作品的内容，它的"陈述"，与形式方面相比不断地退缩，而后者被定义为狭义的审美。从生产美学的观点看，这种从大约19世纪中叶开始的艺术形式占据统治地位，可将之理解为对手段的掌握；而从接受美学的观点看，可将之看成是一种使接受者变得敏感化的倾向。重要的是，要看这一过程的统一性：当"内容"范畴萎缩时，人们获得了手段。[8]

　　从这个角度看，阿多诺美学的一个中心论点，即"艺术的任何和每一项内容（Gehalt）的关键在于它的技术"就变得很清楚了。[9]仅仅是由于在过去一百年中，作品的形式（技术）因素与内容（起陈述作用的因素）之间的关系变化了，以及形式实际上占据了统治地位，这一论点才可能被阐述。再重复一遍，一个论题的历史展开与把握该论题领域的范畴之间的关系是显而易见的。然而，阿多诺的阐述存在着一个问题，即他宣称的普遍有效性。如果阿多诺的定理仅仅是由于自波德莱尔以后的艺术走上了这条道路才是可以阐述的，那么宣称该定理也适用于在此以前的艺术，就有问题了。在前面所引述的方法论的思考中，马克思讨论了这个问题。他特别指出，即使最抽象的范畴也只是为着并存在于那些条件之中才具有"充分的意义"，而这些范畴正是那些条件的产物。除非人们愿意在这一阐述中看到一种隐藏的历史主义，是否能够具有一种关于过去的知识，既不落入无前提条件地理解过去并陷入历史主义错觉之中，也不用作为后来时代的产物的范畴来简单地把握此过去，就成了一个问题。

2. 作为资产阶级社会中艺术的
自我批判的先锋派

　　在《〈政治经济学批判〉导言》中，马克思阐述了另一个具有一定程度上的方法论眼光的思想。它也与理解过去的社会结构和社会子系统的可能性有关。马克思根本就没有考虑那种假定人们无须联系研究者的现实状况来理解过去的历史主义立场。他认为,在一物的发展与范畴的发展(以及因而产生的认识的历史真实性)之间无疑存在着关系。他所批判的不是那种缺少历史参照点而具有历史知识可能性的历史主义错觉,而是将历史构造为朝向现在进步的史前史。"所谓的历史发展总是建立在这样的基础上的:最后的形式总是把过去的形式看成是向着自己发展的各个阶段,并且因为它很少而且只是在特定条件下才能够进行自我批判,——这里当然不是指作为崩溃时期出现的那样的历史时期,——所以总是对过去的形式作片面的理解。"(《〈政治经济学批判〉导言》,第 26 页。*)在这里,"片面的"概念是在一个严格的理论意义上运用的。它意味着一个矛盾的整体没有能被辩证地(按照其矛盾性)来理解,而只是专注于矛盾的一个方面。过去确实应被构造为现在的史前史,但这一构造仅仅把握了历史发展的矛盾过程的一个方面。要全面地掌握这一过程,有必要走出那曾经使知识成为可能的现在。马克思在走出这一步时,并没有通过引入未来的维度,而是引入对现在的自我批判的概念。"基督教只有在它的自我批判在一定程度上,……才有助于对早期神话作客观的理解。同样,资产阶级经济只有在资产阶级社会的自我批判已经开始时,才能理解封建社会、古代社会和东方社会"(《〈政治经济学批判〉导言》,第 26 页。**)。马克思在这里讲了"客观的理解",但他并没有陷入历史主义的客观主义自我欺骗之中,因为它从不怀疑历史知识是与现在联系在

---

*　中译文见《马克思恩格斯选集》第二卷,第 108 页。——译者

**　中译文见《马克思恩格斯选集》第二卷,第 108—109 页。——译者

一起的。他唯一关心的是辩证地克服不可避免地将过去构造成现在的史前史的"片面性"，并运用对现在的自我批判概念来做到这一点。

如果将自我批判当作对某个社会构造或社会子系统的发展阶段进行描述所使用的历史编纂学范畴，我们就不得不对它做出精确的定义。马克思在自我批判与另外一种所谓的"基督教对异教的批判或者新教对旧教的批判"（《〈政治经济学批判〉导言》，第26页。*）之间作出了区分。我将后一种称为体系内批判。它的特征是在一种社会体制内起作用。回到马克思的例子：在宗教体制内部的体系内批判是以一种宗教思想批判另一种宗教思想。与这种批判不同，自我批判则与相互敌视的宗教思想本身保持距离。然而，这种距离又仅仅是从根本上说更为彻底的批判，即对作为体制的宗教进行批判的结果。

体系内批判与自我批判的区分可以被移用到艺术领域。体系内批判的例子是法国古典主义理论家对巴洛克戏剧的批判，或者莱辛对德国人摹仿法国古典悲剧的批判。在这里，批判是在一个体制，即戏剧内起作用的。各种不同的、（由于多种中介）基于社会立场的悲剧概念相互对立。除此之外还存在着另一种批判，即对艺术的自我批判：它针对艺术体制本身，因而必然与前者区分开来。"自我批判"范畴的方法论意义在于，对于社会子系统来说，它表示对过去发展阶段"客观理解"可能性的条件。运用到艺术上，这意味着只有当艺术进入自我批判的阶段，对过去艺术发展时期的"客观

---

　　* 中译文见《马克思恩格斯选集》第二卷，第109页。——译者

理解"才是可能的。在这里,"客观理解"并不意味着独立于认识的个体而存在;它仅仅意味着对认识的个体而言,整体作为过程告一个段落时的见解,尽管所谓告一段落也许仅是临时性的。

　　我的第二个观点是:随着历史上的先锋派运动,艺术作为社会的子系统进入了自我批判阶段。作为欧洲先锋派中最为激进的运动,达达主义不再批判存在于它之前的流派,而是批判作为体制的艺术,以及它在资产阶级社会中所采用的发展路线。这里所使用的"艺术体制"的概念既指生产性和分配性的机制,也指流行于一个特定的时期、决定着作品接受的关于艺术的思想。先锋派对这两者都持反对的态度。它既反对艺术作品所依赖的分配机制,也反对资产阶级社会中由自律概念所规定的艺术地位。仅仅在19世纪的唯美主义以后,艺术完全与生活实践相脱离,审美才变得"纯粹"了。但同时,自律的另一面,即艺术缺乏社会影响也表现了出来。先锋派的抗议,其目的在于将艺术重新结合进生活实践之中,揭示出自律与缺乏任何后果之间的联系。这时出现的作为社会子系统的艺术所进行的自我批判,使得对过去发展阶段的"客观理解"成为可能。例如,在现实主义时期,艺术的发展给人以现实与再现的关系越来越密切的感觉,而现在,这一构造的片面性就可以被认识到了。现实主义不再就是艺术创作的原理,而成为某个时期的做法的总和。艺术发展过程的总体性只有在自我批判的阶段才能清楚地表现出来。只有在艺术实际上已经完全将自身从生活实践中的一切分离开来时,组成资产阶级社会中的艺术发展原理的两个要点才能为人们所看到:艺术逐渐从真正生活语境中脱离开,相应地,审美作为一种独特的经验领域的形成。

　　马克思的文本没有对有关自我批判可能性的历史条件给予直接的回答。从马克思的文本人们仅仅可以抽象出一种一般性的观点，即自我批判是以批判所指向的社会构成或社会子系统的完全进化出它自身的、独特的特性为条件的。如果将这个一般性原理运用于历史领域，就会得到下列结果：为了实现资产阶级社会的自我批判，就必须首先存在着无产阶级。由于无产阶级的出现才使人们认识到，自由主义是一种意识形态。对作为社会子系统的"宗教"的自我批判是以宗教的世界图景丧失其合法功能为条件的。它们丧失其合法功能是随着封建主义结束，资产阶级社会出现，以及合法统治的世界图景（宗教的世界图景属于这个范畴）被公平交换的基本意识形态所取代。"由于资本家的社会权力被体制化为一种以私人劳动合同为形式的交换关系，吮吸私人的剩余价值取代了政治上的依赖，市场及其所具有的控制论的功能，就具有了一种意识形态的功能。阶级关系从而具有匿名的、非政治性的工资依赖性质。"[10]由于资产阶级社会的核心意识形态是其基础之一，具有统治合法性的世界图景丧失了它们的功能。宗教成了一件私人事务，同时，对宗教体制的批判成为可能。

　　现在，我们进一步问这样一个问题：对作为艺术的社会子系统进行自我批判的可能性的历史条件到底是什么？要回答这个问题，最重要的是防止匆忙构造一种关系（如艺术危机、资产阶级社会危机，等等[11]）。如果一个人认真对待社会子系统的相对自律性与社会作为一个整体发展关系的思想，他就不能断言，影响作为整体的社会的危机也必然在子系统内的危机中显示出来，或者反过来说也是如此。要把握对作为子系统的"艺术"的自我批判可能性的条件，就必然构筑子系统的历史。但这并不能通过使资产阶级社会的历史成为基础,并在此之上发展出艺术的历史。如果这样的话,人们所做的无非就是将艺术的对象化与资产阶级社会的发展阶段联系起来,并假定后者是已知的。知识不能以这种方式生产出来,因为如果这样的话,所要寻找的东西(艺术的历史及其社会影响)就会被当作早已知道的东西。那么,社会作为整体的历史,就将成为似乎是它的各子系统的意义。与此相反,必须坚持各单个子系统发展的非同时性,这意味着资产阶级社会的历史可以被写成是不同的子系统非同时性发展的综合。显然,完成这一任务有着许多困难。这些困难也清楚地显示出,为什么子系统"艺术"具有它自己的历史。

如果要构筑子系统"艺术"的历史,我感到有必要在艺术作为一个体制(它按照自律的原理在起作用)与单个作品的内容之间做出区分。只有这种区分才能够使我们理解,在资产阶级社会中,艺术的历史是沿着一条消除体制与内容间分歧的道路发展的。在资产阶级社会中(包括资产阶级在像法国大革命那样取得政治权力之前),艺术占有一个特殊的地位,用最简单的话说,这就是自律。"自律的艺术只是随着资产阶级社会的发展而得到确立,经济、政治的制度与文化制度分离,以及为公平交换的基本意识形态所破坏了的传统主义世界图景使艺术从对它们的仪式化的使用中解放出来。"[12]在这里,自律规定了"艺术"作为社会子系统起作用的方式:它相对于对社会有用的要求而具有(相对的)独立性。[13]但是,必须记住,艺术从生活实践中分离开来,它伴随着的一特殊经验(即审美)领域的凝结并不呈现为直线发展(存在着许多重要的相反的潮流),同时,也不能对(例如,艺术走向独立)作非辩证的阐释。相反,艺术在资产阶级社会中的自律地位，绝不是无可争议的，而是社会整体发展中的不稳固的产物。当对艺术进行控制似乎再次变得有用时，这一地位随时都可能被社会（更准确地说，社会的统治者）所动摇。不仅在像法西斯主义的艺术政治学这样的极端的例子中自律的地位被取消，而且大批指控艺术家违反道德的法庭诉讼，也证明了这一事实。[14] 在这里，必须将两个方面区分开来，一方面是由社会权力机构对这种自律的地位所作的攻击，另一方面是从形式-内容的整体性中体现出的单个作品的本质中解放出来的、并且目的在于消除作品与生活实践间的距离的那种力量。艺术在资产阶级社会中，是依赖于体制的框架（将艺术从完成社会功能的要求解放出来）与单个作品所可能具有的政治内容之间的张力关系而生存的。但是，这种张力并不稳定，而是服从于一种，正如我们下面将要看到的，趋向于消亡的历史动力学。

　　哈贝马斯曾试图将这些内容定义为资产阶级社会所有艺术的特征："艺术也许仅仅是理智上的需要的满足的避难所，而这些需要在资产阶级社会的物质生活过程中是半非法的"（《有意识地从事还是逃避批判》，第 192 页）。在这些需要中，他列举了"与自然的摹拟式交流"，"息息相关地与别人共存"，以及"一种不是屈从于紧迫的手段-目的推理，允许与行为的自发性一样程度的想象力的范围"（同前，第 192 页）。这样一种视角在资产阶级社会中对艺术功能的一般性定义的框架内，正如哈贝马斯所说，是有道理的，但是，在我们的语境中，它就会出现问题，因为它不能使我们把握在作品中所表述的内容的历史发展。我相信，将艺术在资产阶级社会中的体制地位（艺术作品与生活实践间的分离性）与在艺术作品中实现的内容（这在哈贝马斯那里也许无须被说成是剩余需要）之间作出区分是必要的。这种区分使人们发现可能进行艺术的自我批判的时期。仅仅在这一区分的帮助之下，我们关于艺术的自我批判可能性的历史条件问题才能得到回答。

也许有人会对艺术的形式决定论[15]（自律的地位）与单个艺术品的内容决定论之间的区分提出下列反对意见：自律地位本身必须被理解为内容；与资产阶级社会中有目的的、有理性的组织的分离就已经暗示着一种社会不允许的幸福。无疑，这种观点是有着一些道理的。形式决定论并不是某种外在于内容的东西；面对直接服务目的的独立性，也被添加进其表面内容相当保守的作品之中。但是，恰恰是这一事实，促使学者们在支配着单个作品起作用时的自律地位与单个作品（或作品群）的意旨间作出区分。伏尔泰的"故事"（contes）与马拉美的诗都是自律的艺术作品。但是，在不同的社会语境之中，由于特定的历史和社会原因，不同的使用规定着赋予艺术作品自律地位的范围。仍举伏尔泰为例，自律的地位并不排除艺术家采取某种政治立场；它所限制的仅仅是取得有效性的机会而已。

这里提到的艺术体制（它的功能形式是自律）与作品的意旨间的区分，使他们初步回答有关作为社会子系统的"艺术"的自我批判的条件问题成为可能。关于艺术体制的历史构成方面的困难问题，在这里，我们只要看到这一过程与资产阶级争取解放的斗争大致在同一时期结束就可以明白了。在康德与席勒的美学著作中所表述的见解，是以艺术作为一个与生活实践分离的领域而完成其进化为前提的。我们可以由此认为，最晚在18世纪末，艺术作为一个体制已经得到了充分的发展。然而，这并不意味着艺术的自我批判也同时出现。黑格尔式艺术时期终结的思想并不被青年黑格尔派所采用。哈贝马斯在解释这一点时将其归因于，"艺术在绝对精神诸形式中所占据的特殊地位在这个意义上，它不同于主体化了的宗教与科学的哲学，不承担经济与政治体系中的任务，而是迎合资产社会中不可能满足的剩余需要。"（《有意识地从事还是逃避批判》，第 192 页）。我相信，艺术的自我批判［在当时］仍然不能出现必定有着其历史的原因。确实，自律艺术的体制在当时已经得到了完全的发展，但在这个体制中，具有彻底的政治性的内容仍在起着作用，因此构成与体制的自律原则的制衡。对作为社会子系统的艺术进行自我批判只有在内容也失去它们的政治性质，以及艺术除了成为艺术之外其他什么也不是时，才是可能的。这一步是在 19 世纪末，在唯美主义那里才实现的。[16]

　　由于与资产阶级在其夺取政治权力后的发展相关的原因，19世纪后半叶在体制的框架与单个作品的内容之间存在的张力趋于消失。过去构成资产阶级社会中艺术的体制地位的与生活实践分离的特性，现在变成了作品的内容。体制的框架与内容一致了。19世纪现实主义小说仍起着资产阶级自我理解的作用。小说成为思考个人与社会关系的媒介。在唯美主义那里，这一主题被艺术的制作者日益增长的对媒介本身的关注所掩盖。马拉美的重要文学计划的失败，瓦莱里在 20 年中几乎完全失去文学的生产力，以及霍夫曼斯塔尔的《钱多斯大人的信》都是艺术危机的表现。[17]在艺术摆脱了所有外在于它的东西之时，其自身就必然出现了问题。当体制与内容一致时，社会无效性的立场成为资产阶级社会的艺术的本质,因此激起了艺术的自我批判。历史上的先锋派运动值得赞扬之处就在于它提供了这种自我批判。

3. 有关本雅明的艺术理论的讨论

在他的文章"机器复制时代的艺术作品"[18]中,本雅明使用了脱去灵韵(Verlusts der Aura)[*]的概念,来描绘在 20 世纪的最初 25 年艺术所经历的决定性的变化,并试图说明复制技术带来的变化所导致的损失。前面我们从艺术的历史展开(作品的体制和内容)引申出了自我批判可能性的条件,因而讨论本雅明的观点的适合性就成为必要。这种观点将这种条件说成是生产力领域的变化的直接结果。

本雅明的出发点是作品与接受者之间的某种类型的关系,对此,他认为以一种灵韵的出现为标志。[19]本雅明所谓灵韵概念的最方便的译法,也许是不可接近性:"不管如何接近仍保留距离的独特现象"(《机器复制时代的艺术作品》,第 53 页)。灵韵起源于祭祀礼仪,但对于本雅明来说,由灵韵所代表的接受方式在文艺复兴以后的非宗教艺术中仍然存在。在本雅明对艺术史的评价中,具有决定意义的不是从中世纪的宗教艺术到文艺复兴的世俗艺术的突变,而是由失去灵韵而形成的突变。本雅明将这一突变归结到复制技术的改变。本雅明认为,以灵韵为标志的接受要求诸如独特性

---

[*]　Aura 指一种不可明确言说的独特的韵味和气氛,当用于人时,指人的风度、气派,用于艺术时,指一种神秘性、气象,这个词很难找到对应的中文译法,这里采用国内已有的译法。——译者

（Einmaligkeit）与可靠性（Echtheit）一类的范畴。但这些范畴与一门艺术（例如电影）无关，这门艺术本身就要求复制。本雅明具有决定性的思想是，复制技术的变化导致知觉形式的变化，并导致"整个艺术的性质的变化"。资产阶级个人的观照性接受被大众的既狂乱又理性审视的接受所取代。艺术不再以仪式为基础，而是建筑于政治学之上。

我们将先对本雅明的艺术发展建构，再对他提出的唯物主义解释模式进行考察。宗教艺术时期，艺术是宗教仪式的一个组成部分。随着资产阶级社会的发展而形成的自律艺术时期，艺术与仪式分离，创造出一种特殊的知觉形式（审美）。本雅明用带灵韵的艺术概念来概括这两者。但是，他提出的这种艺术分期存在着几个方面的问题。对于本雅明来说，带灵韵的艺术与个人的接受（专注于对象）是结合在一起的。但是，这种特征只适用于自律艺术，而不适用于中世纪的宗教艺术（中世纪教堂中的雕塑与神秘剧的接受都是集体性的）。本雅明对历史的建构缺少了艺术从宗教仪式中解放出来这一环，而这正是资产阶级所做的工作。这种缺失的原因也许是由于随着"为艺术而艺术"运动和唯美主义而实际上出现的重新宗教化（或重新仪式化）。但是，这种复归与艺术原初的宗教功能是完全不同的。在这里，艺术已不再是宗教仪式中的一个因素，在其中被赋予一种使用价值。相反，艺术产生一种仪式。艺术不是在宗教艺术的范围内占据一席地位，而是取代宗教。因此，这种在唯美主义中出现的艺术的重新宗教化是以艺术完全从宗教中解放出来为条件的，与中世纪艺术的宗教性质具有根本的差别。

本雅明将接受方式变化看成是复制技术变化的结果。对这种唯物主义解释作出评价，重要的是理解，他提出了一种新的解释，而这也许会被证明具有更好的解释效果。他写道，先锋派艺术家，尤其是达达主义者，在电影发明以前就已经试图运用绘画的手段来创造类似电影的效果了。"达达主义者对他们作品的出售［交换］价值的重视程度要远远低于对它作品无益于沉思默想的重视……他们的诗是一个'词的色拉'，其中包含着污秽的语言以及所有可想象的语言的废物。他们的绘画也是如此，他们在画上嵌进纽扣和车票。他们想要并实际做到的是无情地解构他们标明为正是以制作的手段进行复制所创造的灵韵"（《机器复制时代的艺术作品》，第43页）。在这里，灵韵的失去并不能追溯到复制技术，而是艺术制作者的意图。"艺术的整体性质"方面的变化不再是技术革新的结果，而是一代艺术家的有意识的行为的结果。本雅明将达达主义者们看成是先驱者；他们创造出一种"要求"，仅仅是新的技术媒介才能满足它。但是，这里仍存在着一个问题：怎样解释这种先锋性？换句话说，根据复制技术的改变来解释接受方式的改变，导致一种不同的"区域价值"（Stellenwert）。它不再能宣称解释一个历史过程，而最多不过是假定为可能是达达主义者最早发现的一种接受方式的扩散而已。人们无法完全抗拒这样一个印象，本雅明希望为他在接触先锋派艺术时做出的一个发现，即发现脱去灵韵提供一个追溯性的唯物主义基础。但这种做法对于解释艺术发展中的决定性中断而言是有问题的，因为这样的话，本雅明所了解的这一具有深远历史意义的发展就变成了技术变化的结果。这样，在解放或对解放的期待与工业技术之间就建立起了直接的联系。[20] 但尽管解放是一个过程，它无疑可以提供一个满足人类需要的新的可能性的场所，但却不能被看成独立于人的意识之外。解放所自然导致的是解放的反面。

　　从本质上说，本雅明试图做的是，从作为整体的社会转移到其中的一个部分，即艺术，按照马克思主义的原理，生产力的发展"摧毁"生产关系。[21] 问题在于，这一转移是否最终不过是一个比喻而已。在马克思那里，"生产力"的概念指一个特定社会中技术发展的水平，这既包括物化为机器的生产手段，也包括工人使用这些手段的能力。是否艺术生产力的概念可以从这一思想中引申出来，则是一个问题。这是因为，在艺术生产中，将生产者的能力与物质生产和复制技术的发展阶段归结为一个概念是困难的。到目前为止，艺术生产都是一种简单的商品生产（甚至在晚期资本主义社会也是如此），在其中生产的物质手段对产品的质量影响相对较小。然而，它们对产品的分配*和效果则影响很大。自从电影发明以后，分配方式对生产的影响之大则无可怀疑了。但是，在一些领域占据着统治地位的准工业方式却不能证明上面所说的"摧毁"。[22] 这里所出现的是作品内容完全服从于利润动机，作品的批判能力让位给迎合消费者的态度（这扩展到最细微的人际间关系之中）。[23]

　　在布莱希特的《三分钱歌剧》中，我们看到了与本雅明相似的关于新的复制技术导致艺术及其灵韵被破坏的观点，只是比本雅明表述得更加谨慎："这一机制能比其他一切都更好地被用于取代旧式的无技术的、反技术的'发光的'艺术，及其与宗教的联系。"[24]

---

　　*　这里的"分配"（Distribution），具有我们通常所说的"发行"的意思。在本书中将之译为"分配"，是为了与文中所引用的马克思有关论述的中文传统译法保持翻译上的一致。——译者

本雅明倾向于将一种解放的性质归结于新的技术手段(电影)本身,而布莱希特则强调某些可能性植根于技术手段之中,至于发展这些可能性则依赖于使用它们的方式。

如果由于上述原因,将生产力的概念从社会整体移用到艺术之中是一种有问题的做法,那么,生产关系的概念也是如此。在马克思那里,这无疑指支配着劳动及劳动产品分配的社会关系总和。但是,在前面,我们通过艺术体制,提出了一个概念,它表明一种状况,在其中,艺术被生产、分配和接受。在资产阶级社会,这一体制的突出的特征是,在此体制中起作用的产品保持着对它们所服务的社会目的的(相对的)自由。本雅明利用灵韵的概念,对作品与接受者之间在资产阶级社会艺术体制中关系的类型做出定义,这是他的一个成就。在这里,两个根本的见解汇聚到了一起:第一,并非由于其本身或由于与其本身的关系,艺术作品产生效果,艺术品在其中起作用的体制对于艺术品的效果的产生起着决定性的作用;第二,接受的方式必须以社会的历史为基础,例如,资产阶级个人对灵韵的知觉就是如此。本雅明的发现在于提出形式是艺术中决定性因素(马克思使用该概念意义上的形式决定论[*Formbestimmtheit*])。我们在这里再次发现他方法上的唯物主义因素。但是,那种复制技术摧毁具有灵韵的艺术的理论,是一种伪唯物主义的解释模式。

对上述有关艺术分期的讨论作最后的评论:我们在上面批评本雅明的分期,是由于他模糊了中世纪宗教艺术与现代世俗艺术的界限。以本雅明所划定的有灵韵艺术与无灵韵艺术的区分为前提,人们可以形成一个在方法论上重要的见解,即艺术发展的分期必须在作为体制的艺术之中寻找,而不是在单个艺术作品的内容变化中寻找。这意味着，艺术史的分期不能简单地照搬社会结构及其发展阶段的历史分期，而是必须由文化科学来研究其对象发展的大规模变化。只有用这种方法，文化科学才能对研究资产阶级社会的历史做出真正的贡献。但是，一旦历史被当作一个已知的参照系，并将之用于对社会诸个别领域进行历史研究，文化科学就会退化为建立相对应物的一个程序而已，这么做的认识价值就会变得很小。

总结：本雅明的理论并不能帮助阐明对作为社会子系统的"艺术"进行自我批判可能性的社会条件；相反，这些条件必须来自作为资产阶级社会艺术的构成要素的紧张关系，即作为体制（自律地位）的艺术与单个作品的内容之间的紧张关系。在这项工作中，重要的是不把艺术与社会看成是两个相互排斥的领域。这是因为，不管是艺术对于它所服务的目的要求的（相对）绝缘，还是内容的发展，都是社会现象（由社会整体的发展所决定）。

如果说，我们批判本雅明通过技术所形成的可复制性强加给艺术品一种不同的接受方式（脱去灵韵是其标志之一），这并不意味着我们否定复制技术的发展所具有的重要性。在这里，我们必须指出两点：技术的发展不能被理解为独立的变量，它本身依赖于社会的整体发展。其次，艺术在资产阶级社会中发展的决定性转折，并不能归结为复制技术这个单一的原因。在作了这两个附加限制之后，人们也许可以用下面的话来总结技术发展对美术进化的重要意义：由于照相术的出现，使得精确地对现实进行机械复制成为可能，美术的摹仿功能"凋谢"了。[25] 但是，这一解释模式的局限性在人们发现它并不能被移到文学中时，就暴露了出来。在文学中，没有出现一个能与照相术在美术中的影响相比的技术革新。当本雅明将"为艺术而艺术"的兴起解释为对照相术的反应时[26]，这一解释模式显然被歪曲了。"为艺术而艺术"的理论并不简单地是对新的复制手段（不管它对推动美术的独立起了多么重要的作用）的反应，而是对在全面发展了的资产阶级社会中艺术作品失去社会功能倾向的回答（这一发展以单个的作品失去政治内容为标志）。在这里，我们无意于否认，复制技术的变化对于艺术发展具有重要意义，但后者并非直接从前者引申出来。从"为艺术而艺术"开始到唯美主义结束的作为一个独特的子系统的艺术的进化，必须与资产阶级社会中劳动分工倾向联系起来考虑。完全进化了的、独特的、作为子系统的"艺术"同时也趋向于成为不再具有任何社会功能的个人的作品。

作为一般性的公式，恐怕没有比下列的表述更为安全的了：作为社会子系统的"艺术"进化为一个完全独立的实体是资产阶级社会发展逻辑的重要组成部分。随着劳动的分工变得更加普遍，艺术家也变成了专门家。这一在唯美主义那里发展到顶峰的倾向，在瓦莱里身上得到了最为充分的反映。在这个走向日益专门化的一般倾向之中，各种子系统可被视为在相互撞击，例如，照相术的发展影响了绘画（摹仿功能的凋谢）。但是，对这种社会子系统间的相互影响不应过高估计。尽管这种影响，尤其是对于解释不同门类艺术的进化的非同时性，是十分重要的，但它们不能成为不同门类艺术产生出专属于它们自身特征的过程的"原因"。这一过程是它所从属的社会总体发展的一项功能，对于此，原因–结果的公式不能提供充分的解释。[27]

先锋主义运动所实现的对作为社会子系统的"艺术"的自我批判，到目前为止，主要被人们视为与劳动日益分工的倾向联系在一起的，而这种分工又是资产阶级社会发展的显著标志。社会总体趋向于各子系统得到明确表述与同时出现的功能的专门化，被理解为包括艺术领域在内的所有领域都应服从的发展规律。这仅仅完成了对过程的客观方面的描述。但这一独特的子系统的进化是怎样被主体所思考，仍是应研究的问题。在我看来，经验的收缩概念在这里会对我们有帮助。如果经验被定义为一串已经历过的知觉和思考的话，那么，将发展着的劳动分工所导致的子系统具体化说成是经验的收缩就成为可能。这种收缩并不意味着现已成为一个子系统中的专门家的主体不再感知或思考。这里所说的意思是，这一概念意味着，专门家们在片面的领域中所拥有的"经验"不再能被翻译回生活实践之中。像唯美主义者所发展的那种作为特殊经验的审美经验，会以其纯粹的形式成为一种方式，在其中上述经验的收缩在艺术领域中获得表现。换句话说，审美经验是作为社会子系统的"艺术"将自身定义为一个独立的领域之过程的积极的一面。其消极的一面是艺术家失去任何社会的功能。

就其阐释现实或仅仅在想象中为剩余需要提供满足而言，艺术尽管与生活实际相脱离，却仍与它有着联系。只有唯美主义才使直到它兴起之前仍保持着的与社会的联系被切断。与社会（指帝国主义社会）的决裂构成了唯美主义作品的核心。这也正是阿多诺一次又一次地企图维护它的原因。[28]先锋派艺术家的意图也许可以被确定为试图将唯美主义所发展起来的审美经验（这是对生活实践的反叛）转向实际。与资产阶级社会的手段-目的理性构成最强烈的冲突的东西会成为生活的组织原理。

第三章　论资产阶级社会中的
艺术自律问题

它（艺术）的自律必定会保持不变。[1]

不把作品掩盖起来，就不能设想艺术的自律。[2]

1. 研究问题

　　上面引用的阿多诺的两句话规定了"自律"范畴的矛盾性：一方面固然要对资产阶级社会中艺术是什么作出定义；另一方面又具有意识形态扭曲的痕迹，没有揭示这种定义是受社会条件制约的。这表明，自律的定义将支撑着下面的评论，并将之与其他两个相互竞争的概念区分开来：为艺术而艺术的自律概念与一种实证主义社会学的、将自律仅仅看成是艺术生产者主观思想的自律概念。

　　如果艺术的自律被定义为艺术从社会中独立出来，那么，对这个定义就会有几种理解。将艺术与社会的分离构想为它的"性质"，这意味着不自觉的采用了为艺术而艺术的概念，从而使人们不再能将这种分离解释为历史和社会发展的产物。另一方面，如果人们认为艺术独立于社会之外，仅仅存在于艺术家的想象之中，并不能说明作品的地位，那么那种将自律看成是由历史条件决定的现象的观点就走向了它的反面，自律只不过是错觉而已。这两种方法都不能说明自律的复杂性。这个范畴的特征在于，它描述了某种真实的东西（艺术作为人类活动的一个特殊领域与生活实践之间联系的分离），但同时，它又用一种阻碍认识这一过程的社会决定性的概念来表现这一真实的现象。正像公共领域（Öffentlichkeit）一样，艺术自律是资产阶级社会的范畴，它既揭示也掩盖实际的历史发展。所有对这一范畴的讨论都必须在这样一个范围内进行：它是否从逻辑的和历史的角度对存在于该事物内部的矛盾性作出了成功的揭示和解释。

由于必要的对艺术和社会科学的前期研究还没有做，因而对在资产阶级社会中作为体制的艺术的历史描述在这里就很难接着做下去。在这里，我们将对各种对"自律"范畴作唯物主义解释的方法进行讨论，这也许会引导我们既对概念，也对事实作一澄清。同时，具体研究的视角也更容易从对最新研究的批判中发展起来。[3]
B. 欣茨对艺术自律思想的起源解释如下："在将生产者与他的生产手段分开的历史阶段，艺术家是唯一的未受劳动分工的影响的人，当然这绝不是说这种分工未在他们身上留下痕迹。……他的产品取得某种特别的、'自律的'的地位的原因，似乎是由于在劳动分工的时代到来后，他继续保持手工业的生产方式。"（《艺术自律》，第175页以下）[4]在一个劳动分工和劳动者与他的生产资料的分离日益普遍的社会之中，被局限在手工业生产阶段就成为艺术被看成是某种特别的东西的前提条件。由于文艺复兴时期的艺术家主要在宫廷工作，他们对劳动分工作出了"封建"的反应。他们否定自己作为手艺人的地位，而将自己所做的看成是纯粹知识分子才能取得的成就。M. 米勒得出了类似的结论:"至少从理论上说,正是宫廷推动了艺术工作在物质与精神生产方面的分工,这种分工发生之处正是艺术创造之处。这种分工是对变化了的生产条件的封建的反应"(欣茨,《艺术自律》,第 26 页)。

上面的论述是促进一种对超越资产阶级与贵族阶级间严格对立的精神现象作出唯物主义解释的重要的尝试。作者们并不满足于仅仅将精神的对象化归结为社会地位,而是试图从社会动力学中抽引出意识形态(这里是指对艺术创造过程的性质的认识)。他们将艺术所宣称的自律看成是这样一种现象:它出现在封建的时代,但却是对早期资本主义经济给宫廷带来的变化的一种反应。这一细致的阐释计划与维尔纳·克劳斯对 17 世纪法国的绅士风格*的设想相似。[5] 绅士们的社会理想不能被简单地理解为失去政治作用的贵族意识形态。正是由于这种理想反对财产决定论,克劳斯将之解释为贵族阶级争取上层资产阶级的支持以实现专制主义的企图。然而,这些艺术社会学研究成果的价值在于其思辨成分(这对米勒也适用)占据了统治地位,从而不应以其实际的研究成果来对之进行估价。另一个因素是更具有决定性:"自律"概念在这里所指的完全是艺术成为自律过程的主观方面。解释工作的对象是艺术家关于自己活动的观念,而不是自律作为一个整体的出现。但是,这一过程同时包含着另一个因素,即迄今为止与宗教崇拜目的结合在一起的、对现实感知和塑造的能力的解放。尽管我们有理由假定这

---

　　* 绅士风格(honnêt homme),指 17 世纪中叶起法国文学流行的一种风格。它的最重要的代表是莫里哀。——译者

一过程中的诸因素（意识形态的与真实的）之间有着相互联系，将之归结为其意识形态层面仍是有问题的。卢茨·温克勒的解释工作所针对的正是这一过程的真实一面。他的出发点是豪泽的一个观点，即随着从个人为着某一具体目的向艺术家订制某件作品到收藏家们在日益发展的艺术市场中获得一些著名艺术家作品的过渡，独立工作着的艺术家的出现与收藏家具有历史上的对应关系。[6] 由此，温克勒得出了下面的结论："委托制作的个人与被委托制作的作品的抽象化，即使该市场成为可能的抽象化，是艺术抽象，即对构图和色彩等技术的感兴趣的前提条件"（温克勒，《文化产品的生产》，第 18 页）。豪泽主要在描述；他阐明一种以收藏家与独立的艺术家的同时出现为特征的历史发展，也就是说，艺术家为匿名的市场而生产。在此基础上，温克勒解释了审美自律的产生。我感到，这样将描述性记叙解释为历史性建构似乎是有问题的，豪泽的其他一些论述提示了其他的结论，但问题仍然存在。豪泽写道，尽管在 15 世纪艺术的画室仍是手工作坊，并服从于行会的规章（豪泽，《艺术社会史》，第 56 页），但大约在 16 世纪初，艺术家的社会地位得到了改变，这是由于新的封建领主、诸侯以及富裕的城市形成了对能够承担重要艺术品制作的优秀艺术家日益增长的需要。豪泽在这个语境中也提到艺术市场的需要，但"市场"在这里的意思不是作品被买卖，而是日益增长的重要的订制。这种增长导致艺术家与行会的联系变得松弛（行会生产者自我保护，防止产品过剩、并导致价格下降的机制）。当温克勒从市场机制（艺术家为收藏家在其中购买作品的匿名的市场生产；他们不再为订购的个人生产）引申出"艺术抽象"，即对构图和色彩的技术感兴趣时，他的解释就与他可从豪泽的论述中推导出的解释出现了矛盾。从豪泽的观点出发，对构图和色彩的兴趣就将是艺术家的新的社会地位的结果，这不是由于委托制作艺术的重要性的减少，而是由于它的增加。

　　我们在这里并不寻求对什么是"正确的"解释作一个决断，重要的是认识到各种不同的解释尝试所暴露出来的研究上的问题。艺术市场的发展（不管是旧式的"委托"市场，还是新的买卖作品的市场）提供了一种很难从中发展出任何审美自律思想的"事实"。我们称之为艺术的社会领域的增长过程经历了几个世纪。这种发展时而具有跳跃性，时而被相反的运动所阻碍。在这个领域的形成原因中，市场机制固然相当重要，但绝不是唯一的原因。

　　布雷登坎普的研究与上述的研究方法不同，他试图揭示"'自由的'（自律的）艺术的概念或思想是从一开始就与特定的阶级联系在一起的，宫廷与大资产阶级在推动艺术作为他们统治的见证"（《艺术自律》，第 92 页）。由于审美的感染力被用于统治的手段，布雷登坎普将自律看成是一种错觉。与自律艺术相对的是非自律艺术，对此他赋予肯定的价值。他努力揭示，下层阶级在 15 世纪还墨守 14 世纪的形式并非由于情感上的保守主义，"而是由于他们有能力体验和抵制艺术从膜拜仪式中发展出来，从而，对与上层阶级的意识形态联系在一起的自律性提出要求的过程"（同上，第 128 页）。同样，他将平民与小资产阶级教派的破坏偶像运动解释为对感性的感染力变成某种自身独立之物的过程的彻底反抗，萨沃纳罗拉*当然不会反对一种倾向于道德训导的艺术。在这种类型的阐

---

　　*　萨沃纳罗拉 (Girolamo Savonarola, 1452–1498)，意大利牧师，改革家，美第奇

释中，主要的问题是阐释者的见解与事件经历者的经验被等同了。阐释者无疑有权利[为对象]增添属性；在处于社会之中和关于社会的经验的基础上，人们也许会倾向于相信，下层社会的审美保守主义包含着真理的成分。但是，阐释者不能将这种见解简单地说成是 15 世纪意大利小资产阶级和平民阶层的经验。布雷登坎普在他的论述的结尾处再一次清楚地指出，宗教禁欲主义艺术是"党派性"的"早期形式"。他还赋予这种"党派性"以正面的价值，即"谴责自我优越感及其在艺术中大量出现，倾向于为大众所接受，忽视审美感染力而重视道德与政治上的清晰性"（第 169 页）。布雷登坎普尽管并非故意这么做，实际上在肯定一种传统的观点，即"介入的艺术"不可能是"真正的"艺术。更具有决定性的是，由于他偏爱道德化的艺术，布雷登坎普没有能对审美感染力从宗教语境中解脱出来的解放意义给予足够的重视。

在这里，如果人们想把握艺术成为自律的过程的矛盾性的话，就必须注意起源与作用的分离。审美在其中第一次作为特殊的快感对象而提供的作品很可能在起源上与那些处于主导地位的作品发出的灵韵联系在一起，但这并不改变这一事实，即在历史的进一步发展的过程中，它们不仅使某种快感（审美）成为可能，而且对一个我们称之为艺术的领域的创造作出贡献。换句话说：批评科学不应简单地否认社会现实的一个方面（艺术自律就是这样的一个方面），并且退缩到几个两分结构中（统治者的灵韵与大众的接受性，

家族被推翻后的佛罗伦萨的领导人。他与腐败的教会制度进行了坚决的斗争，最后为此而受到审判并被处决。——译者

审美感染力与教化和政治的明晰性）。它必须使自身向着本雅明在下面的话中所概括的艺术辩证法开放："没有一部文明的文献不同时也是一部野蛮的文献。"[7]本雅明无意于在这段话中谴责文明，因为这样的话，就会与他关于批评是挽救或保存某物的思想不一致。相反，他提出一个见解，即到现在为止，文化都是以那些被排斥在文化之外的人的苦难为代价的。（例如，希腊文化就是一个奴隶主社会的文化）。确实，作品之美并不能使它们赖之以生存的苦难合理化；但人们也不可对证明了这一苦难的作品本身加以否定。尽管在伟大的作品中揭示压制（优势的灵韵）是重要的，但作品并不能仅仅归结于此。企图通过造成"道德化的"与"自律的"艺术间的对立来消除艺术发展中的矛盾是错误的，这是因为它们既忽视了自律艺术中的解放性，也忽视了道德化艺术中的倒退性。与这样一些非辩证的思考相比，霍克海默与阿多诺在《启蒙的辩证法》中坚持文明的过程与压迫密不可分的论断是正确的。

　　各种更为晚近的关于澄清艺术自律的研究没有在这里构成交锋。这不是由于我们不赞成这种努力，正好相反，我相信这种努力是极端重要的。然而，这一交锋也具有导致历史-哲学的思辨的危险。尤其是一门科学将自身理解为唯物主义的时候，更要对此保持警惕。这并非意味着号召对"物质性"的盲目服从，而是寻求一种理论指导下的经验主义。这一公式指出了，就我所知唯物主义的文化科学至今还没有清楚地表述，更没有解决的研究中隐藏的问题：我们可以设置一个什么样的程序，以使对历史资料的研究能够产生的结果用于解决某些没有在理论的层面上设定的技术性问题？只要这个问题没有提出，文化科学就冒着在坏的具体性与坏的普遍性之间摇摆的风险。涉及自律问题，人们应该问一问，是否在两个因素（艺术从生活实践中脱离，与模糊这一过程的历史条件，例如对天才的崇拜）之间存在着联系，会是一种什么样的联系。考察审美从生活实践中解放出来的过程，最方便的途径是看美学思想的发展。文艺复兴时期所提出来的艺术与科学的关系问题，也许可以被解释成艺术从仪式中解放出来的第一步。考察艺术从直接服务于宗教目的中解放出来的过程，人们也许应该看这一过程的中心部分，但这却是极难分析的，因为它经历了几个世纪才完成，从而实现艺术的自律。艺术从宗教仪式中分离出来无疑不应被看成是一个不间断的发展；这一过程是矛盾性的（豪泽反复强调，直到15世纪，意大利的商人阶层还订制再现性的宗教作品来满足他们的需要）。但是，即使在那些仍是描述外在形象的宗教作品中，审美的解放就已经发展起来了。甚至那些还在利用艺术效果的这场改革的反对者们，也违背他们本意地以自己的行动推动了它的解放。确实，巴洛克艺术产生了巨大的影响，但这种艺术与宗教主题的联系却变得相对松弛了。这种艺术的主要效果不再来自主题（Sujet），而是来自丰富的色彩和形式。由于艺术家们突出色彩与形式，这些改革的反对者们原来设想为一种宗教宣传的手段的艺术，结果却使自身与宗教的目的脱离。[8] 从另外一个意义上讲，审美解放的过程也具有矛盾性。正如我们所见到的，这里所发生的并非仅仅是：一种新的、不受"手段-目的"理性压力影响的知觉方式获得了存在，而且意味着：它所开辟的领域是意识形态化的（天才观念，等等）。最后，要了解这一过程的产生，无疑要与资产阶级社会的兴起联系起来，并以此为出发点。显然，要证明这一点还有许多工作要做。马尔堡的研究者们朝向艺术社会学迈了第一步，这个工作还要继续下去。

2. 康德与席勒美学中的艺术自律

就此而言，正是文艺复兴时期的艺术向艺术自律发展的史前史提供了一些启示。直到 18 世纪，随着资产阶级社会的兴起以及已经取得经济力量的资产阶级夺取了政治权力，作为一个哲学学科的系统的美学和一个新的自律的艺术概念才出现。在哲学美学中，一个有着许多世纪之久的过程的结果被概念化了。由于一个"直到 18 世纪末叶才流行的，泛指诗歌、音乐、舞台艺术、雕塑、绘画以及建筑的现代艺术概念，"[9]艺术活动被理解为某种不同于其他一切活动的活动。"各种艺术被从日常生活的语境中抽离出来，设想为某种可被当作一个整体对待的东西。……作为一个无目的创造和无利害快感的王国，这一整体与社会生活形成了鲜明的对比。在社会生活中，给予一个理性的安排，严格地适应明确的目的似乎是未来的任务。"[10]随着美学作为一个独立的哲学知识的领域的建构，这种艺术概念也就形成了。它所造成的结果是，艺术生产与社会活动整体相分离，从而与之构成抽象的对立。尽管愉悦与教化的结合不仅在古典主义的所有诗学，特别在贺拉斯以后变得司空见惯，而且成为艺术的自我理解的一个基本主题，建构无目的的艺术王国导致教化在艺术理论上被理解为一种超美学的因素，而批评性的文字被当成具有训诫倾向的非艺术品。

在康德的《判断力批判》（1790）一书中，艺术从实际的生活关怀中分离的主体方面问题得到反映。[11]康德所研究的，不是艺术作品，而是审美判断（趣味判断）。它存在于感性与理性领域之间，在"关于快适方面的偏爱心"（《判断力批判》，第5节，第287页）与道德律之实现的实践理性的利益之间，并被定义为无利害的。"那规定鉴赏判断的快感是没有任何利害关系的"（第2节，第280页），在这里，利害被定义为"和欲望官能有关"（同上）。如果欲望官能是人在主体方面使得以追求最大利润为原则的社会成为可能的能力，那么，康德的原理也是从摆脱发展中的资产阶级-资本主义社会的限制来定义艺术的自由的。审美被构想为这样一个领域，它没有落入占据着统治地位的以追求最大利润为原则的生活中诸领域。在康德那里，这一因素还没有突出地显示出来。相反，他清楚地表明，与资产阶级社会批评家将封建的生活方式归入判断的特殊性中相比，强调审美判断的普遍性具有什么样的含义（审美与所有的实际生活语境相分离）。"如果有人来问我，对于在面前看到的宫殿我是否发现它美，我固然可以说：我不爱这一类徒然为着人们瞠目惊奇的事物，或是，像那位伊诺开的沙赫姆那样来答复：他在巴黎就没感到比小食店使他更满意的东西；此外我还可以照卢梭的样子骂大人物的虚荣浮华，不惜把人民的血汗浪费在这些无用的东西上面……人们能够对我承认和赞许这一切，但现在不是谈这问题。人只想知道：是否单纯事物的表象在我心里就夹杂着快感"（同上，第2节，第280页以下）。

这段引文清楚地表达了康德关于无利害的含义。不管是"伊诺开的沙赫姆"，即指向需要的直接满足，还是卢梭的社会批判评家的理性的实际利害，都处于康德所标明的审美判断领域之外。为了要求使审美判断变成普遍的，康德也对他所属阶级的特殊利害视而不见。针对阶级敌人的产品，资产阶级理论家宣布具有公正无私性。康德的命题中的资产阶级性恰恰在于要求审美判断的普遍有效性。普遍性的情致是资产阶级的独特特征，这个阶级与代表了特殊利益的封建贵族阶层进行着斗争。[12]

康德不仅宣布美学独立于感性和道德的领域（美既不是快适，也不是道德上的善），而且认为它也独立于理论领域。趣味判断的逻辑特殊性在于，尽管它宣称普遍有效性，它却不是"依照概念的逻辑的普遍性"（第31节，第374页），因为如果那样的话，"那个必然性的普遍的赞同将能由于论证来强迫执行了"（第35节，第381页）。对于康德来说，审美判断的普遍性就是一种观念与适用于一切判断的使用的主观条件相契合（第38节，第384页以下），具体说来，就是想象力与知解力的契合（第35节，第381页以下）。

在康德的哲学体系中，判断力占据着一个中心的地位，它具有连结理论知识（自然）和实践知识（自由）的任务。它提供了"自然的合目的性的概念"。而这一概念不仅允许从个别上升到一般，而且允许对现实的实际修正。这是因为，自然只有在其被构想为在其多样性中具有合目的性时，才被认作一个整体，并成为实践行动的对象。

康德赋予审美一个特殊的处于感性与理性之间的位置，并将趣味判断定义为自由的和无利害关系的。对于席勒来说，这些康德的思考成为出发点。他从这里出发，进而从事某种对审美的社会功能的界定。他的这一尝试看上去似乎是一个悖论：正是由于审美判断的无利害性，像康德强调的原则所暗示的那样，艺术仿佛具有无用性。席勒试图揭示，正是由于自律，由于不与直接的目的相联，艺术才能完成一个其他任何方式都不能完成的任务：增强人性。他的思考的出发点是分析在法国大革命的恐怖统治的影响下，他所谓的"我们时代的戏剧"：

> 在为数众多的各下层阶级中，我们看到的是粗野的、无法无天的冲动，在市民秩序的约束解除之后这些冲动摆脱了羁绊，以无法控制的狂暴急于得到兽性的满足。……国家的解体是其证明。解脱了羁绊的社会，不是向上驰入有机的生活，而是又堕入原始王国。另一方面，文明阶级则显出一幅懒散和品质败坏的令人作呕的景象，这些毛病出于文明本身，这就更加令人吃惊。……文雅的阶级在这一点上不是毫无道理，理性的启蒙自鸣得意，但从总体上讲，对人的气质并没有产生多少净化的影响，反倒通过准则把腐败给固定下来了。[13]

在这段引文所分析的层次上，问题似乎还没有解决。"为数众多的各下层阶级"在他们的行为中受冲动的直接满足的支配。不仅如此，"理性的启蒙"与教育"文明阶级"有道德地为人处世无关。换句话说，按照席勒的分析，人们既不能信任人的好的本性，也不能信任理性的可教育性。

席勒的方法的关键之处在于，他并不为他的分析的结果寻求一个人类学的解释，设想人具有一个确定的本性，而是历史地解释它，将之看成是一个历史过程的结果。他争辩说，文明的发展摧毁了感性与理性的统一，而这种统一在希腊人那里是存在的："我们看到，不仅是单独的主体，就是整个阶级的人也只是发展他们天禀的一部分，而其余的部分，就像在畸形生物身上看到的那样，连一点模糊的痕迹也看不到。"（《审美教育书简》，第 582 页以下 *）"人永远被束缚在整体的一个孤零零的小碎片上，人自己也只好把自己造就成一个碎片。他耳朵里听到的永远只是他推动的那个齿轮发出的单调乏味的嘈杂声，他永远不能发展他本质的和谐。他不是把人性印在他的天性上，而是仅仅变成他的职业和他的专门知识的标志"（同上，第 584 页 **）。当各种活动变得相互不同，"更加严格地划分各种等级和职业"就成为必要（同上，第 583 页 ***）。用社会科学的概念来表述，这意味着劳动的分工使得阶级社会成为不可避免的结果。但是，席勒认为，阶级社会不能由社会革命来废除。革命只能由这样一些人来进行，这些人打上了劳动分工的社会的烙印，因而不能发展他们的人性。席勒在第一层次的分析中出现的由于感性与理性的不可解决的矛盾而造成的困窘，在第二层次的分析又重新出现了。尽管在这里，矛盾已不再是永恒的，而是历史的，但似乎同样无望得到解决，因为任何使社会变得既理性又合乎人性的改变，都是以人为前提的，而这种人又需要在这样一种社会之中成长起来。

正是在讨论的这一关节点上，席勒提出了艺术。他给予艺术一个无异于是将撕裂的人的"两半"重新放到一起的任务，这意味着，在一个已经以劳动分工为特征的社会，个人不能在他的活动领域实

---

　　* 中译文见冯至和范大灿译本，北京大学出版社，1985 年，第 28—29 页。——译者

　　** 中译本第 30 页。——译者

　　*** 中译本第 29 页。——译者

现的人类潜力的完整性，可以由艺术来完成。"但是，人怎么可能就得了为了某种目的而忽略自己？自然怎么可能为了它的目的就得夺走理性为了它的目的所给我们规定的完善呢？所以，培养个别的能力，就必须牺牲这些能力的完整性，这肯定是错误的；或者，纵使自然的法则还是朝这方面进逼，那么，通过更高的艺术来恢复被艺术破坏坏了的我们天性中的这种完整性，也是我们自己的事情"(《审美教育书简》，第 588 页 *)。这一段很难理解，所使用的概念并不严谨，而是用一种思想的辩证法来把握，并转化到与其相对立的概念上去。"目的"在一开始指个体的有限的任务，接着又指存在于并通过历史发展("自然")而出现的目的论(呈现为独特的人的能力)；最后，指理性所要求的人的全面发展。类似的考虑适用于自然概念，它既指一种发展规律，也指作为心理与生理的总体的人。艺术也具有两种不同的意义。它首先指技术和科学，其次具有一个与生活实践相区分的领域("更高的艺术")的现代意义。席勒认为，正是由于艺术放弃了所有对现实的直接干预，它适合于恢复人的完整性。席勒看到，在他的时代，建立一个允许所有人的能力的整体性发展的社会是不可能的，但他不放弃这一目标。确实，创造一个理性社会依赖于人性，但这种人性首先是通过艺术来实现的。

　　我们在这里的目的不是在细节上探索席勒的思想，观察他是怎样为他等同于作为感性冲动与形式冲动的综合体的艺术活动的游戏冲动下定义的，或者他是怎样在一种思辨的历史中寻求通过美的经验从感性的魔力中解放出来的。在我们的语境中所要强调的是，

---

　　* 中译本第 34 页。——译者

席勒正是由于艺术脱离所有实际生活的语境而赋予它的核心社会功能。

结论：艺术自律是一个资产阶级社会的范畴。它使得将艺术从实际生活的语境中脱离描述成一个历史的发展，即在那些至少是有时摆脱了生存需要压力的阶级的成员中，一种感受会逐步形成，而这不是任何手段-目的关系的一部分。这里我们在谈论关于自律性艺术作品时，找到了真理的契机。这一范畴所不能把握的是，艺术从实际语境中脱离是一个历史过程，即它是由社会决定的。在这里，存在着范畴的非真理性，存在着任何意识形态都具有的扭曲的因素，假如人们在早期马克思论及意识形态批判时使用它的意义上来使用这个词的话。"自律"的范畴不允许将其所指理解为历史地发展着的。艺术作品与资产阶级社会的生活实际相对脱离的事实，因此形成了艺术作品完全独立于社会的（错误的）思想。从这个术语的严格的意义上说，"自律"因此是一种意识形态范畴，它将真理的因素（艺术从生活实践中分离）与非真理因素（使这一事实实体化，成为艺术"本质"历史发展的结果）结合在一起。

3. 先锋派对艺术自律的否定

在到现在为止的学术讨论中，"自律"范畴深受不精确之害，种种亚范畴被认为在自律的艺术品的概念下构成一个整体。由于这些单个的亚范畴间的发展并不同步，也许在有些情况下，宫廷艺术仿佛已经自律了，而在另外的情况资产阶级艺术才显示出自律的特征。为了弄清楚由于该问题的性质而产生的种种解释之间的矛盾，我们将简要地说明一种历史类型学，并把所分析的要素有意识地压缩到三个（目的或功能、生产、接受），因为这里所要做的是清楚地、非共时地说明单个范畴的发展。

A. 宗教艺术（例如：中世纪鼎盛期的艺术）用作崇拜物。它完全融合进了被称为"宗教"的社会体制。它作为一种手工艺，取集体生产的方式。它的接受方式也体制化为集体的。[14]

B. 宫廷艺术（例如：路易十四宫廷中的艺术）也具有可精确定义的功能。它是再现性的，服务于对王室的赞美和宫廷社会的自我描绘。宫廷艺术是宫廷生活实践的一部分，正如宗教艺术是信仰生活实践的一部分一样。然而，从宗教联系中脱离是艺术解放的第一步。（"解放"一词在这里被当作一个描述性的术语来使用，指艺术构成一个独特的社会亚系统的过程。）与宗教艺术的区分在生产领域表现得特别明显：艺术家作为个体从事生产，并发展出一种他的活动的独特性的意识。而另一方面，接受则仍是集体的。但这种集体活动的内容已不再是宗教的，而是社交性的。

C. 仅仅在资产阶级采用贵族阶级所拥有的价值概念的范围内，资产阶级艺术具有一种再现的功能。当这是真正的资产阶级艺术时，它就成了这个阶级的自我理解的客观化。表现在艺术中的这种自我理解的生产和接受不再与生活实践联系在一起。哈贝马斯将之称为对过剩需要的满足，即对淹没在资产阶级社会的生活实践中的需要的满足。这时，不仅仅是生产，而且接受也成了个人的行为。

独自专注于作品成了背离资产阶级生活实践的创造物起作用的充分方式，尽管这些创造物仍然宣称在阐释那种实践。最后，在唯美主义，即资产阶级艺术达到自我反思阶段，就不再宣称作这种阐释了。与生活实践的分离过去总是被看成是在资产阶级社会中艺术起作用方式的条件，而现在却成了它的内容本身。下列的图表可以帮助我们理解这里所述的类型学（黑色的竖线表示发展中的确定性变化，而虚线表示非确定性变化）。

	宗教艺术	宫廷艺术	资产阶级艺术
功能的目的	崇拜对象	┊再现性对象	┃资产阶级自我认识的展现
生产	集体的手工艺品	┃个人的	┊个人的
接受	集体的（宗教的）	┊集体的（社交的）	┃个人的

这一图表使人们注意到，范畴的发展并非共时性的。作为资产阶级社会艺术特征的个人生产起源于宫廷的庇护制。但宫廷艺术仍是生活实践的一个组成部分，尽管与崇拜功能相比，再现功能构成了朝向宣称艺术直接起着社会作用的一个缓冲。宫廷艺术的接受也是集体的，尽管集体活动的内容改变了。从接受方面看，只是随着资产阶级艺术的出现，决定性变化的时刻才到来：由孤立的个人来接受。小说是这样一种文学门类，在其中，新的接受方式找到了适用于它的形式。[15] 资产阶级艺术的来临也是作用与功能方面的决定性的转折点。尽管方式不同，宗教艺术与宫廷艺术都是接受者生活实践的组成部分。作为崇拜和再现的对象，艺术作品被赋予具体的作用。这一要求不再在同样程度上适用于资产阶级艺术。在

资产阶级艺术中,对资产阶级自我认识的展现出现在一个位于生活实践之外的领域。在日常生活中被限制为部分功能(手段与目的的活动)的公民,这时能够在艺术中被发展为"人类"了。在这里,人们可以展现自己丰富的天才,尽管这是以该领域与生活实践严格分开为先决条件的。从这个方面看,艺术与生活实践的脱离成为资产阶级艺术自律的决定性特征(上面的图表中没有能充分显示这一点)。为了避免误解,必须再次强调的是,在此意义上的自律为艺术在资产阶级社会中的地位下了定义,但却没有对相关的艺术作品的内容作出断言。尽管艺术作为体制也许会被认为在18世纪末叶才完全形成,作品内容的发展却服从于一种历史动力学。这种动力学的终点是由唯美主义达到的,在这里,艺术变成了艺术的内容。

欧洲先锋主义运动可以说是一种对资产阶级社会中艺术地位的打击。它所否定的不是一种早期的艺术形式(一种风格),而是艺术作为一种与人的生活实践无关的体制。当先锋主义者们要求艺术再次与实践联系在一起时,它们不再指艺术作品的内容应具有社会意义。对艺术的要求不是在单个作品的层次提出来的。相反,它所指的是艺术在社会中起作用的方式。这种方式与作品的具体内容一样,对作品的效果起着决定性的作用。

先锋主义者将与生活实践分离看成是资产阶级社会艺术的主要特征。使这种分离成为可能的一个原因是,唯美主义使得将艺术定义为体制的要素成为作品的根本内容。只有体制与作品内容汇合在一起,才使先锋派对艺术的讨论在逻辑上成为可能。先锋主义者提议扬弃艺术——扬弃取黑格尔赋予这个术语的意思:艺术将不是简单地被消灭,而是转移到生活实践中,在那里被保存,尽管将改变其形式。先锋主义者因此采用了唯美主义的一个基本要素。唯美主义者在生活实践与作品内容之间造成了距离。唯美主义所指的、并加以否定的生活实践是资产阶级日常的手段-目的理性。现在，先锋主义者的目的不是将艺术结合进此实践之中。相反，他们赞同唯美主义者对世界及其手段-目的理性的反对态度。与唯美主义者的不同之处在于，他们试图在艺术的基础上组织一种新的生活实践。从这个意义上说，唯美主义也成了先锋主义艺术主张必要的先决条件。只有在单个作品的内容完全区别于现存社会的（坏的）实践时，艺术才能在组织新的生活实践的出发点上起核心作用。

在马尔库塞的有着资产阶级社会的艺术的双重性质的理论构架（在第一章中曾提到）帮助下，先锋主义者的意图可以得到特别清楚的理解。所有那些由于无处不在的竞争原则而不能在日常生活中得到满足的需要，可以在艺术中找到自己的家园，因为艺术是与生活实践相分离的。像人性、欢乐、真理、团结等价值仿佛从生活中被排挤了出去，却在艺术中得到了保存。在资产阶级社会，艺术起着矛盾的作用：它投射了一个更好的秩序的意象，就此而言，它是对流行的坏秩序的抗议。但是，通过在想象中实现更好秩序的仅仅是外观的意象，它对现存社会中那些导致变革的力量所造成的压力起舒缓作用。这些力量被局限在一个理想的领域。当艺术实现这一作用时，它就是马尔库塞所谓的"肯定的"。如果资产阶级社会中艺术的这两重性质构成了这样的事实，即与社会生产和再生产过程的距离包含着一种自由的因素，以及一种不介入和不具有任何后果的因素，那么，先锋主义者试图将艺术重新与生活过程结合本身就是一个具有深刻矛盾性的努力。这是因为，如果要有一种对现实的批判的认识的话，艺术与生活实践相比而具有的（相对的）自由同时是一个必须实现的条件。一种艺术不再有别于生活实践而是完全融入它，随着距离的消失，将丧失批判生活实践的能力。在历史上的先锋主义运动时期，所有历史进步性带来的同情都在消除艺术与生活的距离的尝试一边。但同时，文化产业带来了艺术与生活的距离的虚假消除，这也使人们认识到先锋主义事业的矛盾性。[16]

　　下面我们就将概述，消灭艺术体制的意图是怎样在三个我们用于表示自律的艺术的领域中表现出来的。这三个领域就是目标与功能、生产、接受。我们将不用先锋作品，而用先锋现象一词。一个达达主义的现象并不具有作品的特征，却无疑是艺术上的先锋现象。这并不意味着先锋主义者根本不生产作品，而用短暂的事件来取代它们。我们将看到，尽管先锋主义者并没有摧毁艺术作品，但却对艺术作品的范畴作出了深刻的修改。

　　在这三个领域中，先锋主义现象的有意的目的或功能最难界定。在唯美主义艺术中，作为资产阶级社会中艺术地位的特征的作品与生活实践的脱离，成了作品的基本内容。仅仅是作为这一事实的结果，艺术作品才成为完全意义上的它自身的目的。先锋派艺术家对这种无功能性的回应，不是通过一种在现在社会中将具有结果的艺术，而是通过在生活实践中扬弃艺术的原则。然而，这样一种观念使得对艺术的有意目的的定义成为不可能。艺术重新融入到生活实践之中，不再像唯美主义那样，连指出其缺乏社会目的也不再可能。当艺术与生活实践成为一体，当实践是审美的而艺术是实践的之时，就无法再发现艺术的目的，因为构成目的或有意识的运用这一概念的两个相互区分的领域（艺术与生活实践）的存在已经结束了。

我们看到，自律艺术作品的生产是个人的行为。艺术家是作为个人来生产的，个性不是被理解为某种东西的表现，它完全是另外一回事。天才的概念证明了这一点。而唯美主义所取得的一种准技术性的艺术品制作能力似乎与此相矛盾。例如，瓦莱里将之非神秘化，一方面将之说成是心理学中的动机，另一方面将之看成是可获得的艺术手段。当伪浪漫主义的灵感思想被视为生产者的自我欺骗时，将个人看成是艺术的创造主体的思想也受到了打击。确实，瓦莱里关于那种引发并推动创造过程的自信力量的理论再次更新了以资产阶级社会的艺术为中心的艺术生产的个人性质的观念。[17]在其最为极端展现中，先锋派回应道，作为生产的主体，这不是集体的，而是对个人创造范畴的彻底否定。当杜尚在批量生产的物品（一个便池、一瓶干燥剂）上签名并将它们送去展览时，他否定个人生产的范畴（见插图）。由于所有个人的创造性都受到嘲弄，签名的目的原本是标明作品中属于个性的特征，即它的存在依赖于这一特定的艺术家，这里却被签在随意选出的批量生产的物品上。杜尚的挑战不仅撕下了艺术市场的假面具，在那里，签名不过是意味着作品的质量而已；它对资产阶级社会的艺术原则本身也提出了质疑，按照这一原则，个人被看成是艺术作品的创造者。杜尚的现成物不是艺术品而是展现。人们不是从杜尚签名的单个物品的形式-内容整体，而是从一方是批量生产的物品，一方是签名和艺术展览之间的对比来推导其意义。显然，这种挑战并不能无限重复。这种挑战依赖于其对立面而存在：在这里，这种对立面乃个人是艺术创造的

马塞尔·杜尚,《泉》, 1917 年。

主体的思想。一旦签了名的干燥剂被接受并在博物馆中占据了一席位置,挑战就不再具有挑战性;它转变为其对立面。如果今天一位艺术家在一个火炉的烟囱上签上名,并展出它,这位艺术家当然不是在谴责艺术市场,而是适应它。这种适应并不消除个人创造性的思想,而是肯定它,原因在于先锋主义者扬弃艺术的企图的失败。既然历史上的先锋派对作为体制的艺术的抗议本身已经被接受为艺术,新先锋派的抗议姿态就不再显得真实。由于这一切都显得无可挽回,也就不再能坚持称之为抗议。这一事实涉及新先锋派的作品并非不常表述的工艺美术印象。[18]

先锋派不仅否定个人生产的范畴，而且否定个人接受的范畴。在公众受达达主义现象的挑战而动员起来，做出从叫嚷到斗殴的反应时，其性质当然是集体的。确实，这仍然是对过去的挑战的反应和回应。无论公众是如何积极参与，生产者和接受者之间仍泾渭分明。假如先锋主义者要取消作为一个与生活实践相分离的领域的艺术的话，那么，消除生产者与接受者之间的对立就是合乎逻辑的。查拉对写作达达主义的诗歌的指示，与布勒东的自动文本的写作，都具有制作法的性质，这绝不是偶然的。[19] 这不仅代表了对艺术家个人创造性的攻击；这种制作法将被从字面上理解，暗示一种接受者的活动。自动文本也应该被当作对个人生产的指导来阅读。但这种生产不应被理解为艺术生产，而是自由的生活实践的一部分。这正是布勒东所要求的诗被实践的含义。在这种要求所表示的生产者与接受者一致之外，存在着这些概念推动它们的意义的事实：生产者与接受者不再存在。所存在的是那些将诗作为工具以便生活得更好的个人。在这里，仍存在着至少是一部分超现实主义所具有的危险：唯我主义，即退回到孤立的主体问题。布勒东看到了这一危险，并设想了对付它的不同方法。其中的一种方法是，美化性爱关系的自发性。也许严格的群体纪律也是驱除超现实主义所包含的危险的一种方法。[20]

作为对上述论述的概括，我们注意到，历史上的先锋派运动否定了那对自律艺术具有决定意义的因素：艺术与生活实践的分离、个性化生产以及区别于前者的个性化接受。先锋派要废除自律艺术，从而将艺术与生活实践结合起来。在资产阶级社会，除了一种虚假的对自律艺术的扬弃以外，这种结合并没有实现，大概也不可能实现。[21] 通俗小说与商品美学证明了这种虚假的扬弃的存在。如果一种文学的主要目的是将一种特殊的消费行为强加给读者，它其实就是实践的，尽管这与先锋主义者所想要的那种实践性不同。在这里，文学不再是解放的工具，而成了压迫的工具。[22] 对商品美学，我们也可以作出同样的评论，这种商品美学用来诱使购买者买下他们所不需要的东西。在这里，艺术成了实践性的，它是一种具有迷惑力的艺术。[23] 这一简短的提示表明，先锋派的理论帮助我们认识到，通俗文学和商品美学是艺术体制的虚假的扬弃形式。在晚期资本主义社会，历史上的先锋派的意图得到了实现，但其结果却是不受欢迎的。考虑到自律的虚假扬弃经验的存在，人们需要问，是否我们真的想要扬弃自律地位，是否艺术与生活实践间的距离对于一个自由空间来说是必不可少的，在这个自由空间中，我们可以设想作出与现存的一切不同的选择。

第四章　先锋主义的艺术作品

1. 论"作品"范畴

将"艺术作品"概念使用到先锋派的产品之上，并非毫无问题。也许会有人提出反对，认为这样的话，先锋运动所引发的"作品"的危机就被掩盖了，讨论就会建立在虚假的前提之上。"传统的作品统一体的解体能够在形式上表现为现代主义的共同特征。作品的连贯和自律被有意识地质疑，甚至在方法上被摧毁。"[1]人们无法不同意布勃纳的这段评论。但这意味着今日的美学必须放弃"作品"的概念吗？布勃纳就是这样来证明他转向康德的美学，并将之看成是现今唯一相关的理论的。[2]首先，我们必须问我们自己，究竟是什么进入了危机：是"作品"范畴本身，还是这一范畴的一个特定的历史形式？"今天，真正被当成作品的东西仅仅是那些不再是作品的东西。"[3]阿多诺在这一段莫测高深的话中在两个意义上使用了"作品"概念：一般意义（在这意义上，现代艺术仍具有作品的性质），以及有机的艺术作品的意义（阿多诺谈到"圆满的作品"）。这后一个特定的作品概念实际上已经被先锋派所摧毁。因此，我们必须区分"作品"概念的一般意义与不同历史条件下的具体意义。一般说来，艺术品的界定是一般与特殊的统一体。尽管如果不存在这一统一体的话，艺术作品就是不可思议的，但这种统一体的实现在艺术史的不同时期具有不同的方式。在有机的（象征的）艺术作品中，一般与特殊的统一是无需中介实现的；在先锋派作品所从属的非有机的（寓言的）作品中，这种统一是通过中介实现的。在这里，统一的因素仿佛是被移向无限的远方。在极端的情况下，作品甚至是由接受者所创造的。阿多诺正确地强调说："甚至在艺术在最大程度上强调不协调与不和谐之时，它仍是由统一的因素构成的。没有它，连不协调也不可能存在。"[4] 先锋主义的作品并不否定统一本身（甚至达达主义者们也追求统一），它们所反对的是一种特殊的统一，即作为有机的艺术作品特征的部分与整体间的关系。

认为"作品"范畴无效的理论家们可以通过指出在历史上的先锋运动中，所使用的活动形式不能被充分归入到"作品"范畴之下来回答这个问题：例如在达达主义的展示中，他们公开宣称的目标是向公众挑战。但这些展示所涉及的远不止于取消"作品"范畴；所需要的是取消作为与生活实践相分离的活动的艺术。但值得注意的是，甚至在其极端的表现中，先锋派运动也还是通过否定的方式求助于"艺术"概念。例如，只有以"艺术作品"的范畴为参照，杜尚的现成物品才有意义。当杜尚在批量生产的、随意挑取的物品上签上自己的名字，并将之送去展览时，这一对艺术的挑战是以艺术概念的存在为前提条件的：他在现成物品上签名的事实，就清楚地表明"作品"范畴的存在。这一签名表明，既是个人的、也是独特的作品特征加在批量生产的物件上。从文艺复兴时代时起发展起来的艺术本性的概念——独特作品的个人创造——因而受到了挑战性的质疑。挑战行动本身取代了作品。但是，难道这样一来，"作品"范畴就多余了吗？杜尚的挑战对象是艺术体制。由于作品也是该体制的一部分，因此它也是攻击对象。但是，先锋主义运动并没有结束对艺术作品的生产，而艺术的社会体制也被证明对于先锋主义的攻击具有抵抗力，这些都是历史的事实。

当代美学不能忽视艺术早已进入后先锋派阶段的事实，也同样不能忽视历史上的先锋主义运动给艺术领域带来的深刻变化。我们将后先锋派阶段的特征概括为恢复作品范畴，以及先锋派带着反艺术的意图所发明的一些手段被用于艺术的目的。这不应被判断为是对先锋派运动的目标的"背叛"（扬弃作为社会体制的艺术，将生活与艺术结合起来），而应看成是可用下列极其一般的语言概括的历史过程的结果：既然历史上的先锋派运动对于艺术体制的攻击失败了，既然艺术没有被结合进生活实践之中，艺术体制就继续作为某种与生活实践相分离的东西而存在着。然而，这种攻击确实使得人们认识到艺术的体制性质，也揭示了艺术从原理上讲在资产阶级社会中（相对的）无效性。所有在历史上的先锋派运动以后的艺术都必须与资产阶级社会中的这一事实妥协。它既不能屈从于它的自律的地位，也不能"组织事件"去打破这一地位。但是，在没有放弃其对真理的要求的情况下，艺术并不能简单地否定自律的地位，并声称它具有直接的效果。

"作品"范畴不仅仅是在先锋主义者企图将艺术重新引入生活实践失败以后对生命力的释放，而且实际上是这种力的膨胀。"拾得物"（*objet trouvé*）与个人生产过程的结果完全不同，但一个出于先锋主义将艺术与生活实践结合起来的意图的偶然发现，却在今天被认定为"艺术品"。"拾得物"因而失去了其反艺术的性质，而在博物馆中成为与其他展品一样的自律的作品。[5]

　　恢复艺术体制与恢复"作品"范畴表明，在今天，先锋派已经成为历史。当然，甚至在今天，还有人企图延续先锋主义运动的传统（这一概念能够被写在纸上而不陷入明显的自相矛盾之中，再次显示出先锋派已经成为历史）。但是，这种企图，例如由此而出现可以被称为新先锋主义的一些事件，已不能获得达达主义者的展示所具的抗议价值，尽管它们也许比前者在准备和处理上都要好得多。[6]

新先锋派：丹尼尔·施珀里，《谁知道哪里是上，哪里是下？》，1964年。

这部分是由于先锋主义的影响失去了惊世骇俗的价值。但可能更为重要的是,先锋主义者所想要实现的对艺术的扬弃,它对生活实践的回归,在实际上并没有实现。在一个变化了的语境中,使用先锋主义的手段来重现先锋主义的意图,连历史上的先锋派所达到的有限的效果也不再能达到了。就先锋主义者希望以此来实现扬弃艺术的手段却取得了艺术作品的地位而言,生活实践将被更新的主张不再能与对这些手段的使用合理地联系在一起。更明确地说:新先锋派将作为艺术的先锋派体制化了,从而否定了真正的先锋主义的意图。这独立于艺术家关于他们行动的意识,艺术家的意识本身也许完全是先锋主义的。[7] 正是艺术家作品的地位,而不是他们对于自己活动的意识,确定了作品的社会效果。新先锋主义艺术是完全意义上的自律艺术,它意味着否定先锋主义的使艺术回到生活实践中的意图。对艺术的扬弃的努力成了艺术的展现。不管生产者的意图如何,这种展现获得了作品的性质。

谈论在历史上的先锋派运动的失败后"作品"范畴的恢复,并不是没有问题的。人们可能会形成这样的印象:先锋运动对于资产阶级社会中艺术的进一步发展没有决定性的影响。实际情况正好相反。尽管先锋运动的政治意图(通过艺术重新组织生活实践)从来就没有实现过,它们在艺术领域的影响是怎么估计也不过分的。在这里,先锋派确实具有一种革命的效果,尤其是由于它摧毁了传统的有机艺术作品的概念,而代之以另一个我们现在必须寻求理解的概念。[8]

2. 新异

阿多诺的《审美理论》并不被人们认为是专门关于先锋派的理论而具有更大的普遍性。然而，阿多诺的出发点是，只有根据现代的艺术，才能获得对现代艺术的理解。因此，考察现代主义的重要方面（《审美理论》，第31–56页），并努力发现是否在那里所使用的范畴对我们理解先锋主义艺术作品有帮助，都是有意义的事。[9]

阿多诺关于现代艺术的理论的核心是新异的范畴。当然，阿多诺完全清楚，这一范畴的使用会遭到反对，于是他从一开始就拒斥这种反对意见：“在一个从本质上是非传统的（资产阶级的）社会中，审美传统是先验地靠不住的。新异的权威性的获得具有历史不可避免性”（《审美理论》，第38页）。“它（现代主义概念）并不像一种风格否定另一种风格那样，否定过去的艺术训练；然而，它否定本身。就此而言，它认可了资产阶级艺术原则。它的精髓是与艺术的商品性质联系在一起的”（同上）。阿多诺将作为现代艺术的一个范畴的新异当作某种与在现代主义出现之前的那种标志艺术发展的主题、题材和艺术技巧的更新区分开来的东西。他这么做的原因在于，他感到这一范畴是以对在资产阶级-资本主义社会中的典型传统的敌意为基础的。关于这一点意思，阿多诺在别的地方解释道：“所有资产阶级社会都服从于交换规律，‘以牙还牙’的规律，不留余数计算的规律。正是由于这一性质，交换是某种非时间性的东西，像比例本身……但这意味着记忆、时间和回想被当作某种非理性的残余物被清理掉了。”[10]

作为开端，我们将努力通过一些例子来弄清阿多诺的思想，新异性作为一个审美范畴，甚至作为一个艺术纲领，都先于现代主义而出现。宫廷的吟游诗人在自我介绍时说，他在唱一首"新歌"；法国悲喜剧的作者说他们在迎合公众对"新奇"（*nouveauté*）的需要。[11] 然而，这两者都与现代艺术的新异性不同。在宫廷诗人及其"新歌"中，不仅主题（情爱），而且大量独特的基调都是现成的。在这里，新异性意味着在非常狭窄的、在体裁的固定的限制之内的变异。在法国的悲喜剧之中，主题可以被发明，但存在着典型的情节线，从而行动的突转（例如：一个被断定已经死了的人原来还活着）成了该体裁的独特的特征。这种与后来的通俗文学接近的悲喜剧在结构层面上适应了公众对震撼式效果（惊奇）的欲望。新异性成了一种有意制造的效果。

最后，还存在着第三种，即俄国形式主义者提升到文学发展规律的高度的新异性：在一种文学体裁的一系列作品中实现文学技巧的更新。"机械的"技巧，即那些已不再被视为是形式，并因此不再传达对于现实的一种新的观点的技巧，被新的、能够实现这些目的的技巧所取代，直到它们也变成"机械的"，也相应地被替换为止。[12] 在这三种情况下，新异性的意义与阿多诺在使用这个概念来表示现代主义时的意义有着根本的不同。在现代主义中，我们所拥有的既不是在一种体裁（"新"歌）的狭窄的限制中的变异，也不是保证惊异效果（悲喜剧）的图式，更不是在一个特定体裁的作品中文学技巧的更新。我们不是在发展，而是在打破传统。使现代主义的新异的范畴与过去的、完全合理地运用同样范畴相区别的是，与此前流行的一切彻底决裂的性质。这里所否定的不再是在此以前流行的艺术技巧或风格原理，而是整个艺术传统。

　　这正是阿多诺对新异范畴的使用必须被挑战之点，这是由于阿多诺倾向于使与由历史上的先锋派运动所定义的传统的独特的历史性决裂成为现代艺术本身的发展原理。"市侩们以为时髦而为之蠢笑的审美纲领和学派被加速取代，源于为瓦莱里所第一个观察到的不断增强的强制拒斥力。"[13] 当然，阿多诺知道，新异性与提供给购买者的永远同样的消费品的品牌作用相当（《审美理论》，第39页）。他的关于艺术"占用"了消费品的品牌的论点是存在问题的。"只有通过将其想象吸收进他的诗歌的自律性之中，波德莱尔才超越了一个他律的市场。现代主义是通过摹拟性改造那已经变得麻木和异化的东西而形成的艺术"（《审美理论》，第39页）。阿多诺在这里终于为他没有能将新异的范畴精确地历史化而付出了代价。由于他忽视这么做，他必须从商品社会中直接将之引导出来。对于阿多诺来说，艺术中的新异范畴必然是在商品社会中占据着统治地位的东西的复制。由于只有生产出来的商品能销售出去之时，这个社会才能存在，人们就必须要不断地以产品的新异性来吸引购买者。按照阿多诺的观点，艺术也服从于这种强制性，同时，他以一种辩证的逆向思维方式，宣布承认以恰恰是支配社会的规律来反抗社会。但是，我们必须记住，在商品社会中，新异的范畴绝不是实质性的，而仅仅是表面的。这里所涉及的不是指商品的性质，而是它们人为加上去的外观（商品的新只是在于它们的包装）。如果艺术只是适用于商品社会的这一最表面的因素，就很难看到它怎样能够通过这样一种适应来反抗这个社会。在那里，很难找到阿多诺相信他在艺术中发现的、并迫使人们不断采用新形式的对社会的反抗。这里仍需要假定一个批判主体由于其辩证的思考而能够从否定中看到肯定。必须记住，当艺术实际上被迫创新时，它与追逐时尚就很难区分了。阿多诺所说的"摹拟性改造那已经变得麻木和异化的东西"也许已经由沃霍尔实现了：100 个坎贝尔汤罐头的画仅仅为了那些愿意看到它的人而存在，这包含了对商品社会的抵抗（见插图）。为着第二次先锋主义式的与传统决裂的新先锋派，成为缺乏意义并允许放进任何意义的表现形式。尽管应对阿多诺的立场持公平的态度，我们还是必须说，"摹拟性改造那已经变得麻木的东西"并不简单指改造，而是对实际情况的显示。并且，恰恰是从那些尚未被概念扭曲的描绘中，他寄予了对那些否则就无法看到的东西得以被认识的希望。他看到作为结果存疑状态（Aporie）压倒了艺术，这一点在下列表述中表现出来："取消所有表现的人是具体化意识的代言人，还是谴责那种意识的无声的、无表现的表现，对此不能作出一个一般性的判断"（《审美理论》，第 179 页）。

当人们试图理解历史上的先锋运动时，对新异范畴的有用性的限制就显示出来。但如果我们寻求对艺术再现手段的改变的理解，新异的范畴就是可以适用的。既然历史上的先锋运动造成了与传统的决裂，因此形成再现体系的相应变化，[14] 这一范畴已经不再适合于对事情的本来的样子作出描述。如果我们考虑到历史上的先锋运动不仅要打破传统的再现体系，而且要完全废除艺术体制，这一范畴的不适用性就更加明显了。这无疑是某种"新"，但这种"新异性"在性质在既不同于艺术技巧上的变化，也不同于再现系统的变化。尽管新异的概念并不是虚假的，但它流于一般，并不专门指在打破传统中起决定作用的东西。这个范畴即使在描述先锋派的

新先锋派：安迪·沃霍尔，《100 个坎贝尔的汤罐头》，1962 年。

艺术作用时也几乎是不适用的。这不仅是因为它太一般而不具体，而且，更为重要的是，它没有提供一个区分（专断的）时尚与历史上必要的新异。阿多诺的观点是，所有流派的变迁的加速都具有历史必然性，这一观点也是有争议的。将对商品社会的适应辩证地阐释为对它的抵抗，忽视了这样一个问题：在消费时尚与也许可称为艺术的时尚之间的令人恼怒的一致。

在这里，阿多诺的另一个原理被认识到是受历史条件制约的，这就是，只有在先锋派以后的艺术与艺术技巧发展的历史水平相对应。是否历史上的先锋运动所带来的与传统的决裂使得我们今天谈论艺术技巧的历史水平变得没有意义，这是一个需要认真考虑的问题。由于先锋运动而使人们具有和掌握的艺术技巧（例如在马格里特的一些画中所表现出来的古老而高超的技巧）实际上不可能决定艺术程序的历史水平。通过先锋运动，技巧和风格的历史连续性被转化为完全相异的东西的同时性。其结果是，在今天，没有任何艺术上的运动能够合乎逻辑地宣称，作为艺术它在历史上比其他任何艺术先进。我们在前面已经解释，新先锋派不能证明这一点。人们反对使用现实主义技巧的时代已经过去，因为历史发展已经超越了它们。就阿多诺所做的而言，他的理论立场本身就是历史上的先锋运动时代的重要组成部分。阿多诺没有将先锋运动看成历史，而看成现在仍活着，于是他对现在的先锋运动作出了同样的结论。[15]

3. 偶然

在他的"文学中的偶然"史，即对于从中世纪起的宫廷小说对偶然的接受的叙述中，克勒用了很大的篇幅讨论 20 世纪的文学。"从特里斯坦·查拉的'报纸剪辑'诗，到最现代的事件，对物质性的狂热服从并非是一种社会状态的原因而是它的结果，在这一社会

勒内·马格里特,《现成的花束》, 1956 年。

状态中, 只有偶然所揭示的东西才能免于虚假的意识, 摆脱意识形态, 不被打上人类生活状况的完全具体化的烙印。"[16] 克勒关于服从物质性是先锋主义与新先锋主义艺术的共同特征的观察是正确的, 尽管我对他对此现象的阐释持怀疑的态度, 因为这使人想到阿多诺。超现实主义的客观的偶然 (*hasard objectif*) 将既被用于显示先

锋运动对偶然的希望，也被用于显示正是由于这些希望而使此范畴
所服从的意识形态构造。

在《娜佳》(*Nadja*，1928)的一开头，布勒东讲述了一系列奇
怪的事件，清楚地表达了超现实主义关于"客观的偶然"的含义。
这些事件都有一个基本的模式：因为它们有一个或一个以上的共同
的特征，两个事件就形成了相互关系。一个例子是：布勒东与他的
朋友们在一个跳蚤市场翻阅一本兰波的书时，结识了一位卖东西的
年轻姑娘，她不仅自己写诗，还读阿拉贡的《巴黎的农夫》。这第二
个事件没有被特别对待，因为布勒东的读者对之也很熟悉：超现实
主义者是诗人，他们其中的一位是阿拉贡。客观的偶然依赖于在互
不相关的事件中选择一致的语义要素(这里是诗人与阿拉贡)。超
现实主义者记录了这种一致性；这种一致性表示了一种人们不能把
握的意义。尽管一个偶然的事件当然是"自己"发生的，但它却要
求超现实主义者有一种倾向，从而使他们能注意存在于互不相关事
件中的协调的语义因素。[17]

瓦莱里曾正确地观察到，偶然是能够被制造的。人们只要闭上
眼睛，从一些相似的物体中取出一件，就造成了一个偶然的结果。
尽管超现实主义者没有创造偶然，他们对于那些并不被认为是可能
发生的事件却给予高度的注意。因此，他们能够记录下由于其平
凡而琐碎(即它们与个人的关注无关)而不为其他人所注意的"偶
然事件"。从以手段-目的理性为基础而组织的社会经验日益构成
对个人空间的限制出发，超现实主义者企图发现日常生活中不可预
见性的因素。他们的注意力因此就指向那些在按照手段-目的理性
原则组织起来的社会中没有地位的现象。在日常生活中对奇迹的

发现无疑将构成对"都市人"经验可能性的丰富。但是，这要求一种行为类型，它放弃特殊的目标而赞同一个对印象接受的普遍开放性。然而，这对于超现实主义者来说还不够。他们企图造成一种超常性。对特殊地点的确定（*lieux sacrés*［圣地］）与创造一种现代神话（Mythologie moderne）的努力，表明他们意在掌握偶然，使超常性变得可重复。

但是，在超现实主义对偶然范畴的阐释中的意识形态性并不存在于试图对超常的控制，而是存在于从偶然中看到某种客观意义的倾向之中。对意义的假定永远是个人和群体的成就；处于人类交往关系之外的意义是不存在的。但对于超现实主义者来说，意义是包含在他们记录为"客观的偶然"的物体和事件的偶然聚集之中的。这种意义不能辨识并不能改变超现实主义者对会在真实的世界中与它们相遇的期望。然而，从资产阶级个人的方面来说这等于是在放弃。既然人用以构造世界的积极因素是由围绕着手段-目的理性组织起来的社会所垄断的，对社会提出抗议的个人就不是求助于，而是服从于一种经验，这种经验的独特性质和价值在于它的无目的性。人们在偶然事件中寻找的意义，是根本不可能捕获的。这是因为，一旦获得了界定，它就成了手段-目的理性的一部分，从而推动它作为抗议的价值。换句话说，退回到被动的期待态度必须被理解为来源于对社会本身的完全反对。不是那个具体的对象，即作为资产阶级-资本主义社会指导原则的利润，而是手段-目的理性本身受到了批判。自相矛盾的是，偶然原本使人屈从于完全的他律，却因此成了似乎是自由的标志。

一种先锋派的理论并不能简单地坚持先锋派的理论家们所发

展的偶然概念，因为我们在这里所面对的是一种意识形态范畴：一种由人类主体所从事的意义的生产，却以一种必须被译解的自然产品的形式出现。这种将在交往过程中生产出来的意义归结为某种自然物的做法并非武断：它与超现实主义运动早期阶段有着抽象抗议特征的态度联系在一起。然而，先锋派理论并不能完全免除偶然范畴，因为它至少对于超现实主义运动的自我理解是绝对重要的。因此，人们可以将超现实主义者所赋予这个范畴的意义看成是意识形态性的，它使学者们理解这个运动的意图，但同时也使他们承担起对它进行批判的任务。

从上述对偶然范畴的使用中，我们必须区分出另一个范畴。在那里，意外的因素在艺术作品而非自然中具有它的一席地位。在那里，我们所面对的是一个制造出来的而非知觉到的偶然。

偶然能够以各种方式被生产出来。人们也许可以区分直接与间接的生产。前者的代表是塔希主义（Tachismus）*、行动绘画，以及以其他名义出现的50年代的绘画。色彩被滴溅在画布上。现实不再被复制与阐释。有意识创造的整体性被基本放弃，从而为自发性，即在相当的程度上允许偶然产生绘画，扫清了道路。从所有的创造的限制和规则中摆脱出来的主体最终发现自己被扔到了一个空洞的主体性之中。这个主体由于不再能生产出某种由物质性和具体的任务所规定的东西，就形成了任意，并且是取了这个词的坏的意义，即武断。对一切限制因素的彻底反对并不将主体带入自由

---

　　* 塔希，来源于法语 tache，颜色斑点的意思。塔希主义是20世纪50年代流行于欧美的抽象派绘画风格，其特点是将颜料泼在画布上作画。——译者

创造，而是带入到主观武断之中。这种武断至多可以在其后被解释为个人的表现。

间接形成的偶然是某种不同的东西。它不是盲目地处理材料时的自发性结果，而正好相反，是一种最费力的计算。但是，这种计算仅仅限于手段上，结果却基本上是不可预测的。阿多诺写道："艺术在制作方面的进步，伴随着一种极端武断性的倾向。……技术完整性的汇合是正当的，逐渐地以绝对偶然来完成艺术品的观点被接受"（《审美理论》，第47页）。在构成原则上，存在着一种放弃主观想象而对构成中偶然的服从，阿多诺从哲学和历史上将之解释为资产阶级个人能力的丧失："主体意识到能力的丧失（这种能力由于他所使用的技巧而被加于他），并将之提升为一个纲领"（《审美理论》，第43页）。这是在讨论新异范畴之后另一个我们所看到的在起作用的阐释类型。对异化的适应被视为抵抗这种异化唯一可能的形式。那种情况下所作出的论述在作出了必要的修正后，在这里也适用。

人们也许会猜测，阿多诺有关艺术家在不能解释或确定结果的情况下所服从的作为固有规律的结构的优势地位的论断，来自于在十二平均律音乐中使用的构成技巧的知识。在《现代音乐哲学》一书，他将十二音体系称为"……一个封闭的、甚至对它自己来说也是不透明的体系，在其中，手段的构成被直接实体化为目标和规律。步骤的合法性，在其中程序技巧实现其自身，同时也仅仅是某种强加到物质的东西之上、并通过它来确定的合法性的东西。这种确定本身实际上并不服务于一个目的。"[18]

在文学中，如果我没有弄错的话，通过使用构成原理进行偶然制作，即制作具体诗，要比在音乐中晚得多。这种情况与艺术媒介的特性有关。在音乐中，由于语义所起的作用较小，因而它比起文学来更接近于一种形式结构。完全将文学材料服从于一种外在于它的构成规律，只是在文学的语义内容基本上退居于次要的地位时才成为可能。然而，必须强调的是，诉诸仅仅强加于物质之上的规律性在文学中与在音乐中使用类似的构成原理具有不同的位置价值，这是由于媒介真正有所不同。

4. 本雅明的讽喻概念

非有机的艺术作品概念的发展是先锋派理论的一个核心任务。这一工作可以从本雅明的讽喻概念开始。我们将看到，这一概念代表着一个受到特别丰富地表述的范畴，并且它也能说明先锋派作品的审美效果的某些方面。当然，本雅明是在研究巴洛克文学时提出这个概念的，[19] 但也可以说，只是在先锋派作品中，这一概念才找到了它的适当的对象。换句话说，我们也许可以说，本雅明正是凭借着处理先锋派作品的经验，才发展出这一范畴，并将之运用于巴洛克文学中去，而不是相反。这里，情况也是如此：一物在我们时代的展开使得对它过去的、较早的阶段的阐释成为可能。因此，将本雅明的讽喻概念读成是一种先锋派的（非有机）艺术作品理论，并没有什么勉强之处。也无须说明，这使得有必要将那些来自巴洛克文学适用性的因素排除在外。[20] 然而，人们似乎应该问，如何解释一种特殊的艺术作品（在我们现在的语境中指讽喻性作品）为什么能出现在社会结构上如此相互不同的时期？ 以这个问题为理由寻求两个时期的共同的社会特点肯定是错误的，因为这将意味着同样的艺术形式必然具有同样的社会基础。实际情况并不是如此。相反，人们必须承认，尽管艺术形式的产生是由于特定的社会语境，这些形式并不受它们从那里起源的社会语境，或者受与之相类似的社会情况的制约。实际情况是，这些形式可以在不同的社会语境中承担不同的功能。我们的研究不应该指向第一语境与第二语境的可能的相似性，而应指向所研究的艺术形式的社会功能的改变。

当人们企图分析讽喻概念的组成成分时，就得出了下列的图式：1. 讽喻者将生活语境整体中的一个因素抽出，将之孤立，剥离掉它的功能。讽喻因而从本质上说是一个碎片，与有机整体的概念相对立。"在讽喻直觉的领域中，意象是一个碎片，一个神秘的符号……虚假的整体性外观被消灭了"（《德国悲剧的起源》，第195页）。2. 讽喻者加入到孤立的现实的碎片中，并因而创造意义。这是一种被假定的意义；它没有从碎片的原有语境中抽取出来。3. 本雅明将讽喻者的活动解释为忧郁的表现。"如果对象在忧郁的注视下变成了讽喻的，如果忧郁使生命在它死亡之后留下的只有永远不变的无忧无虑，那么，它就完全袒露在讽喻者面前，它就无条件地处于讽喻者的掌握之中了。也就是说，这时它完全不能发出任何它自己的意义，它所具有的这种意义只有从讽喻者那里获得"（《德国悲剧的起源》，第204页以下）。讽喻者与事物的交流处于一种不断地卷入与厌恶的交替之中："在病人对孤立而无意义的事物的深深的迷恋之后，是失望地放弃耗尽了意义的符号"（同上，第207页）。4. 本雅明还谈到了接受领域。讽喻的本质已经破碎，代表着衰退的历史。"在讽喻中，观察者面对着作为僵化的原生景象的历史的'希波克拉底面相'（死亡面具）*"（同上，第182页以下）。

　　让我们暂且搁置讽喻概念的上述四个因素是否能够运用于先锋派作品的分析之中的问题。人们也许注意到，这是一个复杂的范畴，它注定要在描述艺术作品的范畴体系中占据一个重要的地位。这个范畴结合了两个生产-审美概念，其中的一个将物质性的处理（将因素从语境中分离），另一个将作品的构成（碎片的拼接与意义的设定）与对生产和接受过程的阐释（生产者的忧郁，接受者的对历史的悲观主义观点）联系起来。由于它允许人们将与生产和与审美效果有关的方面在分析的层面上区分开来，同时仍将他们构想成一个整体，本雅明的讽喻概念能起到先锋派艺术作品理论的核心范畴的功能。然而，我们的图式化确实已经显示出对该范畴的分析性作用主要存在于生产美学的领域，而在审美效果方面，补充性的因素将是需要的。

　　从生产美学的观点对有机的与非有机的（先锋主义的）艺术作品所作的比较，可以从本雅明讽喻概念的前两个因素与也许可以被理解为"蒙太奇"的东西之间的契合的情况中得到重要支持。生产有机作品的艺术家（我们将他们称为"古典主义者"，但无意于在此提出古典作品会是什么样子的具体概念）将他们的材料当作某种活的东西来对待。他们重视其意义，将之看成是某种从具体的生活情境中生长出来的东西。另一方面，对于先锋主义者来说，材料就是

---

　　* "希波克拉底面相"（facies hippocratica），指死亡时的面部征兆。希波克拉底是公元5世纪时的著名希腊医生，柏拉图的对话《普罗塔哥拉》中提到过他。据说他曾留下了72篇医学著作，其中有一篇名为《希波克拉底面相》，描写临近死亡时人的种种征兆。——译者

材料，是物质。他们的活动最初不过是在于"杀死"材料中的生命，也就是说，将它从给予它意义的功能语境中移开。古典主义者承认和尊重作为意义的负载者的材料，而先锋主义者看到的是空符号，只有他们才能给予意义。相应地，古典主义者将材料当作整体来对待，而先锋主义者将之与生活总体性割裂开来，孤立起来，将之变成碎片。

正如对待材料的态度不同一样，作品的构造也不相同。古典主义者带着给予一个具有整体性的活的图画的意图来生产作品。并且，古典主义者甚至在将对现实的一部分的表现局限于一个短暂的情绪时，也追逐这一意图。而另一方面，先锋主义者带着假定的意义的意图加入到碎片中（在这里，意义很可能是已经不存在意义的信息）。作品不再是作为有机整体而被创造出来的（下一节将讨论这个问题）。

我们必须在到现在为止所讨论的讽喻概念以及对一个特定的过程进行描述诸方面，与对阐释这一过程的努力的诸方面之间作出区分。在本雅明将讽喻者的特征说成是忧郁时，就是如此。这一解释并不能毫不费力地从巴洛克转移到先锋派，因为那会将这一过程的意义限制为一种，而忽视在其使用的历史中，一种过程很有可能取得多种不同的意义。[21] 然而，在讽喻过程中似乎能够引申出一种巴洛克的讽喻者与先锋主义者共有的生产者的态度。本雅明这里所说的忧郁都是局限于单数的，这是不能令人满意之处，因为没有与之相应的改造现实的一般概念。专注于单数是没有希望的，因为它与个人无法改造的现实的意识联系在一起。本雅明的忧郁概念似乎可以被看成是对先锋主义者们的一种态度的描述，这些先锋主义者与以前的唯美主义者不同，不再能美化自己在社会上的无功能性。超现实主义的 *ennui*（它被译为"厌烦"，但却不能尽其意）*可以支持这一解释。[22]

　　本雅明提出的第二个（接受-审美的）对讽喻的阐释（并且，这个阐释将历史表现为自然史，即衰退的历史）似乎可被用于先锋派艺术。如果人们将超现实主义者自我的态度当作先锋主义行为的原型的话，他们就会注意到，在这里社会被当成了自然。[23]超现实主义者自我寻求通过假定人所创造的世界是自然的来恢复原初的经验。但这意味着使社会现实与任何变化的思想格格不入。与其说人造的历史变成了自然的历史，不如说它形成了一种关于自然的僵化的意象。大都市被体验为谜一般的自然，在其中超现实主义者像原始人在真正的自然中一样活动：在被认为是可以找到的给定的范围内寻找一种意义。超现实主义者不是将自己沉浸在人所创造的第二自然的秘密之中，而是相信自己能够从现象本身中挤出意义来。从巴洛克时代起，讽喻所经历的功能的变化无疑是值得注意的：巴洛克的贬低此岸世界而偏爱彼岸世界，与人们所谓的对此岸世界的热情肯定形成了鲜明的对照。但是，对于艺术方法和过程的进一步分析却表明，这种肯定是不完善的，它显示出了一种对技术力量过于强大，以及社会过分限制个人空间的恐惧。

　　然而，上面所概括的对讽喻过程的阐释不能与那些有关解释过程本身的一些概念拥有同样的位置价值，这是由于作为阐释，它们

---

　　*　法文词 ennui 在德文中被译为 Langeweile，在英文中被译为 boredom，这些翻译都不能贴近超现实主义者赋予它的原意。它更像我们今天汉语中所说的"烦"，它不是厌烦，而是一种内心的躁动。——译者

已经属于那种个人对作品的分析是至关重要的领域。随之而来的是，我们将继续面对有机的与非有机的作品，而不急于引入有关阐释的范畴。有机的作品表现为一件自然的作品："美的艺术必须披上自然的外衣，尽管我们知道它是艺术"（《判断力批判》，第45节）*。卢卡奇将现实主义者的任务看成是双重的（与先锋主义者相反）："第一是揭示和艺术地改造某些联系（即社会现实中的联系），第二，与前者不同，艺术地遮盖被揭示出来的抽象的联系，即扬弃抽象。"[24]卢卡奇这里所说的"遮盖"，也就是创造自然的外观（Schein）。有机的作品努力使被制作出来这一事实变得无法辨识。先锋主义的作品则正好相反：它宣称自己是人造的构成物或人工制品。就此而言，蒙太奇也许可被看成是先锋主义艺术的基本原则。"组装的"（montierte）作品使我们注意到这样一个事实，它是由现实的碎片构成的；它打破了整体性的外观。自相矛盾的是，先锋主义者们的意图是摧毁作为体制的艺术，其结果却使自己的作品成了艺术。通过将艺术回到实践中而使生活革命化的意图的结果却是艺术的革命化。

　　不同的作为各种各样作品类型的构成原理之功能的接受方式，与上述不同的特性形成对应关系（这并不是说这种接受方式无须各自与实际上的单个作品的接受方式相契合）。有机的作品要得到整体的印象。就此而言，其中的个别成分只在与整体相关联时才具有意义。在它们作为个别被知觉时总是指向作为整体的作品。与此

---

　　* 康德《判断力批判》，中译本根据商务印书馆，1985年，第152页，个别词参照原文作了修改。——译者

不同的是，在先锋派作品中，单个的成分具有高得多的自律程度。单个成分，或一组成分可以在不把握作品整体的情况下被阅读和阐释。在论述先锋派作品时，人们只能在有限的范围内谈论作为整体，作为完美地体现了可能意义的整体性的作品。

5. 蒙太奇

在一开始就弄清这一点是非常重要的：蒙太奇概念并不是意在提出一个新的范畴取代讽喻的范畴。相反，这个范畴的提出意在使人们对讽喻范畴的一个特殊方面获得更为准确的界定。蒙太奇以现实的碎片化为条件，并描述了作品的构成阶段。由于这个概念不仅在文学中，而且在电影中也起着重要的作用，有必要首先澄清它在不同的媒介中各自的意义。

电影是摄影图像串在一道，由于它们的变换速度超过了观察者眼睛感受的速度，因而产生了运动的印象。在电影中，图像的蒙太奇是基本的技术手法（technische Verfahren）。它并不是一种专门的艺术技巧，而是由媒介所决定的特点。然而，它的用法却有着不同。拍摄自然的运动，与通过剪辑而创造出来的自然运动的假象，当然不是一回事（例如，在《战舰波将金号》*中，跃起的石狮子是由睡着的、醒着的和站着的石狮子分别的镜头编辑而成的）。在前一种情况下，存在着单个的镜头的蒙太奇，而电影所创造的印象却仅仅是幻象性地再现自然的运动顺序，而在后一种情况下，正是由于蒙太

---

　　*　这是苏联著名电影艺术家爱森斯坦于1925年创作的经典作品。——译者

奇才创造了运动的印象。[25]

　　尽管蒙太奇(综合)是由媒介所提供的一种技术手段,它在绘画中则具有艺术原理的地位。[*]除了人们总是可以发现的"先驱者"之外,蒙太奇首先出现在立体主义的绘画中不是偶然的。这是一个在现代主义绘画中最为有意识地摧毁自文艺复兴以来流行的再现体系的绘画运动。在毕加索与布拉克于第一次世界大战前所创造的"贴纸图案"(*papiers collés*)中,我们总是发现两种技巧的对比:贴在画布上的现实碎片的"幻觉手法"(一片编织的篮子或一块贴墙纸),与将所画对象变形的立体主义的"抽象"。人们可以从这种对比在同一时期的没有使用蒙太奇技巧的绘画中出现,推断出这两位艺术家对这种对比的高度兴趣。[26]

　　人们在试图为在观察第一幅蒙太奇的画时所想要达到的审美效果作出界定时,必须小心从事才行。无疑,在一幅绘画上贴上一片报纸,会是一个刺激性的要素。但对此也不必过于在意,因为这一现实的碎片仍主要服从于审美构造,该构造寻求创造出一种个别要素(体积、色彩,等等)之间的平衡。这一意图最多可被看成是尝试性的而已:尽管存在着对描绘现实的有机作品的破坏,但是,艺术本身并不像在历史上的先锋派运动中那样受到质疑。相反,在这里,创造一个审美对象的意图仍清晰可见,尽管该对象回避按照传统的规则对它的判断。

　　哈特费尔德的照片蒙太奇代表着一种完全不同的类型。它们

---

　　[*]　按照汉语习惯,Montage 一词作为电影术语时被音译为"蒙太奇",而作为绘画术语则通常被意译为"综合"。这里出现了作为电影术语、绘画术语和摄影术语并置的情况,为便于理解起见,统一译为"蒙太奇"。——译者

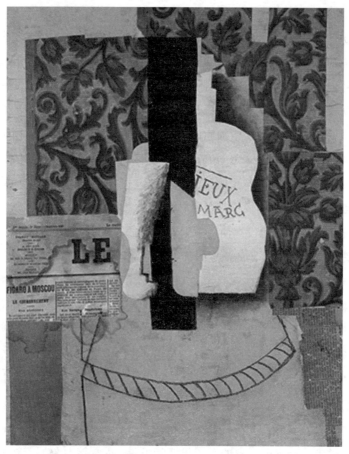

毕加索,《静物》, 1912 年。

主要不是审美对象,而是供阅读的图像(Lesebilder)。哈特费尔德回到旧的寓意符号式艺术,并将之运用到政治上。这种寓意符号将一个图像与两种不同的文本放在一起,一个是(常常是编码的)标题(*inscriptio*)和一个稍长一点的说明(*subscriptio*)。例如:希特

毕加索,《小提琴》,1913 年。

勒讲话,胸膛中显示出一个由硬币组成的食管。标题:"超人阿道夫"。说明:"吞下的是金子,喷出的是垃圾"(见下页插图)。再如德国社会民主党(SPD)的招贴画:社会主义化在前进,并且,以一种蒙太奇的效果，一群精神抖擞的厂长经理先生们头顶高礼帽，手拿洋伞，在前面走，而后面小一点的人是两个手执纳粹党旗的士兵。标题："德国还没有失败！"说明："社会主义化在前进！"这是社会

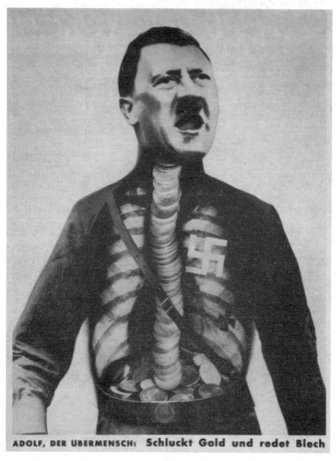

约翰·哈特费尔德，《阿道夫—超人——吞下的是金子，喷出的是垃圾》，1932 年。

民主党人招贴画上的话，而与此同时他们认定，社会主义者将会被
枪杀[27]（见本页插图）。应该重视的是哈特费尔德的蒙太奇图像中清
楚的政治陈述与反美学因素的特征。从某种意义上讲，照相蒙太奇
与电影相近，这不仅是因为两者都用照相术，而且是由于在这两种

约翰·哈特费尔德，《德国还没有失败！》，1932 年。

情况下，蒙太奇都变得模糊，难以辨认。这是照相蒙太奇与立体主义者或施维特斯的蒙太奇的根本区别。

前面这段话当然绝不是说已经穷尽了我们对于这个题目（立体主义的拼贴画［Collage］，施维特斯的照相蒙太奇）的论述；这里的目的仅仅是对"蒙太奇"概念所容纳的所有要素作一个概述。在先锋派理论的框架之中，电影所赋予这个概念的意义并不重要，因为在电影中，它仅仅是媒介的一个组成部分。照相蒙太奇将不被当作思考这个概念的出发点，因为它处于电影蒙太奇与绘画蒙太奇的中间的位置，蒙太奇在这里的运用特点常常显得很模糊。先锋派的理论必须从早期立体主义的拼贴画表现出来的蒙太奇概念开始。这种拼贴画与自文艺复兴起发展起来的构图技巧之间的区别在于将现实的碎片插入到绘画之中，或者说，制作拼贴画的艺术家在作品中插入不加改变的材料。但是，这意味着绘画作为一个完整的整体的解构，其中的所有部分都是由作品创造者的主体性所塑造成的。毕加索为了将之粘在画布上而对一只编织篮子的选择，也许完全可以被当成是某种构图的意图。但是，作为一只编织篮子，它仍是一个现实的碎片。它被原样插入绘画之中，不作任何实质性的修改。一种以描绘现实为基础的再现性体系，即艺术主体（艺术家）必须变换现实的原理，也就因此而失效了。与稍晚些时候的杜尚不同，立体主义者不满足于仅仅显示现实的碎片。但是，他们未能实现完整地塑造作为连续体的图像空间。[28]

如果人们不能接受那种对这里所讨论的、作为一种被接受了几个世纪之久的绘画技巧的原理所作出的节省精力的解释，[29] 那么，主要是阿多诺对现代艺术中蒙太奇（拼贴）的重要性的评论，为理解这种现象提供了重要的线索。阿多诺注意到了这一新的手段的革命性（这一用滥了的比喻在这里正好是适合的）："通过与异质的现实的协调，艺术的外观（Schein）解体，经验现实中的碎片被引入到作品之中，从而承认这种断裂，并将之变成审美效果"（《审美理论》，第232页）。自命为与自然相像的人造的有机艺术品，投射出一种人与自然相协调的图像。照阿多诺看来，非有机艺术品的特征正在于那种不再创造协调外表的蒙太奇。即使人们不能接受存在于这一哲学背后的每一种细节，这一观点所包含的洞见是无法拒绝的。[30] 将现实的碎片插入到一个艺术品之中，彻底地改变了该作品。艺术家不仅仅是放弃塑造一个整体，而且给予绘画一个完全不同的地位，在这里，艺术品的部分不再与整体形成关系，而这恰恰是有机艺术品的特征。它们不再是指向现实的符号，它们就是现实。

　　但是，阿多诺将政治意义放进蒙太奇的艺术手法之中的做法是令人怀疑的。"艺术愿意承认它在面对晚期资本主义整体时的无力状态，并开始对这一整体的废除工作"（《审美理论》，第232页）。蒙太奇既被意大利未来主义者，也被俄国十月革命后的先锋主义者所使用。意大利未来主义者很难说是在致力于废除晚期资本主义，而俄国的先锋主义者们为发展社会主义社会而工作。与阿多诺的公式相违背的事实还不仅仅是如此。为一种艺术手法规定一种固定的意义的做法，从根本上说是有问题的。布洛赫的方法在这里更合适一些。他从这样一种观点出发：一种技巧或手法在不同的历史语境中所产生的效果也不相同。他对晚期资本主义社会的蒙太奇与社会主义社会的蒙太奇作出了区分。[31] 尽管布洛赫对蒙太奇的具体的定位偶有不精确之处，他关于手法不能从语义上归结为不变的意义的见解是我们要坚持的。

这意味着人们应采用阿多诺对描绘该现象时所作出的界定，却不赋予它固定的意义。下面就是一个这方面的例子："对综合的否定成为一个构成原则"（《审美理论》，第232页）。在生产-美学方面，综合的否定所指的是审美效果方面所说的反对协调。如果人们联系阿多诺的叙述再一次观察立体主义的拼贴画，就可能发现，尽管立体主义者允许一种构成原则，他们并没有显示出一种意义统一的综合（只要回忆一下前面所提到的"幻觉主义"与"抽象"的对立，这一点就很明显了）。[32]

在思考阿多诺将对综合的否定阐释为对意义的否定之时（《审美理论》，第231页），我们必须记住，甚至拒绝意义也是对意义的一种判定。超现实主义的自动文本，阿拉贡的《巴黎的农夫》，以及布勒东的《娜佳》，都显示出蒙太奇技巧的影响。确实，从表面上看，自动文本的特点是破坏连续性。但是，如果阐释工作不仅仅限于捕捉逻辑联系，而是考察文本构成的手法，人们无疑就能发现其中相对连贯的意义。同样的思考也适用于布勒东的《娜佳》开头几页中对一些孤立的事件叙述的顺序。尽管它们确实缺乏某种叙述连续性，即前一个事件逻辑地预示着所有后续的事件，但事件间无疑存在着另一种联系：它们都具有同样的结构模式。用结构主义的概念说，这种联系是纵聚合的（paradigmatischer），而不是横组合的（syntagmatischer）。横组合的句型和短语的特点是，不管它有多长，总是可以穷尽的，而原则上说，[纵聚合的]序列没有穷尽。这一重要的区别导致了两个不同的接受方式。[33]

有机的艺术作品是按照横组合的模式构成的；单个的部分与整

体构成一种辩证的统一体。一种充分的阅读被描绘成解释的循环：部分仅仅通过整体才能得到理解，而整体又仅仅通过部分才能被理解。这意味着一种预期性的对整体的理解指导着部分的理解，同时又被对部分的理解所纠正。这种类型的接受的根本性前提条件是假定在单个部分的意义与整体的意义间存在着一种必要的和谐。[34] 这一前提条件遭到非有机作品的反对，而这一事实表明了非有机作品与有机的艺术作品的决定性区别。部分从一个超常的整体中"解放"出来；这些部分不再是整体的不可缺少的因素。这意味着这些部分也失去了必要性。一个将意象串起来的自动文本中的一部分可以失去，而文本本身却不会受到大的影响。在《娜佳》中所记载的事件也是如此。新的同样类型的事件可以加进去，而已经记载的也可以减去，不管是加还是减，都不形成重大的区别。顺序的变化也是可能的。起决定性作用的，不是事件本身的独特性，而是在事件的序列背后的构成原则。

　　所有这些当然对接受都有着重要影响。先锋派作品的接受者发现，由阅读有机的艺术作品形成的运用理性的对象化的方式对于现在的对象不再适用了。先锋派艺术作品既不创造一个整体的印象，从而使阐释其意义成为可能，也不能用其中单独的一部分来说明其印象，因为这些部分不再从属于一个说明性的意图。在接受者那里，拒绝提供意义被体验为一种震惊。而这正是先锋派艺术家的意图，他们希望通过这种意义的退出会将读者的注意力引向这样一种事实，即人们生活中的行为是有问题的，需要改变它。震惊具有作为改变人的生活行为的刺激的目的；它是打破审美内在性，从而导致（引起）接受者的生活实践变化的手段。[35]

震惊作为想要使接受者作出的反应，一般说来存在着不明确的问题。甚至对审美内在性的可能的打破，也不能保证接受者行为的改变具有特定的方向。公众对达达主义现象的反应是这种反应的不明确性的典型表现。他们对于达达主义者的挑衅显示出盲目的愤怒，[36] 但也许没有引起任何公众生活实践的变化。相反，人们不得不问，由于它提供了一种展现生活态度的机会，是否这种挑衅反而加强了这种态度。[37] 震惊的美学有着一种它与生俱来的困难，即它不可能使这种效果永久化。没有什么比震惊效果的消失更快的了；这种效果从本性上讲，是一种独特的经验。作为重复的结果，它从根本上改变了：有了一种预期的震惊。公众对达达主义者的出现的猛烈的反对，是一个例子：报纸的报道为公众对震惊的反应作了准备；也就是说，报道期待着震惊。这种近乎体制化的震惊至少在接受者的生活实践中起着反作用。这种震惊被"消费了"。所剩下的只是高深莫测的形式的性质，它们抵制从中挤出意义的努力。如果接受者不是简单地放弃或满足于从作品的一部分中推断出牵强的意义，他们就必须努力理解先锋派作品的这种谜一样的性质。他们将因此而转入到另一个阐释的层次。接受者不是按照解释的周期继续进行下去，并努力通过整体与部分间的联系把握其意义，而是将停止意义的搜寻，将注意力放在决定作品的组成方式的构造原则上。因此，在接受的过程中，先锋派的作品激发了一种断裂，它与作品的不连贯性（非有机性）相对应。在通过处理有机的艺术作品而发展起来的接受方式出现了不适应，从而产生震惊式的经验，与把握结构原理的努力之间，有着一个断裂：意义的阐释被放弃了。历史上的先锋派运动所带来的艺术发展的一个决定性的改变就在于先锋派的艺术作品所激发的这种新的接受方式。接受者的注意力不再投向可以通过阅读它的组成成分而把握的作品的意义，而是集中在结构原理上。在有机的作品中，构成整体的意义所必要的因素在先锋派的作品中起着使结构与布局变得丰满的作用，因此，这种接受就被强加在接受者身上。

通过将文学与艺术研究中的形式方法表现为接受者对躲避传统的解释学方法的先锋派作品的反应，我们尝试了一种在先锋派作品与这些方法之间关系的发生性重构。在这种重构中，必须特别重视形式方法（它指向手法和技巧）与寻求发现意义的解释学之间的决裂。但这种发生性关系的重构不能被理解为必须用某种具体的学术方法对待某种作品，例如，用解释学的方法对待有机的作品，而用形式的方法对待先锋派作品。这种指定方法的做法与上面所说的思路是背道而驰的。尽管先锋派艺术作品确实推行了一种新的方法，但这种方法并不局限于这种作品，同时，在对意义理解上的解释学问题并不因此而消失。相反，研究领域的决定性变化也导致了艺术现象的学术研究方法的重组。人们可以认为，这一过程将使形式的与解释学方法的对立走向综合，在其中，两者都将实现黑格尔意义上的扬弃。我认为，这正是今天的文学学术意义之所在。[38]

形式的手法与解释学的手法之综合实现的条件是假定：即使在先锋派的艺术作品中，个人因素的解放绝没有达到完全与作品整体分离的地步。甚至在对综合的否定成为一个结构原则时，仍有可能构想统一体的珍贵性。对于接受行为来说，这意味着即使先锋派作品也仍被从解释学的方面（作为一个完整的意义）来理解，除非这一整体将矛盾包含在自身之中。不再是单个部分的和谐，而是异质因素间的矛盾关系构成了整体。在历史上先锋派运动之后，解释学不是简单地为形式主义的手法所取代，也不是像以前一样继续被用作一种直觉的理解形式。相反，它必须顺应新的历史条件的要求而得到修正。确实，在一种批判的解释学中，对作品的形式因素的分析取得了更加重要的地位。其原因在于，由传统的解释学所规定的部分对于整体的从属性变成了一种最终来源于古典美学的阐释体系。批判的解释学将用研究不同层次间的矛盾，并从而推导出整体的意义来取代部分与整体间必须统一的原理。

第五章　先锋派与介入

1. 阿多诺与卢卡奇的争论

如果一种先锋派理论能够显示先锋派彻底改变了艺术中的政治介入的位置价值的话，那么，其中有一段讨论介入是正当的。介入的概念在先锋派运动之前和在先锋派运动之后，是完全不同的。在下面的论述中，我们的意图就是要说明这一点。这意味着，讨论是否必须在先锋派理论的框架内研究介入问题，与对上述问题的讨论是不能分开的。

到目前为止，先锋派理论被人们从两个层次上来研究：历史上先锋派运动的意图层次，与对先锋派作品进行描述的层次。历史上的先锋派的意图被定义为从生活实践出发对艺术体制的摧毁。这一意图的意义并不在于资产阶级社会中艺术体制实际上被摧毁，而是艺术体制所具有的决定单个艺术作品之真实社会效果的作用变得可认识了。先锋派作品被界定为非有机的。在有机的艺术作品中，结构原理支配着部分，并将它们结合成一个单一的整体，而在先锋派的作品中，部分对于整体来说具有大得多的自律性。它们作为一个意义整体之构成因素的重要性在降低，同时，它们作为相对自律的符号的重要性在上升。

不管是卢卡奇，还是阿多诺关于先锋派的理论之中，有机的与先锋派的作品的对比都起着决定性的作用。他们之间的区别仅仅在于对这些作品的评价。卢卡奇坚持以有机的艺术作品（他采用的术语是"现实主义"）为审美规范，并由此出发将先锋派艺术作品看成是颓废的，[1] 而阿多诺则将先锋派的、非有机的作品提升为（尽管仅仅是具有历史性的）规范，并将所有在我们时代创造卢卡奇意义上的现实主义艺术的努力都谴责为审美上的倒退。[2] 在这两种情况下，我们都是在处理一种已经在理论层次上作出决定性的定义的艺术理论。这当然并不意味着卢卡奇和阿多诺与文艺复兴和巴洛克时代的人一样，构筑一般性的、超历史的法则，并运用它来衡量单个的艺术作品。这两位理论家都深受黑格尔的影响，而黑格尔美学中所包含的规范性因素，也正是他们的理论具有规范性的原因。黑格尔将美学历史化了。形式-内容的辩证法以不同的方式在象征的（东方的）、古典的（希腊的）以及浪漫的（基督教的）艺术中得到自我实现。对于黑格尔来说，这种历史化并不意味着浪漫的艺术是最完善的艺术。相反，他将古典艺术中的形式与内容的相互渗透看成是一个高峰，这与世界精神的特定发展阶段联系在一起，并必然随之而消亡。古典艺术的本质在于"精神完全通过它的外在形象而显现出来"[3]（黑格尔，第一卷，第517页）。这在浪漫的艺术作品中，则不再能得到，因为"将精神提升到它自身"是浪漫艺术的根本原则。由于精神"从外在向内在的"收缩，以及"将外在的现实设定为不满足于自身的外在现实"（第518页），古典主义所达到的精神性与物质性的相互融合解体了。黑格尔甚至进一步预见了"浪漫主义普遍达到顶点"的情况，他将之描述成如下的情景："外在的与内在的偶然性，这两方面的分离，而艺术借此取消［扬弃］自身"（第529页）。通过浪漫主义艺术，艺术走向了它的终结，并让位给高一级的意识形式，即哲学。[4]

卢卡奇采用了黑格尔观念的基本要素。在他的书中，黑格尔的古典主义与浪漫主义的对抗成了现实主义与先锋派的对立。像黑格尔一样，卢卡奇也从哲学史的框架中发展出这一对立。对于卢卡奇来说，哲学当然不再是从外在世界退回到自身，从而摧毁理性与感性间的古典和谐可能性的世界精神的运动。资产阶级的历史是物质性的。随着1848年6月的资产阶级解放运动的结束，资产阶级知识分子也丧失了在艺术作品整体上将资产阶级社会描绘成一个变动的社会的能力。从自然主义地倾注于细节，从而相应地失去整体的视角，我们形成了对资产阶级现实主义的解体的了解，这种了解在先锋派中达到了顶点。这一发展是历史性的必然衰退的发展。[5]黑格尔对浪漫主义艺术进行批判，将之看成是带有历史必然性的衰败的征兆，而卢卡奇则将之转向到对先锋派艺术的批判之中。他基本采用了黑格尔的观点，认为有机的艺术作品构成了一种绝对的完善。但是，他认为这种完善是通过像歌德、巴尔扎克、斯丹达尔等人的伟大的现实主义小说显示出来，而不是［像黑格尔所说的那样］通过希腊艺术显示出来。这表明，对于卢卡奇来说，艺术的顶峰是在过去，尽管他与黑格尔的不同之处在于，他并不认为在现在，艺术必然不会达到完善。卢卡奇认为，不仅在资产阶级上升时期的伟大作家确实成为社会主义现实主义的典范，而且他进一步通过承认一种20世纪的资产阶级现实主义来减弱他的历史哲学构造（资产阶级现实主义在 1848 或 1871 年后就不再可能）的极端后果。[6]

阿多诺在这一点上则更加极端：对于他来说，先锋派是当代世界状况的仅有可能的真诚表现。阿多诺的理论同样以黑格尔为基础，但他并不采用黑格尔的价值观（对浪漫主义的否定态度和对古典主义的高度评价），而这正是通过卢卡奇传达给现代的。阿多诺试图采用一种极端的思维方式，将黑格尔对艺术形式的历史化推向前进。这意味着没有任何一种形式-内容的辩证法的历史类型将被给予高于其他类型的地位。从这个角度看，先锋派艺术作品代表着晚期资本主义社会异化的历史必然表现。将这种作品与古典主义或现实主义的作品的有机连贯性相比较是不合适的。初看上去，阿多诺似乎已与任何规范性理论决裂。但是，人们不难看到，通过彻底地历史化，规范重新进入理论之中，并与卢卡奇一样在理论中打下清楚的烙印。

卢卡奇同样认为，先锋派是晚期资本主义社会异化的表现，但对于社会主义者来说，这也是资产阶级知识分子面对一种朝向对这个社会的社会主义改造的现实的历史阻力而出现的盲目性的表现。卢卡奇正是基于这一政治视角而说明现代社会主义艺术的可能性的，阿多诺没有这一政治视角，因此，对于他来说，先锋派艺术就成了晚期资本主义社会仅有的真诚的艺术。任何创造一种有机的、连贯的（卢卡奇称之为"现实主义的"）作品的企图都被看成不仅是从一个已经取得的艺术技巧水平的倒退，[7]而且从意识形态上讲也是可疑的。有机的艺术作品不是揭示我们这个时代的社会矛盾，而是以其形式本身增强世界是一个整体的幻觉，尽管其内容显示出的是完全不同的意图。

　　我们在这里不便对哪一种方法是"正确的"作评判，而是要揭示这一争论本身的历史性。要做到这一点，就必须说明，这两位作者讨论问题的前提，在今天已经具有了历史性，因而直接采用他们的观点已经不可能了。人们也许可以这么概括：上面所述卢卡奇与阿多诺有关先锋派艺术合法性的争论局限于艺术手段与相关的艺术种类的变化（有机的与先锋主义的）的范围。然而，这两位作者都没有将讨论集中到历史上的先锋派运动对艺术体制的攻击上来。按照这里所提出的理论，成为资产阶级社会中艺术发展的决定性事件的正是这一攻击，这是因为这一攻击使人们首次形成对艺术体制的自觉，对单个艺术品的效果受体制制约的自觉。每当历史上的先锋派运动对艺术发展中的飞跃的意义不被看成对艺术体制的攻击之时，形式问题（有机与非有机的作品）就必然会占据人们注意力的中心。但是，一旦历史上的先锋派运动揭示出艺术是一个体制，从而破除了艺术的有效性与非有效性的奥秘之后，任何形式就都不再可以声称，只有它才具有永恒的或短暂而有限的合法性。历史上的先锋派运动扫荡了这种要求。卢卡奇与阿多诺再次提出这种观点，表明他们的思想仍然为与受历史制约的风格变化紧密相关的先锋派时期所统治。

　　固然，阿多诺引起了我们今天的美学理论对先锋派的重视，但是，他只关注新的艺术类型，而非先锋派运动使艺术重新与生活实践结合的意向。这样一来，先锋派就成了适合于我们时代的仅有的一种艺术类型。[8]这一观点在这样的意义上说是正确的：今天，先锋派运动的那些远大的意向可被判定为实际上已经失败了。而它的不正确性在于，正是由于这一失败造成了某种后果。历史上的先锋派运动没有能摧毁艺术体制；但它们确实摧毁了一个特定流派以具有普遍有效性的面目出现的可能性。在今天，"现实的"与"先锋主义的"同时存在的事实已经不能被人们合法地反对。历史上的先锋派运动所造成的艺术史上的断裂，并不在于对艺术体制的摧毁，而在于对有效的审美规范的可能性的摧毁。这对于艺术作品的学术研究具有一定影响：规范性的考察被功能性的分析所取代，研究的对象就将是一部作品的社会效果（功能），而这是作品所提供的刺激与在一个既定的体制框架中可在社会学上确定的公众这两者相结合的结果。[9]

　　卢卡奇与阿多诺未能涉及艺术体制还可从这两位理论家所共有的一个特点看出：他们对布莱希特的作品的批判的态度。卢卡奇对布莱希特的否定是他的理论方法的直接结果：他给予布莱希特的作品以对所有非有机作品同样的评价。而对于阿多诺来说，这种态度不是从核心的理论立场直接推导出来，而是从一个次要的原理，即艺术作品是"无意识地对历史中正常的与怪异的东西的记录"推导出来的。[10]作品与社会的联结被确定为必然是无意识的。布莱希特努力用最高程度的意识来描述这种联结，因而他的观点就不能被充分接受。[11]

　　现在将上述观点概述如下：卢卡奇与阿多诺的争论在许多方面恢复了30年代中期有关表现主义的争论，并以一种存疑状态而结束。两种自称是唯物主义的文化理论形成了一种敌对性的对抗，两者又都与具体的政治立场联系在一起。阿多诺不仅将晚期资本主义看成是非常稳定的，而且感到，历史经验显示，那种对于社会主义所寄托的希望是靠不住的。对于他来说，先锋主义艺术是一种彻底的抗议，它反对与现存一切的任何妥协，因此是仅有的一种具有历史合法性的艺术形式。卢卡奇则承认它具有抗议的特征，但由于这种抗议的抽象的性质，由于它没有历史的视角，由于它看不到寻求克服资本主义的真正的反作用力而对它谴责。他们两人的研究没有消除存疑状态，却加强了这种状态，其共同特征是，由于理论上的原因，他们都不能理解我们时代最重要的唯物主义作家（布莱希特）。

　　在这种情况下，似乎出现了一种解决办法，即将这位唯物主义作家的理论当成判断的标准。但这种解决办法存在着严重的缺陷：它不能提供对布莱希特的作品的理解。因为布莱希特不能既是判断的标准，同时又以其独特性而为人所理解。如果人们使布莱希特成为今日文学所能达到的尺度，那么人们就不再能评判他，也不能询问这样一个问题：他所寻找到的某些解答是否与这些问题产生的特定时代联系在一起？换句话说，恰恰是在人们试图把握布莱希特的划时代意义时，他的理论不能被用来作为研究的框架。为了消除这一存疑状态，我提议，将历史上的先锋主义运动看成是一种资产阶级社会中艺术发展的中断，并以这一中断为基础来构想文学理论。布莱希特作品与理论必须被看成是与这一历史的非连续性有关。那么，问题就是：布莱希特与历史上的先锋主义运动的关系如何？到现在为止，这个问题还没有被提出，原因在于，布莱希特被当成了一个先锋主义者，而关于历史上的先锋运动的精确定义还不存在。当然，在这里，我们还不能解决这个复杂的问题，而只能满足于几条建议而已。

　　布莱希特从未具有一些历史上先锋运动的代表所具有的摧毁艺术体制的意图。甚至鄙视有教养的资产阶级的戏剧的年轻的布莱希特也没得出戏剧应全部废除的结论。他只是要彻底改变它而已。他在体育运动中找到了一种新的戏剧的模式，其核心范畴是娱乐。[12]

　　年轻的布莱希特不仅将艺术按照它自身的目的来定义，从而保存了一种古典美学的核心概念：他想改变而不是摧毁作为体制的戏剧，并清楚地表明他与历史上的先锋运动之间的距离。他与古典美学的共同点还在于：首先，一种对艺术作品的观念，即单个的因素取得自律（这是陌生化的因素取得效果所必须满足的条件），其次，对艺术体制的关注。但是，先锋主义者相信自己能直接攻击并摧毁该体制，而布莱希特则发展出一种概念，它导致功能的转换，并执着于可具体实现的东西。上面这简要评论已经表明，一种先锋派的理论使人们能够将布莱希特放在现代艺术的语境中来讨论，从而确定它的独特性。因此，我们有理由相信，一种先锋派的理论可以对解决上面所论述的两位唯物主义文学理论家（卢卡奇与阿多诺）之间的争论作出贡献，并且在这么做的时候也无须将布莱希特的理论和艺术实践神圣化。

　　当然，这里所提出的理论不仅适用于布莱希特的作品，而且对艺术中政治介入的地位也普遍适用。事实是：通过历史上的先锋派运动，艺术中的政治介入的地位得到了根本的改变。为了与上面提到的先锋派的双重定义（攻击艺术体制并实现一种非有机的艺术作品）相协调，问题也必须在两个层面上讨论。毋庸置疑，在历史上的先锋派出现之前，就存在着政治上的与道德上的介入的艺术。但这种介入与它在作品中的表述方式之间有着一种紧张的关系。在有机的艺术作品中，作者所想要表达的政治的和道德的内容必然从属于整体的有机性。这意味着，不管作者愿意与否，它们成为整体的一部分，为整体作贡献。介入的作品只有在介入本身是通过全部作品（包括其形式）表述出来的统一原理之时，才是成功的。但是，这种情况是非常少见的。一个艺术门类现存的传统在被用于道德与政治介入时所能作的抵抗的程度，可以在伏尔泰的悲剧和复辟时代的自由抒情诗中看到。在有机的艺术作品中，总是存在着介入外在于形式-内容整体，并对它起破坏作用的危险。许多对介入艺术的批评都是在这个层面上进行的。然而，要使这种批评有效，它就必须符合两个条件：第一是它仅仅用于有机的艺术作品，第二是仅仅在介入没有成为作品的统一的原理之时。当作者成功地围绕着这种介入而组织作品之时，另一个危险对政治倾向构成了威胁：通过艺术体制而［使政治倾向］淡化。作品在其共同的特征就是与生活实践分离的语境之中为人们所接受，从而按照有机性的审美规律来改造介入性，使之常常被人们看成是"仅仅"是艺术产品。艺术体制淡化了单个艺术作品的政治内容。

历史上的先锋派运动表明，艺术体制对于单个的艺术作品具有重要的作用，从而形成了问题的转移。显然，一件艺术作品的社会效果不能仅仅从作品本身来衡量，它受到作品在其中"起作用"的体制的决定性影响。

如果从没有过任何先锋派运动，布莱希特与本雅明在20与30年代关于生产机制重构的思考是不可能的。[13]然而，在这里，我们仍须持谨慎的态度，不要将布莱希特与本雅明的解答，以及他们对问题的认识，不顾历史情况地移用于当今。[14]

就介入问题的转移而言，发展出一种非有机的作品与抨击艺术体制具有同等的重要性。如果说，在先锋主义作品中，单个的因素不必再从属于一种组织原理的话，那么，有关作品内容的位置价值的问题也将得到改变。在先锋主义作品中，它们作为单个的因素也具有审美的合法性。它的效果不必再通过作品整体的中介，而是被设想为依赖于其自身。[15] 在先锋主义作品中，单个的符号主要不是指向作品整体，而是指向现实。接受者具有将单个的符号当作有关生活实践或政治指示的重要宣言来反应的自由。这对作品中的介入位置来说具有深远的影响。由于作品不再被设想为有机的整体，单个的政治母题也就不再从属于作品整体，而可以单独起作用。在先锋派的作品类型基础之上，一种新的介入艺术类型成为可能。人们甚至可以进一步说，先锋主义作品消除了旧的"纯粹的"与"政治的"艺术的区分，尽管这句话的意义还需要澄清。按照阿多诺的观点，这也许意味着非有机性的原则自身具有解放性，因为它使得日益凝固成为一个体系的意识形态得以分离。这样一来，先锋派与介入最终汇合到了一起。先锋主义作品中的政治禁忌只是离此一步之遥而已。但是，"纯粹的"与"政治的"艺术两分的废除可以取另一种形式。不是去宣布先锋派的非有机性结构原理是一个政治陈述，而是应该记住：它使政治的与非政治的母题在同一作品中并存。在非有机的作品基础上，一种新形式的介入艺术成为可能。[16]

就先锋派作品中的个人母题绝大部分是自律的而言，政治母题也具有一种直接的效果：观察者可以带着他所体验到的生活来面对它。布莱希特认识到并利用了这一可能性。他在《工作日记》(*Ar-*

beitsjournal）中写道："在亚里士多德式的戏剧构造及其与之相应的戏剧动作中……舞台给观众所制造的、在真实生活中所发生并在那里出现的事件的幻觉，由于在表现中使虚构的东西形成一个绝对的整体而得到了加强。细节并不能单独与真实生活的相应的细节进行比较。没有什么东西可被'从该语境中取出'而放到现实的语境中。这由于一种产生陌生化的表演而得到改变。在这里，虚构的东西以一种不连贯的方式发展，统一的整体由独立的部分组成，其中任何一个部分都能够，并且必须直接面对现实中的相应的事件成分。"[17] 就先锋派艺术作品由于它使部分从对整体的从属中解放出来，而使一种新的政治艺术成为可能而言，布莱希特是一位先锋主义者。布莱希特的评论清楚地表明，尽管先锋派艺术作品没有能实现历史上的先锋派运动所定下的使生活实践革命化的目标，它们仍保存了这些运动的意图。它们没有能使艺术完全回到生活实践，但它们确实使艺术作品进入到一种与现实的新型关系之中。不仅现实以其多种多样的具体形式渗透到了艺术作品之中，而且作品也不再使自身封闭在现实之外。然而，必须记住，正是艺术体制决定了先锋派艺术所能具有的政治效果会达到什么程度，而资产阶级社会中的艺术仍将是一个与生活实践相区别的王国。

2. 结束语及对黑格尔的评论

我们已经看到，黑格尔将艺术历史化，但却没有将艺术概念历史化。尽管这个概念具有一种希腊艺术的起源，他却赞同赋予它以超历史的有效性。松迪下面的这一观察是正确的："尽管在黑格尔那里，一切都开始运动，一切都在历史发展中具有其特殊的位置价值……艺术概念却不能发展起来，原因在于它带上的希腊艺术的独特印记。"[18] 然而，黑格尔清楚地知道，这一艺术概念对他自己时代的艺术作品是不适合的："如果我们在考虑它们[艺术品]时在眼前出现的是艺术品本身的（即理想的）的本质属性，其重要之处不仅在于具有非主观任意、非转瞬即逝的题材，而且在于具有一种与这题材完全相对应的描述方式，那么，我们现在所考虑的这一阶段的艺术产品与那种作品相比无疑就差得很远。"[19]

我们知道，对于黑格尔来说，浪漫艺术（指从中世纪到黑格尔时代的艺术）已是作为古典（希腊）艺术特征的形式与内容相互融合的解体时期了。这一解体是由于自律的主体性的发现造成的。[20] 浪漫艺术的原理是"将精神提升到其自身"（《美学》第一卷，第499页），这是基督教造成的。精神不再像在古典艺术中那样，将自己浸没在感性形象之中，而是回到自身，并认定，"作为存在物的外在现实已经不再能满足它"（同上）。黑格尔看到了自律的主体性的发展与外在存在的偶然性之间的联系。由于这个原因，浪漫艺术既是一种主体的内向的艺术，也是描绘具有偶然性的现象世界的艺术：

　　外在形象不再能表现内在的生命。如果它仍被要求这么做的话，它仅仅具有证明外在世界是一个不能令人满意的存在，因此必须回到内在，回到作为本质要素的心灵与情感。但正是由于这个原因，浪漫艺术让外在性自由而独立地走自己的路，从而允许所有一切素材，从花、树，到最普通的日用工具，都毫无障碍地甚至以其最偶然的自然状态来得到表现。（《美

学》第一卷，第 508 页）

对于黑格尔来说，浪漫艺术是以古典艺术为特征的精神与感性（外在形象）的相互融合解体的产物。但除此以外，他进一步构想下一步，即浪漫艺术的解体。这种解体是由浪漫艺术的内在性与外在现实间的对立极端化造成的。艺术分解为"对给定物的主观摹仿"（琐细的现实主义）与"主观的幽默"。因此，黑格尔的美学理论就合乎逻辑地导向了艺术的终结。黑格尔在这里所说的艺术，是指古典式形式与内容完美地相互融合的艺术。

但是，在他的体系之外，黑格尔至少对一种后浪漫艺术的概念进行了勾画。[21] 他举荷兰的风俗画为例，指出在这里，对于对象的兴趣被对于再现技巧的兴趣所取代："吸引我们的不是画中的主体或如何与画中主体相似，而是纯粹的外观，与对于主体的兴趣毫不相关。与美确实有关的一件事仿佛是为外观而外观，而艺术就是在描绘一切时掌握外在现实的深邃而纯粹的外观"（《美学》第一卷，第 573 页）。黑格尔在这里所指的不过是我们所说的发展中的审美自律而已。他明确地指出，"艺术家的主观技巧以及他对艺术生产手段的运用被提升到了艺术品的客观内容的地位"（同上）。这宣布了形式-内容辩证法的重心转向形式，这为艺术的进一步发展标明了道路。

我们从先锋主义未能实现的意图，从诸风格和形式合理并存，其中没有一个可被称为更为先进，而对后先锋派艺术所作的推测，已经被黑格尔从他自己时代的艺术出发而观察到了。"在这里，我们到达了浪漫艺术的终结，在一最新时代的立场之上，最为奇特的事实是，艺术家的主观技巧超越了他的材料和产品，这是由于他不再受因传承而预先给定的内容与形式范围的条件的支配，完全保持着自己的力量，在题材与再现方式上自主选择"（同上，第 576 页）。黑格尔用"主体性-外在世界"（或精神-感性）这对概念来把握艺术的发展。与此不同的是，我们这里所作的分析，则以社会子系统的结晶，并因此达到艺术与生活实践对立为基础。黑格尔早在 19 世纪 20 年代就能预见到一个在历史上的先锋派失败后才可能出现的现象，表明猜测也是一种认识方式。

阿多诺的美学理论为所有当代美学理论树立了标准，显然，这种理论中具有强烈的历史性。既然艺术的发展已经超出了历史上的先锋派运动，以此为基础的美学理论（例如阿多诺的理论）也就成了历史。卢卡奇的理论也是如此，这种理论仅仅承认有机的作品是艺术品。资产阶级社会中的后先锋主义艺术对材料与形式的充分利用，应从其天生的可能性和它所带来的困难这两方面进行研究，而这种研究应通过对单个艺术作品的具体的研究来进行。

这一对所有传统的利用是否还为建立一种美学理论提供可能，这是一个问题，假如美学理论取从康德到阿多诺的意义的话；因为一个领域如果要成为学术的或科学研究的学科，就必须有一个结构。在形式的可能性变得无限之时，不仅真正的创造，而且对它的学术分析也变得相应地困难。阿多诺说晚期资本主义社会变得如此非理性，以至于没有理论可以填充进去，[22] 这对于后先锋派艺术也许更为适用。

德文第二版后记

　　如果说，尽管这本书引发了激烈的讨论和有力的攻击，[1] 它看来却似乎并没作什么修改，这主要是因为它反映了 1968 年 5 月事件以及 70 年代早期学生运动失败后的一系列问题。[2] 在这里，我将不会屈服于这样一种诱惑，即批判那些当时相信（没有社会基础）他们能直接在，例如俄国未来主义的革命经验之上进行建设的人的希望。既然那些像我自己一样的人，其相信在所有社会生活领域有可能"更加民主"的希望没有能够实现，这么做就更加没有理由了。这对于无限制的学术与科学的争论的问题也适用。下面，我将专门对一些针对本书的批判性评论中提出，而我在其他地方还没有涉及的问题进行讨论。[3]

　　在资产阶级社会中艺术"无功能"的观点（参看本书第 1 章 *，第 2 节结尾部分）遭到了正确的批判。例如，汉斯·桑德斯就指出，"用社会学的语言说，体制只可能是支撑作为整体的社会的功能的结构。"[4] 我的阐释实际上很容易遭到误解。艺术体制阻止迫切需要在社会中引起彻底改变（即消除异化）的艺术作品的内容具有任何实际的效果。这当然不是说，在资产阶级社会中体制化的艺术不能

---

　　* 即中译本第二章。——译者

承担与使主体得到说明和稳定化有关的任务，并具有那种意义上的功能。

第二个常常提出供讨论的，与唯美主义的中心地位有关的问题，是在历史的构造中提出的。唯美主义被人们认为是历史上的先锋派运动必要的逻辑前提，更具体地说，是代表着体制的自律性在作品的内容中逐渐体现自身的历史时刻。人们也许会提出这样的问题：是否这并不意味着唯美主义被赋予了一个在理论构造中不可接受的崇高地位，[5] 并且相互对立的倾向，例如自然主义或文学介入（*littérature engagée*），[6] 同时都被人们忽视了。在这里，有两点观察是适当的。第一，唯美主义在资产阶级社会的艺术发展系统中的位置，与对这一运动的作品的审美的与政治的（假如有的话）性质的估价这两者必须区分开来。我的观点是，唯美主义应该具有重要的地位，只有通过它，所谓的"艺术"在资产阶级社会中才能被理解。但是，这并不意味着要形成对这些作品的审美价值的高度评价。两个因素在阿多诺的理论中的汇合，并不意味着它们必然归属与共。正是在与艺术体制的决裂方面，阿多诺没有能提出他对先锋派运动的研究。当做到这一点时，艺术就被认识到既是一个体制，也是一个可能的批评对象。

第二个需要强调的方面是：每一个具有历史内容的理论，如果它要建构一个论题的发展的话，都必须停留在这一发展的一个特定的点上。例如，卢卡奇就选择了魏玛古典主义与巴尔扎克和斯丹达尔的现实主义作为构筑理论的历史关节点。每一个人都知道，这一决定是如何影响对现实主义文学的理解。尽管出于不同的原因，于尔根·克拉夫特（Jürgen Kreft）也将在魏玛古典主义中文学所达到的发展水平当作自由理论建构的支点。其结果是，他将唯美主义与先锋派仅仅看成是"不成功的形式"，社会限制的结果。但是，甚至从自然主义或从萨特的文学介入概念出发对文学与艺术的发展的建构，也使我感到没有说服力，因为那将意味着要排除对所有唯心主义美学定义为审美独特性的问题的考虑。一种批判的科学特别不能忽视这些问题。采取抵制和忽视的态度是无效的，因为被拒之门外的问题还会更强烈地被提出来。

在这种情况下，汉斯·桑德斯的建议初看上去具有合理性。他提出不用历史的建构作为出发点，而将唯美主义与介入理解为"艺术在资产阶级社会中的可能性的结构范围"。这一概念给研究带来了自由，却又为此付出了高昂的代价。它将意味着结束资产阶级社会中所有的艺术史；我们所剩下的只是"偶然的、次要的条件"（公众的结构、总体社会情况、集团和阶级的趣味），它们将决定"什么样的变异在什么样的形式和历史状况中起着决定作用"。但是，这仅仅是解释学方法的一种客观主义的省略而已，而这种研究的目的在于对当下作出说明。

格哈德·格贝尔的批评和建议在方向上类似。他主要关注的是将自律的地位（与教会和国家一类的体制脱离）与自律的原理区分开来："文学必须已经具有相对独立的体制性地位，政治介入或'自律'才成为可能的选择。"[7] 将自律的地位与自律的学说区别开来，当然是有道理的。但是，将两者分隔开来就有问题了。这样一来，艺术体制的概念就变成无异于一个针对像教会与国家等其他体制的、具有相对独立性的无关紧要的定义了。这个意义上的相对自律是所有一切体制的特征，并不形成艺术体制的独特的标准。换句话，作为体制的艺术在资产阶级社会中将是一个没有原理的体制，正像没有教义的教会，或更准确地说，承认各种不同信仰（包括自律与"介入"）的教会。这将使"体制"范畴失去所有实质内容。这样一来，文学意识形态就将降格为从属因素，而实际上，正是它指导着艺术作品间的相互作用，而它也正是"体制"范畴所寻求把握的东西。[8]

从康德和席勒的著作起，美学理论就成为一种艺术自律的理论，这种状况对于我来说，似乎是有助于说明一种有利于发达资产阶级社会中的艺术体制的定义，这一定义将规范性当作其思考的核心。这在阿多诺那里也是如此。就我所知，一种发达的关于介入性艺术的美学理论是不存在的。意味深长的是，左拉与萨特的伟大宣言不得不局限于一种文学体裁，即长篇小说。在很长的时间里，自律原理在这一体裁中受到了抵制。在这两种情况下，建立一种不同的、文学的体制化（两人都与此有关）的努力仍然在基本点上受益于自律的概念。左拉在一种独特的与他站在非自律的文学观念一边所作的努力相对应的关于作家的平淡的观点（"一个作家和其他人一样是个工人，他靠干活儿养活自己"），[9] 与作家是一种当他谈到美学价值时所特别求助的人的观念两者之间的摇摆，在这里是富有启发意义的。[10] 萨特在《什么是文学》（*Qu'est-ce que la littérature*）中依据法国的传统将诗歌与散文分开，并将他的关于介入的理论的有效性局限于散文。只有在布莱希特那里，我们才发现了有关介入文学的美学理论的因素。但是，布莱希特仅仅在已经对以艺术的自律地位为基础的历史上的先锋派运动发起攻击时才阐述了他的理论。因此，关于晚期资产阶级社会的艺术体制化不可能从布莱希特的理论中推断出来。这种理论充其量只能被看作是表示了历史上的先锋派运动之后介入艺术的可能性而已。

在讨论中不断对上述评论提出的反对意见是：体制的框架被主要理解为美学理论，其结果是，像中小学校、大学、研究院、博物馆等一些物质化的体制对于艺术的作用被低估了。如果美学仅是哲学家独占的领域，这样一个命题就是正确的。但是，事实并不再是如此了。他们所阐述的思想通过各种各样的中介手段（例如，中小学校，特别是高中、大学、文学批评，以及文学史等）进入了艺术生产者以及他们的公众的头脑之中，因而决定了他们对待单个艺术作品的态度。[11] 他们提到了美学理论的使用，因为他们代表了关于艺术的流行观点的最发达的形式。正是在人们假定艺术被体制化为发达资产阶级社会的意识形态之时，对它的批判也必须相应地达到最为发达的阶段。例如，这绝不是排斥像文学史和文学批评一类的对艺术和文学思想的研究，而是将它们当作必要的补充。从这里，我们可以得到的对于研究的实际的建议是，记住艺术体制所暗示的生产与接受的规范性框架的连贯性，而避免对单个手段（如学校与文学批评等）之间不相关联的巧合的说明。[12]

两种批判处于不同的层次。一些人不接受先锋派运动的失败（更准确地说，没有能实现他们所提议的艺术重新结合进生活实践之中）。另一些人，如布克哈特·林德纳，将先锋派对扬弃的要求看成是自律的意识形态的继续，并从中得出结论，这一对扬弃的要求转向"艺术体制的范畴层次［必将导致］对传统的艺术自律的肯定"（《回应》，第 92 页）。

林德纳关于艺术对扬弃的要求已经蕴含在自律的原理之中的

观点无疑是非常有趣的。他在其他的地方还引用过席勒的一段富有启发性的话："如果这样一些异乎寻常的事件实际发生了，即法律由理性决定，人本身被当作目的来对待和尊重，君主按法律行事，自由成为国家的基础，我将永远告别缪斯，而专门从事最辉煌的艺术活动——理性的君主制。"

林德纳将这一段话解释为"一种美学上的自律的状况从一开始就与放弃自律的问题联系在一起。"[13] 但是，这样一来，席勒就可能被放到一个过分与先锋派靠近的位置。席勒并不关心艺术在政治与社会实践中的扬弃，而是致力于反对政治实践，其结果是，肯定艺术自律。他在论述中坚持两个领域的区分，而对于先锋派来说，重要的是两者的相互融合。

林德纳并非将其不公正地归因于我的根据先锋派文学科学的要求所作的假定，只有在这一要求被改变时才能出现。文学科学不能以将艺术结合进生活实践为任务。然而，在与批判艺术体制有关的范围之内，它却能够对于先锋派运动提出自己的要求。如果说，支配资产阶级社会艺术作品的生产与交换的相互作用形式具有意识形态性这一论断是正确的话，那么，对这种体制框架的一种耐心的、辩证的批判就成了一项重要的科学任务。

注　释

英译本序言：现代主义理论还是先锋派理论

1　雷纳托·波焦利（Renato Poggioli），《先锋派理论》，杰拉尔德·菲茨杰拉德（Gerald Fitzgerald）英译（剑桥，马萨诸塞州，1968）第 37 页。

2　同上，第 80 页。

3　同上，第 107 页。

4　歌德，《作品集》（魏玛），第 47 卷，第 313 页。

5　有关这方面的材料，可见约翰·戈德弗里德里克（Johann Goldfried-rich），《德语图书业的发展》，第三卷（莱比锡，1909）；利奥·洛温撒尔（Leo Lowenthal），《文学、通俗文化与社会》（帕洛阿尔托，1961），第二章；以及约亨·舒尔特-扎塞（Jochen Schulte-Sasse），《教育类通俗文学批判：矫饰概念的历史研究》（慕尼黑，1977）。

6　例如，可见约亨·舒尔特-扎塞的"市民文学社会的概念及其崩塌的历史原因"，载《解释与文学社会》（法兰克福／美因，1980），第 83–115 页。

7　波焦利，《先锋派理论》，第 112 页。

8　同上，第 50 页。

9　例如，比格尔的"从封建主义社会向资本主义社会过渡时期艺术与文学的功能转变问题"，载《文学学与语言学杂志》第 32 期（1978），第 11–27 页。

10　欧文·豪（Irving Howe），《新之衰败》（纽约，1970），第 27 页。

11　同上，第 3 页。

12　克莱门特·格林伯格（Clement Greenberg），《艺术与文化：批判文集》（波士顿，1965），第 6 页。

13 《先锋派的概念：对现代主义的探索》（伦敦，1973）。

14 欧文·豪，《新之衰败》第 15 页，第 16 页，以及其他多处。

15 波焦利，《先锋派理论》，第 107 页。

16 安德烈·布勒东（André Breton），《超现实主义宣言》，见理查德·西弗（Richard Seaver）和海伦·R.莱恩（Helen R.Lane）英译（安阿伯，1972），第 7-8 页。

17 霍克海默（Max Horkheimer）和阿多诺（Theodor W.Adorno），《启蒙辩证法》，约翰·卡明（John Cumming）英译（纽约，1972），第 83-84 页。

18 同上。

19 同上，第 7 页。

20 同上。

21 阿多诺，《否定的辩证法》，阿什顿（E.B.Ashton）英译（纽约，1973），第 280 页。

22 同上，第 281 页。

23 同上，第 166 页。

24 霍克海默和阿多诺，《启蒙辩证法》，第 123 页。

25 同上，第 121 页。

26 阿多诺，《审美理论》（法兰克福／美因，1972），第 280 页。

27 迈克尔·瑞安（Michael Ryan），《马克思主义与解构：一个批判性表述》（巴尔的摩与伦敦，1982），第 211 页。

28 阿多诺，《全集》第 11 卷（法兰克福／美因，1974），第 104-105 页。

29 安托南·阿尔托（Antonin Artaud），《戏剧及其替代》，玛丽·卡罗琳·理查兹（Mary Caroline Richards）英译（纽约，1958），第 114 页。

30 雅克·德里达（Jacques Derrida），《书写与差异》，艾伦·巴斯（Alan Bass）英译（芝加哥，1978），第 234 页（这段论述可参看该书中译本，北京：三联书店，2001 年，第 417-450 页。——译者）。

31 同上，第 235 页。

32 同上，第 240 页。

33 同上。

34 同上，第 246 页。

35　同上，第 245-246 页。

36　瑞安最近所做的将作为"哲学的语言-概念物质性实践"的解构与左翼政治立场联系起来的努力，由于其必然涉及其自身与哲学与社会的实践之间的联系，因而是注定要失败的。哲学的物质性实践怎样才能被体制化，从而与社会的实践联系起来呢？对这个问题的讨论不可避免地导向有关——既是哲学上的也是历史上的——社会生活积极发展的社会动力一类的问题的讨论上去。瑞安对这个问题甚至都没有提到。然而，这个问题并不容易解决，因为解构实践向社会实践的线性发展必然会走向社会政治上的悲观主义。然而，我在这里并不想说，解构实践中的一些部分并不能成功地结合进另一个哲学的、分析的框架之中。见瑞安，《马克思主义与解构》，尤其是第 79 页。

37　见瑞安，《马克思主义与解构》，和约亨·赫里奇（Jochen Hörisch），"统治者的，金钱的与适用的词句：阿多诺对早期浪漫主义及其与后结构主义对主体批判的亲和性的论述"，载《阿多诺美学理论资料》（法兰克福／美因：苏尔坎普袖珍科学丛书，1980），第 397-414 页。

38　瑞安，《马克思主义与解构》，第 78 页。

39　阿多诺，《审美理论》，德文版，第 507 页。

40　克里斯托弗·诺里斯（Christopher Norris），《解构：理论与实践》（伦敦，1982），第 81 页。

41　瑞安，《马克思主义与解构》，第 152 页。

42　霍克海默和阿多诺，《启蒙辩证法》，第 154 页。

43　保罗·德曼（Paul de Man），《盲目与洞见：当代批评的修辞学论文集》（纽约与伦敦，1971），第 11 页。

44　奥斯卡·内格特（Oskar Negt）和亚历山大·克卢格（Alexander Kluge），《公共空间与经验》，德文版（法兰克福／美因，1972），第 293 页。本书英译本不久将有明尼苏达大学出版社出版。

45　斯皮瓦克（Gayatri Chakravorty Spivak），"发现女性主义读物：但丁-叶芝"，载《社会文本》卷 3（1980）：75。

46　同上，第 77 页。

47　汉斯-蒂斯·莱曼（Hans-Thiess Lehmann），"作为写作的主体：法国文本理论研究"，《信使》33（1979）：673。

48 罗兰·巴特（Roland Barthes），《文本的快乐》，理查德·米勒（Richard Miller）英译（纽约，1975），第 23-24 页。

49 同上，第 29 页。

50 布勒东，《宣言》，第 10 页。

51 赖纳·内格勒（Rainer Nägele），"现代主义与后现代主义：表述的边缘"，载《20 世纪文学研究》第 5 卷，第 1 期（1980），第 13-14 页。

52 阿尔托，《戏剧及其替代》，第 110 页。

53 同上，第 110 页。

54 同上，第 91 页。

55 甚至宣称要发展一种唯物主义的现代主义理论的克里斯蒂娃，也将分解与驱除现存文本的（即意识形态的）模式的策略变成她关于先锋派的理论的核心，这种理论与我前面提到的其他一些理论一样，更为准确的名称也许应该是现代主义理论。尽管克里斯蒂娃不像德里达那样，从一个无所不在的全能文本，即能指链出发，她的方法却不允许对在她的理论中占据着中心位置的经验概念作一种比较的讨论（尽管她自己在政治和思想上接受一种异质性）。德里达由于其自身的理论预设，不能走出"差异的系统作用"即语言，而克里斯蒂娃却既坚持一种超出语言之外的社会关系的观点，也坚持一种关于主体性的先验观念。社会关系史的基本特征是物质性矛盾的发展。这些物质性矛盾使个人卷入到一些冲突之中，进而导致一些社会个体的世界观（*weltanschauung*）的破裂。照克里斯蒂娃看来，物质性矛盾与意识形态-文本合作的破裂激活了前俄狄浦斯倾向，如对音乐性和语言的韵律性，以及对像胡言诗（nonsense poetry，有点类似中国的打油诗。——译者）中那样玩弄无意义的音乐材料所产生的快感。克里斯蒂娃将这种前指称行动在个体发生史上可追溯到儿童在进入到意义世界以前对声音的快感称之为"符号性的"（the Semiotic）："这种'符号性的'既不是摹仿，也不是复制，而是先于并成为再现及专门化的基础，与之相类似的只有人声和运动的节律。"她将此与"符号的"（symbolic）或"意指的"（thetic），即由语词所加强的意识形态领域，"立场的领域：前立场的与判断的领域"并置。由于"意指的""无可挽回地被'符号性的'流入到'象征性的'所动摇"，关键在于要"以其所有社会化的身体域的手势与发声的异质性"，重新激发"无定型的、可暂时构造的能动性"。（克里斯蒂娃，"指称实践中的主体"，载《符号文本》(*Semiotext*) I, 3(1975): 22, 24, 25。亦参见 R. 科沃德(Rosalind Coward)和 J. 埃利斯(John Ellis),《语言与唯物主义:符号学与主体理论的发展》(波士顿、伦敦和亨利,1975)。)

在她看来,符号论实践的体制化是由先锋派艺术,或由现代主义艺术完成的。通过驱除语词的模式,这种艺术据说修改了"意识形态原则本身,打开了通向意指单一性的途径,并阻止它被神学化"(同上,第 25 页)。这一实践意在成为政治上革命的实践,它抨击权威,打破同一性。但是,这样一种仅仅能被看成是分解性的政治上革命的实践,通过无政府的解构的循环,将抑制所有社会组织的构成。这是因为,克里斯蒂娃将具有肉体冲动的主体与外在世界对抗,而没有以任何方式将这种矛盾着的、从社会上讲是外在的世界与主体的符号性投射联系起来。显然,在"符号性"干涉以后,新的、流行的"意指的"或"符号的"方案将仍会是武断的。在这里,还留下一个问题,是否这样一种文本实践,它被认为要破坏在资本主义社会中的"意指的"设定,必然不能总是导致某种"新的"东西,因为作为某种新的东西,会很容易适应资本主义生产方式。

56 卡尔·马克思,《政治经济学批判》(柏林,1974),第 400 页。

57 詹明信(Fredric Jameson),"文本的意识形态",载《大杂烩》(*Salmagundi*) 31 / 32(1975 / 76): 204-246。

58 同上,第 242 页。

59 更为详细的分析可见约亨·舒尔特-扎塞的"魏玛共和国的左翼极端派与文学"一文,载《魏玛共和国的文学与政治》(明尼阿波利斯,即将出版)。

60 哈贝马斯(Jürgen Habermas),《合法性的危机》,麦卡锡(Thomas Mc-Carthy)英译(波士顿,1975),第 78 页。

61 同上,第 85 页。

62 同上。

63 黑格尔,《法哲学原理》(法兰克福 / 美因、柏林和维也纳,1972),第 14 页。

64 我坚持认为,这是比格尔理论的一个优点,特别在当前众多的以封闭的超历史的普遍化为特征的理论面前,他的这一特点特别值得珍贵。我发现,甚至保罗·德曼也对这些理论的特征的缺点作了说明。在"盲目与洞见"一文中,保罗·德曼描述了现代主义作家和理论家是怎样将他们自身与古典-浪漫派美学的艺术概念区分开来的:"那种对在诗的语言中,符号与意义能够交汇,或至少是以一种我们称之为美的自由而和谐的平衡之相互关联的信仰,被说成是一种特别的浪漫幻想。"现代主义者们从这一概念中解脱出来,相信"文学在发现自己所宣称具有的在语言中的高贵地位不过是一个神话而已之后,会最终回到其自身,变得真实可信。批评家自然也发生相应的变化,他们意在消除作家心目中会或多或少存在的神话化观念"(第12-14页)。实际上,德曼在这里揭示了一个在美国文学学术中流行的倾向,这一倾向被人们用下面的话来表述:"由于文本解构自身,作者就不再对文本会说什么负责"(1977年一次会议上的评论,见斯皮瓦克,《社会文本》,第73页)。从现代主义的一个方面出发进行的超历史的普遍化,被看成是艺术的本质(后现代主义文学还没有诞生),这使得德曼将这些批评家谴责为将非神话化本身神话化了。问题在于,在德曼说下面一段话时,他是否也在做同样的事,即假设一个艺术的从历史上看是具体的特征,将之反历史地当作艺术的本质,尽管他摆出一种保持距离的姿态。德曼的话是这样说的:"符号与意义绝不会巧合。这一语言的特点理所当然地被文学所接受。文学与日常语言不同,从一开始就具有这方面的知识;这是仅有的一种从无中介表现的谬误中解脱出来的语言形式"(第17页)。德曼将他的对手赋予现代主义文学的东西一般性地赋予文学。但是,他自己的用于对一般性的文学作估价的批评视角,却仍然是现代主义的。在这里,一种在高等哲学层面上呈现出来的退隐和虚无的思想,变成了一种艺术概念:文学"不是一种非神话化过程,而是从一开始就已被神话化了"。

65 柯尔律治(S.T.Coleridge)的话,转引自 W.K. 维姆萨特(Wimsartt)的《语词图像:诗的意义研究》(列克星敦:肯塔基大学出版社,1954),第81页。此段和下一段引文应归功于林赛·沃特斯。

66 维姆萨特,《语词图像》,第81页。

67 科沃德(Coward)和埃利斯(Ellis),《语言》,第45页。

68 皮埃尔·马舍雷(Pierre Macherey),《文学生产理论》,杰弗里·沃尔(Geoffrey Wall)英译,伦敦:劳特利奇和基根·保罗出版社,1978年版。

69 在资产阶级"艺术"体制之中,社会介入,如果不想与有机的艺术作品本身格格不入的话,就不得不将自己转变为对世界的阐释,卢卡奇的美学对这一点作了最好的说明。

70 然而，比格尔似乎有时并没有看到他自己的理论的后果，例如，他写道，今天的审美理论有可能变成过时的，"因为一个领域如果要成为学术的或科学研究的学科的话，就必须有一个结构。"（见本书第 178 页）文学批评研究的学科在对"艺术"体制进行解构后，还能继续成为有结构的，或封闭的吗？一个向着跨学科研究开放的审美理论难道不比以前更加重要吗？

71 参见海纳·伯恩克（Heiner Boehncke），"对无产阶级–先锋派美学的思考"一文，载《〈先锋派理论〉：对彼得·比格尔关于艺术与资产阶级社会关系界定的回应》（法兰克福／美因，1976）。这部书中收录了十篇分析和批评彼得·比格尔《先锋派理论》一书的文章。

72 彼得·比格尔，《法国的超现实主义：先锋派文学问题研究》（法兰克福／美因，1971）。

73 同上，第 115 至 116 页。

74 同上，第 194 页。

75 同上，第 196 页。

76 本雅明（Walter Benjamin），《单行道及其他》，埃德蒙·杰夫科特（Edmund Jephcott）与金斯利·肖特（Kingsley Shorter）英译本（伦敦，1979），第 227 页。

77 同上，第 229 页。

78 同上，第 239 页。

79 本雅明，《全集》卷 2，3（法兰克福／美因，1980），第 1021 页。

80 详见约亨·舒尔特-扎塞，"文学的使用价值：作为审美范畴的'认同'与'反思'的批判，从阿多诺谈起"，载《文学中的高等和低等两分法》（法兰克福／美因，1982），特别是第 94 至 96 页。

81 卡尔海因茨·斯蒂尔勒（Karlheinz Stierle），"经验与叙述形式"，载《历史理论》第 3 卷，《历史中的理论与叙述》（慕尼黑，1979），第 90 页。

82 见奥斯卡·内格特与亚历山大·克卢格的《公共空间与经验》和他们的新著《机灵与执拗》（法兰克福／美因，1981）。

83 在最近的一期《新德国批评》（New German Critique）中尤其是如此。在那里，哈贝马斯试图削弱丹尼尔·贝尔（Daniel Bell）对现代主义的批判，以便保护现代主义免受新保守主义的攻击。在《资本主义的文化矛盾》这部著作

中，贝尔认为以愉快和经验的强烈性为目的的现代主义的与后现代主义的审美
概念是晚期资本主义危机的原因，这是因为"在通俗层次上的臀部-摇滚-毒品
（hip-rock-drug）文化的兴起"，他将此看成是对审美经验过分重视的结果，"通
过打击支撑社会结构的动机与精神补偿的体系而破坏了这种结构"（贝尔，《资
本主义的文化矛盾》[纽约，1976]，第54页）。哈贝马斯对贝尔的唯心主义的
攻击进行了正确的批判，他运用了一个从历史上的对科学、道德和艺术三领域
价值区分出发而作出的韦伯式的区分模式。按照这个模式，社会政治的决定应
该完全让位于在各自领域所作出的道德的与公共的讨论。哈贝马斯像唯美主义
者，以及在这个问题上的阿多诺的立场一样，认为审美经验是一个独立的经验
领域，它与理性地组织生活实践没有什么关系。比格尔在同一期的《新德国批
评》中反对这样一种艺术的非功能化，认为从长远看来，这将导致审美作品的
"语义萎缩"的体制化，他当然是正确的。就现代艺术的社会功能而言，哈贝马
斯确实落在了比格尔已经取得的成就的后面。然而，由于他坚持先锋派的失败，
坚持艺术自律地位的正面性质，他自己的立场仍是由来自阿多诺、卢卡奇和马
尔库塞的理论因素的某种综合所决定的。据我看来，不管是哈贝马斯对问题的
回答，即将审美经验与生活实践的分离看成是理论上和历史上不可逆的，还是
比格尔，他坚持艺术对社会整体理解的批判的认识功用，都没有对现代社会中
艺术的社会功能问题作出充分的回答。哈贝马斯依赖在未来社会中传播理性话
语的体制化，将艺术完全贬低为仅仅是一种社会的意指媒介，而比格尔则通过
宣传艺术仅仅是一种批判性反思的媒介，而为一个冬眠时期作准备。

作者前言

1 彼得·比格尔，《法国超现实主义：先锋派文学研究》（*Der französische
Surrealismus. Studien zum Problem der avantgardistischen Literatur*）（法兰克
福，1971）。我在这里将不再重复我在这本关于超现实主义的书的导言中对有
关先锋派研究的论述。特别要提及的是：本雅明，《超现实主义：欧洲知识界的
最新图景》，载《新的天使》第2期（法兰克福，1966），第200-215页；阿多诺，
《超现实主义回顾》，载《文学笔记：I》（法兰克福：1963），第153-160页；恩
岑斯贝格尔（H.M.Enzensberger），《先锋派的困境》，载《细节 II：诗学与政治

学》(法兰克福,出版年代不详),第 50-80 页;博雷尔(K.H.Bohrer):《是超现实主义与恐怖,还是良好环境中的困境》,载《危险的幻想,或超现实主义与恐怖》(慕尼黑,1970),第 32-61 页。

引言:先锋派理论与文学理论

1 我将利用这一机会讨论对我的《先锋派理论》一书的批评。见吕德克(W.M.Lüdke)编《〈先锋派理论〉:对彼得·比格尔关于艺术与资产阶级社会关系界定的回应》(法兰克福:苏尔坎普,1976)。在下文中,此书被简称为《回应》。

2 尽管我并不否认今日的美学理论遇到了许多困难,但我仍然反对那种放弃一切理论的主张。这种主张的一个最新代表就是 D. 霍夫曼-阿克斯特黑尔姆(D.Hoffmann-Axthelm)。他文章中有这样一些句子:"理论是不受欢迎的,""同时,理论与艺术变成了空洞的概念,""在正面意义上的理论已不能找到消费者了。"(见他的"艺术、理论与经验",《回应》第 190,192 页。)这些句子标志着左翼知识分子之中的深刻的危机感。在对理论能够改变世界的过度希望之后,左翼知识分子们变得像本雅明那样患上了抑郁症,将过去寄予希望的思想碎片通通扔掉。因此,他们将地盘让给了右翼,并可能为右翼的理论所俘虏。

3 在对我的文章的回应中,梅切尔(Th.Metschetr)代表着前一种观点。他在"反映论可以做什么?"一文中写道:"比格尔对先锋派的固恋从根本上说,是艺术发展观所带来的必然结果。尽管对资产阶级社会作了思考,艺术发展被解释为在阶级斗争以外发生的过程(尽管比格尔在别的方面并没有追随阿多诺,在这一方面则确实如此)"。("审美理解与现实主义艺术",引自梅切尔《艺术与社会过程》[科隆,1977],第 225 页。)我的意思是,历史上的先锋主义运动是一个逻辑点,从这里,对作为体制的艺术/文学的批判可以找到突破口。因此,"固恋"是梅切尔所忽视的某种事物的不可分割的组成部分(尽管并非完全没有争辩的意图)。与此相反,吕德克显然想发展一种对《先锋派理论》的内在性批判,但却又屡屡退而将我的方法与阿多诺的方法说成是一种对抗,并把阿多诺说成是正确的。("唯物主义美学的困境——没有出路?"见《回应》第 27-

71 页。)

4 阿尔都塞(L.Athusser),《阅读资本》,本·布鲁斯特(Ben Brewster)英译(纽约：1970),第 43 页以下。

5 见本书第 81-104 页。

6 阿尔都塞,《阅读资本》,第 35 页以下。

7 关于这一点,可参见 A.施密特(A.Schmidt)：《历史与结构：一个马克思主义历史学的问题》(慕尼黑, 1971),第 65 页以下。

8 由于阿尔都塞没有讨论这种关系,我感到他对经验主义的批判似乎是走得太远了。亦参见 J.-F.利奥塔(Lyotard),"马克思主义转折中的异化的位置",载利奥塔,《背离马克思和弗洛伊德》(巴黎：1973),第 78 页以下。

9 吕德克所提供的［对我构想范畴的发展与研究对象的发展间联系的企图］格外详尽的批评,实际上在说我的论述是循环论证,"不断地将提供证明的负担从一个因素推延到下一个因素。"("唯物主义美学的窘迫",见吕德克,《回应》,第 65 页)。更为精确地说,它是"比格尔对于这一中断所提出的不能自圆其说的理由"(同上,第 85 页)。吕德克之所以认为方法上不能自圆其说的根源恰恰在于,他拒绝考虑先锋派运动对于艺术自律地位的批判。对于他来说,只存在着一种可信服的理论,这种理论中的所有的成分都相互依赖。但是,这样的理论与现实毫无关系。由于他不考虑《先锋派理论》一书中所讲的与现实的关系,这本书对于他来说,当然就显得论据不足了。

10 B.林德纳(B.Lindner)为有关《先锋派理论》的讨论做出了一个极有趣的贡献。他的观点如下："由于试图在生活实践中扬弃艺术,先锋派艺术可被看成是一个最为彻底、最为始终如一地通过与其他社会领域相对立而坚持自律性艺术的普遍性,并赋予它以实际意义的艺术流派。在这种情况下,取消艺术体制的企图并不表现为一种与自律时期的意识形态决裂,而是一个在同一意识形态层面上的逆转现象。(《回应》,第 83 页。)

不可否认,历史上的先锋派运动在对艺术体制抨击时,也受益于他所抨击的对象。林德纳的问题在于,他从这一事实所推导出的结论是有问题的(有关我这方面的观点,请参见"文学科学中新主体性?"一文,载哈贝马斯编,《时代的思想状况》(法兰克福：苏尔坎普, 1979))。

11 见克丽斯塔·比格尔的导论性研究报告,《作为意识形态批判的文本分析》（法兰克福，1973），第 3–64 页。

12 当然，在这样一个全面的判断中，还会有细微的差别。在"论音乐中的拜物教性质"一文中，阿多诺曾提到，像"曾打击了统治阶级中受教育的特权者"的流行小调在今天也失去了这种功能，这表明，他也确实注意到通俗艺术的发展问题（见阿多诺，《不谐和音：一个秩序井然的世界中的音乐》（格丁根：1969），第 14 页。

13 阿多诺关于这个问题的观点可以从他给本雅明的信中的一句话表现出来："两者都带有资本主义的伤疤，两者都包含着变化的因素；……两者是完整的自由被分开的两半，但将两者加在一道又不能构成一个整体（阿多诺，《论本雅明》，R. 蒂德曼编，法兰克福：苏尔坎普，1970，129 页）。

14 有关这一点，请参见约亨·舒尔特-扎塞，《启蒙运动以来的俗文学批判》（慕尼黑，1971）与《高雅与低俗文学的两分》（法兰克福：苏尔坎普，1980）。

15 这正是林德纳的观点。见 H.J. 施密特（Schmitt）编，《有关卢卡奇的争论》（法兰克福：苏尔坎普，1978）第 91–123 页。上面这个观点引自第 117 页。

16 这一 M. 迪弗雷纳（Mikel Dufrenne，中文旧译杜夫海纳）清楚地感受到的事实，同时也使我产生深刻的印象。引入"作为体制的艺术"范畴，并不仅仅是引进一种观念，它令人信服的原因在于，它是由晚期资本主义社会艺术发展的状况决定的。迪弗雷纳写道："艺术之所以接受一种观念，只因为与此同时获得一种社会身份（自律的社会身份）"（《艺术与政治》，巴黎，1974，第 75 页）。对于迪弗雷纳作一观察会是特别有趣的。至少在这本书中人们会把他看作新先锋派的理论家，他采取了在艺术的体制化的问题上与历史上的先锋派运动正相对立的立场。他写道："艺术的体制化，也就是说自律，是一种革命的机会"（同上，第 79 页）。

17 《黑格尔的哲学史讲演录》，霍尔丹（Haldane）与西姆森（Simson）英译（纽约，1974）第 1 卷，第 264 页。

18 "正是由于这种缺乏理念常常使批评陷入尴尬的境地。如果所有的批评都包含在此理念之下，当这种理念不存在时，批评也必然就结束了。除了抵制之外，这种批评就不接受任何直接的关系。然而，在抵制中，它完全打破所有没有哲学理念的对象与理念所服务的对象之间的所有的联系。由于这意味着结束所有的相互承认，就出现了两个相互对立的主体性。完全不同的立场表现出具有同等的权利。批评成为主观的，因为它将判断看成是不再是哲学的。但由于所判断的对象恰恰要成为哲学的，批评就将之宣布为无。这一判决表现为一种片面的见解，一个直接违反了它的本性的立场，这一本性的活动原是客观的。它的判断本来是诉诸哲学的理念，但是这一理论不被另一方所承认，因此成为一个对它的外在的判决。一方面，反对这一区分非哲学与哲学的批评的状况，另一方面，却持一个非哲学的立场，这不是一个解决办法"（黑格尔，《论一般哲学的本质尤其是它与当前哲学状况之间的关系》，载《全集》第2卷［法兰克福：苏尔坎普，1970］，第173页）。

19　这并不是说，这不是一种以社会-历史为基础的对接受研究的批评。见霍恩代尔（P.U.Hohendahl）编，《社会史与反应美学》（*Sozialgeschichte und Wirkungsästhetik*）（法兰克福：Athenäum，1974）。

第一章　对批判的文学科学的初步思考

1　哈贝马斯，《知识与人类的利益》，杰里米·J. 夏皮罗（Jeremy J.Shapiro）英译（波士顿：贝肯出版社，1971），第309页。

2　关于传统科学与批判科学之间的区别，见霍克海默，《传统的与批判的理论四论》（法兰克福，1970），第12—64页。

3　D. 里希特（Richter），"唯物主义文学科学中的历史与辩证法"，载《选择》，第82期（1972年1月号），第14页。

4　加达默尔（H.-G.Gadamer），《真理与方法》（图宾根，1965）第291页。

5　哈贝马斯，《社会科学的逻辑》（法兰克福，1970），第283页。

6　转引自哈贝马斯，《知识与人类的利益》。当然，这一"制造"不能被理解为具有不受限制的可能性。相反，需要强调的是，特定条件总是在限制历史行动的实际可能性范围。

7　关于下面的论述，见比格尔，"意识形态批判与文学科学"一文，载比格尔编，《关于新小说中的唯美主义：试论文学科学》（法兰克福，1974）。

8　在下面的论述中，黑格尔阐明了通常存在于辩证哲学的传统之中的真理概念："通常我们总是认为我们的表象与一个对象相符合叫做真理。这说法预先假定有一个对象，我们的表象应与这对象相符合。但反之，从哲学的意义来看，概括地抽象地讲来，真理就是思想的内容与其自身的符合。所以这与刚才所说的真理的意义，完全是另一种看法。但同时，即在平常习用的言语中，已经可以部分地寻得着较深的(哲学的)意义的真理。譬如我们常说到一个真朋友。所谓一个真朋友，就是指一个朋友的言行态度能够符合友谊的概念。同样，我们也常说一件真的艺术品。在这个意义下，不真即可说是相当于不好，或自己不符合自己本身。一个不好的政府即是不真的政府，一般说来，不好与不真皆由于一个对象的规定或概念与其实际存在之间发生了矛盾。"(原文引自《拉松本小逻辑》，这里的中译文引自贺麟译《小逻辑》(北京：商务印书馆，1980)第 86 页。——译者)

9　马克思，《〈黑格尔法哲学批判〉导言》。(中译本引自《马克思恩格斯选集》第 1 卷(北京：人民出版社，1972)，第 1-2 页。——译者)

10　卢卡奇，《历史与阶级意识》(阿姆斯特丹，1967)，第 70 页。

11　有关意识形态批判分析的进一步书目，可见比格尔编，《文学与艺术社会学讨论集》(法兰克福：1978)，第 473 页。

12　见卢卡奇，《艾兴多夫》，见卢卡奇的《十九世纪德国现实主义》一书(柏林，1952)，第 59，60 页。

13　阿多诺，《忆艾兴多夫》，载于他的《文学笔记：I》(法兰克福，1958)，第 113 页。

14　参见比格尔，《媒介-接受-功能》(法兰克福，1979)，第 173-199 页。

15　阿多诺，《审美理论》(法兰克福，1958)，第 113 页。

16　参见比格尔，《阿多诺审美理论的接受问题》，载比格尔，《媒介-接受-功能》(法兰克福，1979)，第 124-133 页。有关阿多诺与实证主义的艺术社会学争论方面的文献，可参见比格尔编，《文学与艺术社会学讨论集》，第 191-211 页。

17　在《历史与阶级意识》中，卢卡奇联系马克思的商品分析和韦伯的理性概念发展了具体化概念。卢卡奇将发达资本主义社会中的商品形式阐释如下："由于这种情况[商品形式]，人自己的活动，他自己的劳动成为某种客观的、独立于他的东西，成为某种由于外在于人的自主性而控制人的东西。"(卢卡奇，《历史与阶级意识》，第 86-87 页)

18　马尔库塞，《文化的肯定性质》，载马尔库塞，《否定：批判理论论文集》，杰里米·J. 夏皮罗（Jeremy J.Shapiro）英译（波士顿：1968），第 88-133 页。

19　有关马尔库塞的文化理论中的弗洛伊德因素，可参见汉斯·桑德斯（Hans Sanders）的《文学体制与浪漫理论》（法兰克福，1981），第 20-26 页。

20　作为说明上述原理的一个例子，可参见从自律美学中出现的一种寄生的接受态度，对此克里斯塔·比格尔称之为"对诗意个性的圣化"。见《魏玛宫廷中市民艺术体制的起源》第四章，"当代歌德的接受：市民行会中艺术与生活实践间的关系"（法兰克福，1977）。

第二章　先锋派理论与批判的文学科学

1　阿多诺，《审美理论》（法兰克福，苏尔坎普，1970），第 532 页。

2　关于对历史主义的批判，见加达默尔："所谓历史主义的天真性就在于，它不进行这种反思，在相信自己的方法论原理之时，忘记了自己的历史性。"《真理与方法》，第 266-267 页。也参见尧斯（H.R.Jauss），《作为鼓动的文学史》（法兰克福，1970），第 222-226 页。

3　马克思，《〈政治经济学批判〉导言》，法兰克福／维也纳，1939／1940，第 25 页。（中译文见《马克思恩格斯选集》第二卷，人民出版社 1972 年版，第 107-108 页。——译者）

4　在这里，历史上的先锋派运动的概念主要指达达主义和早期超现实主义，但这个概念同样也适用于十月革命后的俄国先锋派。尽管它们之间有着重要的不同之处，这些运动却有着一个共同的特征，即它们都不反对过去艺术的个人技巧和手法，但从总体上反对艺术，因此导致与传统彻底决裂。在他们的最为极端的宣言中，主要攻击的靶子是在资产阶级社会中发展起来的艺术体制。除了一些需要具体分析来决定的限制之外，这也适用于意大利未来主义和德国表现主义。

尽管立体主义并不具有同样的意图，但它对从文艺复兴以来就流行由线性透视所构成的再现体系提出了质疑。由于这个原因，它也属于历史上先锋派运动，尽管它并不具有先锋派运动的基本倾向（在生活实践中扬弃艺术）。

在这些方面，"历史上的先锋派运动"概念与西欧和美国 50 和 60 年代的新先锋派所代表的努力具有不同之处。尽管新先锋派在一定程度上宣称与历史上的先锋派运动具有同样的目标，但是，在先锋派失败之后，在现在社会之中要求艺术重新与生活实践结合的要求就再也不能严肃地提出来了。今天，如果一位艺术家将一个炉子的烟囱送去展览，他将再也不能获得像杜尚的"现成艺术品"那样强烈的抗议了。相反，杜尚的《喷泉》意味着摧毁作为体制的艺术（包括它的特殊机构形式如博物馆和展览会），而炉子的烟囱的发现者却要求博物馆接受他的"作品"。而这意味着先锋派的抗议转向了它的反面。

5 可参见什克洛夫斯基（Victor Shklovsky），《作为技巧的艺术》（1916），载《俄国形式主义批评论文四篇》（林肯：内布拉斯加大学出版社，1965）。

6 有关形式主义与先锋派（或更准确地说，俄国未来主义）的历史联系的参考材料和评论，可见 V. 埃尔利希（Ehrlich），《俄国形式主义》（海牙，1955）。有关什克洛夫斯基，见雷娜特·拉赫曼，《什克洛夫斯基的"非熟悉化"与"新视野"》，载《诗学》第 3 期（1970），第 226–249 页。但是，K. 赫瓦季克（Renate Lachman）的一段有意义的话，即存在着"结构主义与先锋派之间紧密联系的内在原因，一种方法论上的和理论上的原因"（《结构主义与先锋派》[慕尼黑，1970]，第 21 页）没有能包括到这本书中。克雷斯蒂娜·波莫尔斯卡（Krystyna Pomorska）在《俄国形式主义理论及其诗学氛围》（海牙／巴黎，1968）中只满足于列举未来主义与形式主义的共同要素。

7 关于这一点，可见阿尔都塞在路易斯·阿尔都塞与艾蒂安·巴利巴尔（Etienne Balibar）合作编辑的《阅读资本》（巴黎，1969）一书中所作的重要评论。这个评论在联邦德国还没有引起讨论。关于单个范畴的非同时性，见该书的第 2 章，第 3 节。

8 参见 H. 普勒斯纳（Plessner），《论现代绘画的社会条件》，载普勒斯纳，《此岸的乌托邦：文化社会学选集》（法兰克福：苏尔坎普，1974），第 107, 118 页。

9 阿多诺，《论瓦格纳》（慕尼黑／苏黎世，1964），第 135 页。

10 哈贝马斯，《晚期资本主义的合法性问题》（苏尔坎普，623）。法兰克福，1973，第 42 页。

11 F. 通贝格（Tomberg）的"肯定的否定：现代艺术的意识形态功能解读"，载《政治美学：讲演与随笔集》（达姆施塔特／新维德，1973）也许可被视为在试图匆忙地创造一种艺术发展与社会发展之间的搭配关系，而不以对研究对象的分析为基础。通贝格建构了一种在"世界范围内对智力上有限的资产阶级主人"的反抗,其"最独特的表现"是越南人民对"北美帝国主义"的抵抗,与"现代艺术"的终结之间的联系。"这意味着作为所谓现代艺术的创造着的主体性艺术时期的终结,以及对社会现实的完全否定。它在进一步发展时,必然会变得滑稽可笑。在今天,艺术只有在加入到现实的革命进程之中时,才会是可靠的,尽管这会以暂时丧失形式为代价"(同上,第59页)。在这里,现代艺术的终结仅仅是一个道德要求;而不是源于它自身的发展。在同一篇文章中,意识形态的功能被归结为与现代艺术的交流(由于这一功能来自所谓"社会结构的不变性"的经验,与它的交流助长了这一错觉[同上,第58页]),这与他所宣称的我们遭遇了"所谓现代艺术时期"的终结相矛盾。在同一本书的另一篇文章中,艺术功能丧失的主题得到了强调,我们得到了这样的结论:"我们现在要创造的美的世界,并不是反映世界,而是反映社会本来的样子"("论审美范畴的社会内容",同上,第89页)。

12 哈贝马斯,《有意识地从事还是逃避批判:本雅明的现实意义》,收入S.翁泽尔德编《论本雅明的现实意义》(法兰克福:苏尔坎普,1972),第190页。

13 哈贝马斯将自律定义为"艺术作品针对它们用于艺术之外的要求而保持独立性"(同上书,第190页)。我喜欢使用对社会有用的要求的说法,因为这样可以避免被定义的词语进入定义之中。

14 关于这一点,可参看K.海特曼,《针对法国19世纪文学的道德诉讼》(巴特洪堡,1970)。

15 在这里,"形式决定论"的概念并不意味着形式是这一陈述的组成部分,而是艺术作品在其中起作用的体制框架的决定作用。因此,这一概念是在与马克思所说的交换形式对商品起决定作用的同一意义上使用的。

16 G.马滕克洛特(Mattenklott)对形式因素在唯美主义中的优先性作出了政治批判:"形式是被移植到政治领域中的拜物教。它的内容的全部不确定性为任何的和所有的意识形态附加物打开了大门"(《圣像崇拜:比厄斯利和乔治的美学对立》[慕尼黑,1970],第227页)。这一批判包含了对唯美主义的政治问题的正确见解。它所没有看到的是,正是在唯美主义之中,资产阶级社会的艺术形成了自我意识。阿多诺确实看到了这一点:"但在资产阶级艺术最终作为资产阶级的而实现自身的自我意识中,有着某种解放的因素,这时,它认真地对待自身，虽不是对待现实，但却像对待现实一样。"（"作为长官的艺术家"，见阿多诺《文学笔记》（一）[苏尔坎普文库47]，第188页。关于唯美主义，亦可参见 H.C.泽巴（Seeba），《审美的人批评：霍夫曼斯塔尔的〈死亡与傻瓜〉中的阐释与道德》（巴特洪堡／柏林／苏黎世，1970）。对于泽巴来说，与唯美主义的联系可出现在这样一种情境之中，即"意在方便对现实的理解，却使直接的、非形象的经验更为困难，这种故事模式的实际'审美'经验，导致了现实的丧失，克劳迪奥[指莎士比亚《无事生非》中上当的克劳迪奥]就是一个例子"（同上，第180页）。这一段对唯美主义的精彩批判的缺陷在于，为了反对"故事模式原则"（这无疑可起认识现实的工具的作用），它诉诸一种其本身植根于唯美主义的"直接的、非形象的经验"。因此，在这里，一种唯美主义因素被另一种批判！如果人们听从像霍夫曼斯塔尔（Hofmannsthal）这样的作家的话，就不可能理解由于沉湎于形象而丧失现实。相反，这种丧失必将被视为由社会所决定的那种沉湎的原因。换句话说，泽巴对唯美主义的批判仍主要植根于那些它想要批判的东西。进一步的讨论可见比格尔，《论普罗斯特、瓦莱里与萨特的唯美的现实主义描写》，载比格尔编《论新小说的唯美主义：走向批判的文学科学》（法兰克福，1974）。

17 有关这一点，见 W.延斯（Jens），《取代文学史》（普富林根，1962）一书中的"人与物：德国散文革命"一章，第109-133页。

18 本雅明，《机器复制时代的艺术作品》（苏尔坎普文库28，法兰克福，1963），第7-63页。阿多诺给本雅明的信写于1936年3月18日（收入阿多诺《论本雅明》，R.蒂德曼（Tiedemann）编[法兰克福：苏尔坎普，1970]，第126-134页），对于批判本雅明的观点尤其重要。R.蒂德曼在《本雅明哲学研究》（法兰克福，1965）第87页，持与阿多诺相似的立场。

19 见 B.林德（Linder）的《"自然史"——本雅明著作中的历史哲学与世界观》，载《文本＋批判》31／32合刊（1971年10月），第41-58页。

20 这里我们是在20年代既流行于自由派知识分子（可参见 H.莱登（Lethen），《新现实派1924-1932》[斯图加特：Metzler，1970]，第58页以下）也流行于革命的俄国先锋派（这方面的一个例子是 B.阿尔瓦托夫（Arvatov），《艺术与生产》，H.京特与卡拉·希尔舍编译（慕尼黑：Hanser，1972）之中的技术狂热语境中看待本雅明的。

21 这说明，为什么极左派将本雅明的观点说成是革命的艺术理论。见 H. 莱登的"作为'唯物主义艺术理论'的本雅明的观点"，载《新现实派》，第 127-139 页。

22 众所周知，大众文学（Massenliteratur）是由一群作者制作的。在制作时分工，并且按照读者群的趣味而生产。[译者补注：大众文学（Massenliteratur）英文译为 pulp literature，指低级的在报摊上卖的消遣性杂志上刊登的文学。这些文学有一定的程式，如美女骑士等等的故事。这种小说后来发展为科幻、侦探、西部故事等类型的小说，中国的武侠小说，与此相类似。]

23 这也正是阿多诺对本雅明的批判的切入点之一。见他的文章"论音乐的拜物特性与听觉的退化"，载阿多诺，《不谐和音：在井然有序的世界中的音乐》（格丁根，1969）。[译者注：这篇文章可在一本流传较广的英文书《法兰克福学派基本著作选》（*The Essential Frankfurt School Reader*，纽约，1978）中找到。]

24 布莱希特，《三分钱歌剧》（1931）。英文可见约翰·威利特翻译和编辑的《布莱希特论戏剧：一种美学的发展》（纽约，1966），第 48 页。

25 这也是在今天企图将美学建筑在反映概念上碰到困难的原因。这种企图受着资产阶级社会中艺术发展的历史状况，更为精确地说，是由先锋派出现而摹仿艺术"凋谢"的状况的制约。A. 格伦（Gehlen）在他的著作《时代的画面：现代绘画的社会学与美学研究》（法兰克福／波恩，1960）之中试图为现代绘画提供一个社会学解释。但是，格伦所列举的现代绘画发展的社会条件还仅仅是一般性的。除了照相术的发明外，他提到了生活空间的扩大和绘画与自然科学关系的结束（同上书，第 40 页）。

26 "随着第一个真正革命性的复制手段照相术的出现，同时也由于社会主义的兴起，艺术感受到了危机的来临，在一个世纪以后，这一危机就变得更为明显了。同时，艺术以'为艺术而艺术'的原则，即一种艺术的神学来对之作出反应"（本雅明，《机器复制时代的艺术作品》[苏尔坎普文库 28，法兰克福，1963]，第 20 页）。

27 P. 弗朗卡泰尔（Francastel）将他对艺术与技术的研究总结如下：1. "在当代艺术的某些形式的发展与当代社会的科学技术活动所采用的形式之间，并无矛盾之处"；2. "当今艺术的发展服从于一种特殊的审美发展原则"（《19 和

20 世纪的艺术与技术》[参考书目《沉思录》16，1964]，第 221 页）。

28 见阿多诺，《乔治与霍夫曼斯塔尔：1891-1906 年通信集》，载《棱镜：文化批判与社会团体》（慕尼黑：1963），第 190-231 页；以及阿多诺，《作为长官的艺术家》，见阿多诺，《文学笔记》（一），第 173-193 页。

第三章　论资产阶级社会中的艺术自律问题

1 阿多诺，《审美理论》（法兰克福：苏尔坎普，1970），第 9 页。

2 阿多诺，《试论瓦格纳》（慕尼黑/苏黎世，1964），第 88 页。

3 我在这里指的是下列研究：M. 米勒（Müller），《艺术的与物质的生产：论意大利文艺复兴的艺术自律问题》，B. 欣茨（Hinz），《论市民的自律思想的辩证法》，这两篇文章都收入《艺术自律：一个市民社会范畴的形成与批判》（法兰克福：苏尔坎普，1972）。除此以外还有：L. 温克勒（Winckler），《文学市场的形成与功能》，载温克勒，《文化产品的生产：文学与语言社会学论文集》（法兰克福：苏尔坎普，1973），第 12-75 页；B.J. 瓦内克恩（Warneken），《自律与功用及其在资产阶级社会文学中的相互关系》，载《修辞学、美学、意识形态：批判文化学面面观》（斯图加特，1973），第 79-115 页。

4 B. 欣茨，《艺术自律》，第 175 页。在 20 年代，俄国先锋派艺术家阿瓦托夫已经对资产阶级艺术作出了一个类似的阐释："当整个资本主义社会的技术都建立在最高和最新的成就之上，并代表着批量生产技术（工业、无线电、运输、报纸、科学实验室，等等）之时，资产阶级艺术从原则上说仍保留在手工业时代，并由于这个原因而被挤出人类的一般社会实践，而成为与世隔绝的、纯粹美学的领域。……孤独的大师是资本主义社会中仅有的一种艺术家类型，这种类型的'纯'艺术的专门家们在直接功利性的、以机器技术为基础的实践之外工作。这是艺术自身就是目的的错觉产生的原因，所有资产阶级的拜物教都是从这里起源的。"（H. 京特（Günter）与卡拉·希尔舍（Karla Hielscher）编译，《艺术与生产》[慕尼黑：汉斯，1972]，第 11 页）。

5 维尔纳·克劳斯（Krauss），《关于十七世纪古典思想的代表》，载克劳斯，《文学与语言学文集》（法兰克福，1949），第 321-338 页。这篇文章是在奥里克·奥尔巴克的《宫廷与城市》一文（收入奥尔巴克《欧洲文学的戏剧场景》

一书，纽约：Meridian Books，1959)对公众社会学的重要研究的基础上发展起来的。

　　6 阿诺德·豪泽(A.Hauser)，《艺术的社会史》，第 2 卷(纽约：Vintage Books)，第 42 页。

　　7 本雅明，《历史哲学诸问题》，载《启示》，第 256 页。

　　8 当艺术是仪式的一个组成部分时，它是无法控制的，因为它不作为一个独立的领域而存在。这时，作品是仪式的一部分。只有当艺术(相对地)成为自律时，它才可以被控制。艺术的自律同时也是它后来变成他律的前提条件。商品的美学是以自律的艺术为前提条件的。

　　9 见库恩(H.Kuhn)，《美学》，载于《菲舍尔辞典·文学卷》，W.-H. 弗里德里希和 W. 基利(Killy)编(法兰克福，1965)，第 52，53 页。

　　10 同上。

　　11 康德，《判断力批判》。(译者：这里的译文参照了宗白华中译本，商务印书馆 1985 年版。)

　　12 这一因素在康德的论述中比瓦内根(B.Warneken)所揭示的康德论宴会音乐仅仅提供愉悦而不能称之为美(《判断力批判》第 44 节)的观点所表达的反封建因素更为重要(见《自律与功用》，第 85 页)。

　　13 席勒，《审美教育书简》。(译者：译文参考了冯至和范大灿译本，北京大学出版社，1985 年，第 25 页。)

　　14 关于这一点，可参见 R. 瓦宁(Warning)最近发表的文章：《仪式、神话与宗教剧》，载《恐惧与戏剧：神话接受问题》，富尔曼编(Fuhrmann)(慕尼黑,1971)，第 211-239 页。

　　15 黑格尔即已指出，小说是"现代中产阶级的史诗"(《美学》第 2 卷，[柏林／魏玛，1965]，第 452 页)。

　　16 有关艺术在生活实践中的虚假扬弃，可参见哈贝马斯的《公众空间的结构性转变:资产阶级社会的一个范畴研究》(新维德／柏林，1968)，第 18 节，第 176 页以下。

　　17 见比格尔的《瓦莱里自信观念的功能与意义》，载《浪漫主义年鉴》16，(1965)，第 149-168 页。

　　18 关于新先锋派绘画与雕塑的例子可见展览目录《集粹：欧洲先锋派

1950-1970》，G.阿德里亚尼（Adriani）编（图宾根，1973）。亦参见本书第3章第1节关于新先锋派问题的论述。

19 T.查拉（Tzara），《达达主义诗歌的写作》，见查拉《七个达达主义的宣言与灯具作坊》（未注明出版地点，1963），第64页。A.布勒东，《超现实主义宣言》（1924），见《超现实主义宣言》（巴黎，1963），第42页。

20 有关超现实主义的群体纪律和他们所寻求和部分实现了的集体经验，见伊丽莎白·伦克（Elisabeth Lenk），《泉边的纳西瑟斯：布勒东的诗的唯物主义》（慕尼黑，1971），第57、73页。

21 十月革命后，由于社会条件的变化，俄国的先锋主义在将艺术重新融入生活实践方面究竟在什么范围内获得了一定程度的成功，这是值得研究的问题。不管是阿尔瓦托夫还是特雷蒂亚科夫（Tretjakov）都将在资产阶级社会中发展起来的艺术概念正好倒转了过来，将艺术直截了当地定义为社会上有用的活动："将生糙的材料转变为社会上有用的形式所产生的快乐，是与技巧和对合适形式的苦苦追寻联系在一起的——这正是'为一切的艺术'的口号应该表示的意义。"（S.特雷蒂亚科夫，《革命中的艺术与艺术中的革命》，载特雷蒂亚科夫，《作家的劳动》，伯恩克编（汉堡，1971），第13页）。"以在生活的所有领域所共有的技术为基础，充斥于艺术头脑中的是适合的思想。这种适合的思想不是由艺术家在面对材料进行工作时指引着他的主观趣味，而是客观的生产任务决定的。"（B.阿尔瓦托夫，《无产阶级文化体系中的艺术》，载阿尔瓦托夫，《艺术与生产》，第15页）。以先锋派艺术为出发点，以具体的调查为指导，人们还应该讨论作为体制的艺术在社会主义国家的社会中所占据的位置的范围（以及对于艺术主体的种种影响）方面的问题，这与它在资产阶级社会的位置是完全不同的。

22 克丽斯塔·比格尔，《作为意识形态批判的文本分析：当代消遣文学的接受》（法兰克福，1973）。

23 见W.F.豪格（Haug），《商品美学批判》（法兰克福：苏尔坎普，1971）。

第四章　先锋主义的艺术作品

1 R.布勃纳（Bubner），《论当前美学的一些状况》，载《哲学新刊》第5期

（1973），第 49 页。

2 康德美学的出发点不是界定艺术作品，而是界定审美判断。对于这种理论来说，"作品"范畴并不起核心的作用；相反，康德将他对自然中的美的思考也放在其内，这种美不是由人所生产的，因而不具有作品的性质。

3 阿多诺，《现代音乐哲学》（法兰克福／柏林／维也纳，1972），第 33 页。

4 阿多诺，《审美理论》（法兰克福：苏尔坎普，1970），第 235 页。

5 见展览《事物的变形：艺术与反艺术，1910-1970》（布鲁塞尔，1971），该展览曾在布鲁塞尔和其他一些地方展出过。

6 见 M. 达穆斯（Damus）《晚期资本主义时期艺术的功能：60 年代"先锋主义"艺术研究》（法兰克福，1973）。作者企图显示新先锋主义艺术的肯定性的功能。例如："波普艺术……与任何其他更早的艺术相比，似乎与美国的都市生活具有更加密切的联系。这表现在它对物体、色彩和处理方式的选择上。这种艺术中出现了幽默连环画、影星、电椅、浴缸、汽车和车祸、工具和食品等各种东西，它在展览中为宣传而宣传"（第 76 页）。但既然达穆斯没有使用历史上的先锋派运动的概念，他似乎一方面忽视了达达主义与超现实主义的区别，另一方面又忽视了这两个运动与 60 年代的新先锋主义艺术的区别。

7 这种情况的一个例子：在提到布勒东要求诗歌应被付诸实践时，吉塞拉·迪施纳（Gisela Dischner）将具体诗的意图概括如下："但是，具体的艺术作品转向这种乌托邦的状态，即它在具体现实中的扬弃"（引自《具体艺术与社会》一文，载《具体诗：文本＋批评》第 25 期（1970 年 1 月号），第 41 页）。

8 当然，这里所讲的先锋运动的影响并不是没有争议的。在胡戈·弗里德里希（Hugo Friedrich）的《现代抒情诗的结构》这样一部论现代诗歌理论的著作中，达达主义根本就没有提到。仅仅是在该书扩充了的第二版中，才增加了一个年表，其中有这样的评论："1916 年。达达主义在苏黎世创立。"（《现代抒情诗的结构：从 19 世纪中叶到 20 世纪中叶》，第 2 版［汉堡，1968］，第 288 页。）关于超现实主义，作者这样告诉读者："超现实主义者由于其诉诸伪科学的理论的纲领而仅仅对证实一个随着兰波而来的诗学方式感兴趣。相信在无意识的混乱中，人可以无限制地扩大自己的经验；相信在'超现实'的生产中，疯子具有与诗人同样的天才；诗的概念是在无意识中所作的无形式的记录；这些都是该纲领的一部分。它把呕吐——人工催吐——与创造等同起来。从中不可能出第一流的诗。那些被视为超现实主义者的高水平的抒情诗人，例如阿拉贡、艾吕雅等人，很少将他们的诗归功于这一纲领，而是归功于一般风格限制，即从兰波时起，就使用非逻辑的语言来作抒情诗"（同上，第 192 页以下）。在这里，必须说明，现今研究的视角与弗里德里希的视角不同。我所关心的是理解在资产阶级社会中"艺术"现象发展中的重要历史突破，而弗里德里希所关心的是"高质量的诗"。下面的这一点更为重要：采用弗里德里希的结构概念并不能讨论从波德莱尔到贝恩的诗的结构统一的问题，因为这个概念本身是有问题的。与这里有关的不是"结构"这个术语（例如，在上面的引文中，弗里德里希谈到了"风格限制"），也不是由于他对这个术语的用法与结构主义中的用法不同。结构主义中的用法是后来才在德国流行开来的。与这里有关的是，以弗里德里希使用"结构"概念表示完全不同的现象为标志的学术的与科学的方法：诗的技巧（"聚焦的技巧"），主体（例如孤独与害怕），和关于诗人的诗学原理（例如语言魔力）。这些不同领域的统一是在结构概念的帮助下安排而成的。但是，人们仅仅可以谈论将同一层次的范畴放到一起时的结构——这留下了是否先锋派的艺术手法和技术在兰波那里已经得到了完全的发展。这涉及"先驱者"的问题。由于历史说明具有一个叙事的结构，先锋总是只有在事后才被认定。只有在兰波所使用过的一些（不是所有）技巧获得普遍的接受时，他才被认为是先锋派的"先驱"。换句话说，只有通过先锋派，兰波才取得了今天所公认的重要地位。

9 阿多诺所说的现代主义是指从波德莱尔起的艺术。因此这一概念包括了先于先锋主义运动的、先锋主义运动本身的和新先锋派的艺术。我试图将历史上的先锋派运动理解成一种在历史上确定的现象，而阿多诺的出发点是，现代艺术是我们时代仅有的合理的艺术。在构筑一个"现代"与它的对立面的历史时，尧斯将从古代晚期到波德莱尔时代转换的经验史描绘成："文学史与现代性的当下意识，"见尧斯，《作为挑战的文学史》（法兰克福：苏尔坎普，1970），第 11–66 页。

10 阿多诺，《对过去的清理意味着什么？》载阿多诺，《成人教育》，G. 卡德尔巴赫编（法兰克福，1970 年），第 13 页。

11 有关悲喜剧中的"新奇"，见比格尔，《高乃依的早期喜剧以及 1630 年前后的法国戏剧：一个影响美学分析》（法兰克福：1971），第 48–56 页。

12　见尤里·特尼亚诺夫(Yurii Tynjanov),《文学的艺术手法与文学的进化》(法兰克福:苏尔坎普,1967),第 7-60 页,这里特别参见第 21 页。

13　阿多诺,《论传统》,载阿多诺,《没有榜样:Parva 美学》(法兰克福:苏尔坎普,1967),第 33 页。

14　与标志着艺术发展的个人再现手段的经常性变化相反,再现体系的变化(甚至在它延伸较长时期时)是一个历史上具有决定性的事件。P. 弗朗卡斯泰尔(Francastel)对这种再现体系的变化作了研究(《艺术的社会学研究》[巴黎:Bibl.Médiations 74,1970])。在 15 世纪,一种以线性透视和绘画空间的统一组织为特征的再现体系在绘画中发展了起来。在中世纪,人物的尺寸表示他们的重要性不同,自从文艺复兴时起,尺寸则表示依照欧几里得几何而想象的人物在空间的位置。这里所概述的再现体系统治了西方艺术 500 年。在 20 世纪早期,它失去了其强制的有效性。在塞尚那里,线性透视已经不再像在虽已分解了形体和形式的印象主义者那里仍具有的意义。传统的再现体系的普遍有效性被打破了。

15　自觉的新先锋主义者应该寻求通过紧密追随阿多诺的论点而将他们的思想与他们的生产结合起来,这是符合逻辑的。克里斯·贝策尔(Chris Bez-zel),一位具体诗的代表,写了下面一段话:"一位革命的作家不是那种发明了语义-诗学的句子,以此为必要的革命的内容和目标的人,而是那种用诗学的手段去使诗本身革命化,从而成为革命的模式的人……从晚期资产阶级的异化程度来衡量,所创造的来自被压迫现实的艺术的异化,是一个伟大的推动力。审美与现实的异化间不断变宽的鸿沟的作用是辩证的。"(《文学创作与革命》,载《具体诗:文本 + 批评》,第 25 期[1970 年],第 35 页。)阿多诺自己无疑在新先锋主义艺术的"伟大的推动力"这一点上是持有怀疑态度的。在《审美理论》一书,有些段落甚至承认他对这些作品完全矛盾的心理,因而同时也认为可对它们进行批判。

16　E. 克勒(Köhler):《文学的偶然:可能性与必然性》(慕尼黑,1973),第三章,这段引文引自第 81 页。

17　关于作为一种生产-审美范畴的"倾向"的意义,见 P. 比格尔,《法国超现实主义:先锋派文学问题研究》(法兰克福,1971),第 154 页以下。关于以下的论述,见该书对阿拉贡《巴黎的农夫》的分析。

18 阿多诺，《现代音乐哲学》，第 66 页。

19 本雅明，《德国悲剧的起源》（法兰克福，1963），第 174 页。

20 作为阐释布勒东作品的一个工具，我在《法国超现实主义》一书的第十一章使用了本雅明的讽喻概念（见该书的第 174 页）。据我所知，卢卡奇是第一个指出本雅明的讽喻概念对先锋派的艺术品的适用性的（见《现代主义的意识形态》一文，载卢卡奇，《当代现实主义的意义》[伦敦：Merlin Press，1962]，第 40-43 页）。并不仅仅是在《德国悲剧的起源》一书的引言中所提到的表现主义显示了本雅明的研究来源于对理解他自己时代的文学的兴趣。这一观点也被阿斯雅·拉西斯（Asja Lacis）所证实："他也说到，他的研究并不仅仅是一个学术研究，而是与当代文学的现实问题具有直接的联系。他突出地强调，在研究中提到的巴洛克戏剧仅仅是由于它与表现主义相类似而已。他写道，这正是我用这么长的篇幅讨论讽喻、徽号和仪式的原因"（见希尔德加德·布伦纳（Hildegard Brenner）编《职业革命家》[慕尼黑：Hanser，1971]，第 44 页）。

21 关于"文学过程的语义化"问题，见 H. 京特，《文学功能分析》，载入 J. 科尔贝（Kolbe）编《未来德国文学新论》（慕尼黑：汉斯，1973），第 179 页。

22 正如阿拉贡在他的《巴黎的农夫》（1926）中所描画的，超现实主义者自身的行为受着拒绝服从社会秩序限制的原则的支配。由于社会地位的缺乏而造成的行动的实际可能性的丧失，产生出一种空和烦。从超现实主义的视角看，烦并不被看成具有否定性，而被看成是实现超现实主义者所追求的改造日常现实的决定性条件。

23 可惜的是，吉塞拉·斯泰因瓦克斯（Gisela Steinwachs）（《超现实主义的方法论与从文化到自然的回归》[新维德／柏林，1971]，第 71 页）正确地辨认了这种现象，却没有以它来指导一次可以获得对描述性范畴精确了解的研究。

24 卢卡奇，《现实主义辩》，见 F.J. 拉达茨（Raddatz）编《马克思主义与文学：文献集》（汉堡，1969），第 2 卷，第 69 页。（中译文可见《卢卡奇文学论文集》（北京：中国社会科学出版社，1981），第 13 页。该书的译文与这里不完全相同，录以备考："首先对这些联系在思想上加以揭示，在艺术上进行加工，然后并且是不可或缺地把这些抽象出来的联系再在艺术上加以掩盖——把抽象加以扬弃。"——译者）

25 关于电影中的蒙太奇问题，可参见普多夫金（W.Pudowkin）的著作《论蒙太奇》，载 V.K. 维特（Witte）编《电影理论》（法兰克福：苏尔坎普，1972），第 113-130 页；以及爱森斯坦（Eisenstein），《电影的辩证理论》，载 D. 普罗科普（Prokop）编《电影理论资料：美学、社会学、政治学》（慕尼黑，1971），第 65-81 页。

26 例如，可参看毕加索的《小提琴》（1913），瑞士，伯尔尼艺术博物馆。

27《约翰·哈特费尔德文献集》，哈特费尔德工作组编（柏林，1969／70），第 43 与 31 页。

28 为"拼贴"在现代绘画中的使用提供了一个有效的宏观见解的 J. 维斯曼，用下面的语言来描述立体主义的拼贴效果："信号现实"的要素所负载的"使变得抽象的图像符号对于观看者具有可读性"的任务。这一技巧的目的不是传统意义的幻觉主义。"所获得是一种异化，它以一种极精微的形式在艺术与现实的对立之间纵横捭阖"，在这里，所画的与真实的之间的矛盾则"留给观看者去解决"（见《拼贴与从现实到艺术品的结合》，载《内在的美学：审美反思》[慕尼黑，1966]，第 333 页）。成为拼贴观点的出发点的思想是"内在的美学"；而问题则是"将现实结合进艺术品"。在这篇长文中，仅仅只有一页讨论豪斯曼与哈特费尔德的照相蒙太奇。但是，正是由于这些人的作品，将提供一个机会以检验这种观点的正确性，即"将现实结合进艺术"在拼贴中出现了，或者正好相反，拼贴原则强烈地抵制这种结合，以及这种抵抗使得新类型的介入现实的艺术成为可能。关于这一点，见爱森斯坦的思考：

我们不再是在事件的逻辑动作规定的所有可能性之内静态地"反思"一个事件，而是进入到一个新的层面——有意选择的、独立的（在特定的构成之中，并且主题将有影响的行动联系在一道）吸引物的自由蒙太奇——所有都来自建立某种最终的统一效果，这就是吸引物的蒙太奇（《吸引物的蒙太奇》，载《电影感觉》，第 232 页）。

亦参见卡拉·希尔舍（Karla Hielscher）的《无产者崇拜时期的爱森斯坦的戏剧活动（1921-1924）》，载《美学与交流》，第 13 期，第 68 页。

29 见赫塔·韦舍尔（Herta Wescher），《拼贴：一种艺术表现手段的历史》（科伦，1968），第 22 页。作者在这里对布拉克将他的拼贴解释成为了"省去他自己费力的作画过程"作出了解释。E. 罗特斯（E.Roters）概述了拼贴的发展，其中正确地强调了技术的重要性，见《绘画艺术中拼贴的历史发展》，载《拼贴原理》(新维德／柏林，1968)，第 15-41 页。

30 有关阿多诺《启蒙辩证法》一书中的审美理论与历史哲学间的关系，见
Th. 鲍迈斯特(Baumeister)／J. 库伦坎普夫(Kulenkampff)，《历史哲学与哲
学美学：论阿多诺的〈审美理论〉》，载《哲学新刊》第 5 期(1973)，第 74-104 页。

31 E. 布洛克(Bloch)，《这个时代的遗产》，《全集(扩充版)》第 4 卷(法
兰克福，1962)，第 221-228 页。

32 W. 伊泽尔(Iser)曾论述过现代抒情诗中的蒙太奇：《意象与蒙太奇：论
想象的抒情诗与艾略特的〈荒原〉中的形象观念》，载《内在美学与审美反思》
(慕尼黑，1966)，第 361-393 页。从对诗的意象是 "现实的幻觉透视" 的定义
出发(对于人的知觉来说，意象仅仅提供了对象的个别因素)，伊泽尔将蒙太奇
界定为指称同一对象的意象 "并肩而立"(部分重叠)，并将它们的效果确定如
下："意象的蒙太奇摧毁了 '意象' 虚幻的有限性，摆脱了在真正的现象与对它
们的知觉之间的混淆。现实的不可描绘性通过意象的叠合(或相交)，以大量奇
特的景象表现出来。正是由于这种表现的个人性质，它可以被无限地制造"(第
393 页)。现实的不可描画或再现性在这里并不是一种阐释的结果，而被假定为
蒙太奇要揭示的事实。不是研究为什么现实看上去是某种不能描画的东西，该
事实对于阐释者来说是不能最终确立的东西。这一观点使伊泽尔与反映论(摹
仿论)处于正相对立的地位。甚至在传统的抒情诗的意象中，他也发现了现实
主义的幻象("对真正的现象与对它们的知觉形式的混淆")。

33 将纵聚合与横组合的范畴运用到布勒东的《娜佳》之中，是吉塞拉·施
泰因瓦克斯(Gisela Steinwachs)的研究(《超现实主义的神话学》)中最具有说
服力的部分。它的缺点是，在许多情况下，她满足于寻找超现实主义的主题与
各种各样的结构主义的方法间的类比关系，而这种方法的认识价值仍是有问题
的。

34 关于解释的循环，见 H.-G. 加达默尔(Gadamer)，《真理与方法》，第
235 页。关于阐释作品时的整体与部分的辩证法可以退化为一种图式，"它一
次又一次地行使使单个因素的整体的无限权威"，是由 M. 瓦恩克(M.Warnke)提
出的。见瓦恩克，《艺术史的通俗文学中的世界观动机》一文，载瓦恩克编《处
于科学与世界观之间的艺术作品》(居特斯洛，1970)，第 80 页。

35 关于现代主义中的震惊问题，见本雅明富有启发性的评论，尽管其解

释性的价值还有待验证。本雅明，《论波德莱尔著作中的一些母题》，载《启示》（*Illuminations*）（法兰克福，1961），第 201-245 页。

36　参见 R.豪斯曼（Hausmann）所作的自始至终极其生动的叙述，尤其有价值的是其中包括了许多重印的文件。收入 K.里哈（K.Riha）与 G.肯普夫（G.Kämpf）编《达达之初》（斯滕巴赫／吉森，1972）。

37　布莱希特的陌生化理论可以说是最坚定的克服震惊效果的非明确性，并辩证地处理这个问题的尝试。

38　见比格尔，《论方法：辩证的文学科学笔记》，载比格尔，《法国启蒙运动早期研究》（法兰克福：苏尔坎普，1972），第 7-21 页，以及比格尔，《本雅明的"解救的批判"：对批判解释学概要的思考》，载《德国浪漫主义月刊》第 23 期（1973），第 198-210 页。我提议在批判方法的框架中处理形式主义与解释学综合的理论上的问题。

第五章　先锋派与介入

1　见卢卡奇，《当代现实主义的意义》（汉堡，1958）。

2　见阿多诺，《强制的和解：论卢卡奇〈当代现实主义的意义〉》"，载阿多诺，《文学笔记》第一卷（法兰克福：苏尔坎普，1963），152-187 页。

3　黑格尔，《美学》（柏林／魏玛，1965）。

4　参见本书"结束语"。

5　卢卡奇的先锋派理论中的两个因素，即先锋派艺术起源的历史必然性，以及从审美的角度对它的反对，也表现在《叙述与描绘》一文之中。见阿瑟·卡恩（Arthur D.Kahn）编译的《作家与批评家及其他》（纽约：Grosset and Dunlap, 1970），第 110-148 页。卢卡奇将在功能上从属于巴尔扎克作品整体的描绘，与福楼拜与左拉对这种描绘的处理进行了对比。他将此称之为"社会发展的产品"。但他也批评它说："必然性也可能是人为的虚伪、扭曲和腐败的必然性。"

6　见卢卡奇，《当代现实主义的意义》（伦敦，1962）。

7　阿多诺承认艺术中的技术进步概念似乎是使人惊讶的。他在与霍克海默合著的著作（《启蒙辩证法》[Herder & Herder, 1972]中，揭示了技术进步的极端困难之处：尽管技术进步为人的更有价值的存在提供了可能性，但这却绝不是技术进步的不可避免的后果。由于阿多诺将工业技术与艺术技巧分开，形成了人们对它们的不同的态度。见 B. 林德纳（B.Lindner）的《布莱希特、本雅明、阿多诺：论科学技术时代艺术生产的变化》一文，载 H.L. 阿诺德编《布莱希特》第 1 卷，（慕尼黑《文本＋批评》系列丛书，1972），第 14-36 页。但人们当然不能责备批判理论将"经济生产关系与生产力的技术结构"等同起来（林德纳，第 27 页）。批判理论反映了这样一种历史经验，即日益展开的生产力并不必然会打破生产关系，相反，它很可能被用来成为对人控制的手段。"这个时代的特征就在于生产关系对于长期嘲弄这种关系的生产力的压倒优势。"（见阿多诺，《晚期资本主义还是工业联合会？》，斯图亚特，1969，第 20 页。）

8 "艺术在现实中发现自身，在现实中拥有功能，并且享有一种与现实的多方面的关系。这并不改变这样一种事实：艺术，就这个概念本身而言，是与真实相反的"（阿多诺，《强迫和解》，见《笔记》，第 163 页）。这句话准确地说明了阿多诺与绝大多数欧洲先锋派运动的彻底目标间的距离：维系艺术的自律。

9 关于功能分析，见本书第一章。

10 阿多诺对他自己的《试论瓦格纳》（1952）一书的自我介绍。《时代》（Die Zeit）第 9 期（1964 年 10 月）重印，见该刊第 23 页。

11 在《审美理论》中，阿多诺试图给予布莱希特一个适当的评判和估价，但这并不改变这一事实，即阿多诺的理论没有给像布莱希特这样的作家留下任何位置。

12 见布莱希特，《强调运动》，收入约翰·威利特（John Willett）编辑并翻译的《布莱希特论戏剧：一种美学的发展》（纽约：Hill and Wang，1966），第 48 页。

13 见布莱希特的《放射理论》，载《论文学与艺术》第 1 卷（柏林／魏玛，1966），第 125-147 页；本雅明的《作为生产者的作者》，载《论布莱希特》（法兰克福，1966），第 95-116 页；以及本雅明《机器复制时代的艺术作品》（法兰克福，1963），第 7-63 页。

14 这方面的一个例子是 H.M. 恩岑斯贝格尔（Enzensberger）的《媒体理论的构成》，载《时间表》（Kursbuch）第 20 期（1970），第 159-186 页。重印于恩岑斯贝格尔《闲话集》（Palaver）（法兰克福／缅因，1974）。

15 从这个观点看，我过去对阿拉贡的《巴黎的堕落》中开头几页的阐释似乎值得重新考虑。我曾说，当有关被剥夺的商人的悲惨状况的记录被估价时，这本书中所描述的"不再与某种其他的东西具有功能上的联系……而只与故事的主题有联系"（比格尔，《法国超现实主义》，第 104 页）没有得到充分考虑（第 109 页）。先锋主义作品不再以一个原理为核心，而是同时将许多不同的方法放在一起。社会谴责与一种事物终极感被并排放在一起，而并没有像有机的艺术作品一样，坚持其中的一个因素占据着统治地位。

16 非有机的作品使阐释关于介入可能性的问题成为可能。那些常常针对介入的艺术批评并没有认识到这一点。这些批评针对的问题仍像是在有机作品中决定政治内容的位置的问题。换句话说，批评者没有注意到由于历史上的先锋主义运动而形成的问题的转换。

17 布莱希特，《工作日记》，W. 黑希特（Hecht）编（法兰克福，1973），第 140 页；1940 年 8 月 3 日条。

18 P. 松迪（Szondi），《黑格尔的文学思想》，载松迪《政治学与历史哲学》（法兰克福：苏尔坎普，1974），第 305 页。

19 黑格尔，《美学》第一卷，德文版第 570 页。

20 如果说对于希腊人来说，"个人直接与政治的普遍性结合"成为特征的话，那么，"对高一级的主体本身自由的需要"是在苏格拉底那里开始觉醒的，这一需要在基督教那里占据了统治地位。请参见黑格尔在《历史哲学讲演录》中对苏格拉底的评述（两段引文均引自《美学》德文版第 570 页）。

21 见 W. 厄尔米勒（Oelmüller），《永不满足的探索：莱辛、康德和黑格尔对一种现代理论的贡献》（法兰克福：苏尔坎普，1969），第 240–264 页。

22 见阿多诺，《德国社会学记事》第 17 页。

德文第二版后记

1 特别参见，W.M. 吕德克（Lüdke）编《"先锋派理论"：从艺术与资产阶级社会关系的角度回应比格尔的规定》（法兰克福：苏尔坎普，1976），以下简称为《回应》。

2 这一组问题并不局限于联邦德国，而至少在西欧范围内，可以从一些法国研究中看到同样的问题，并部分倾向于相应的解决。见 M. 勒博（Le Bot），

《动物与机械》(巴黎，1973)；M. 迪弗雷纳(Dufrenne)，《艺术与政治》(巴黎，1974)；J. 迪布瓦(Dubois)，《文学体制》(布鲁塞尔，1978)。

3 见比格尔，《中介–接受–功能：审美理论与文学研究方法》，尤其是前言中的注释。这本书试图在本书所勾画的立场框架内对文学学术的方法论问题进行讨论。

4 汉斯·桑德斯(Hans Sanders)，《小说的文学与理论体制》(法兰克福，苏尔坎普)。另参见贡布雷希特(H.U.Gumbrecht)对该书的评论，"作者在将艺术史与其他社会体系孤立开来方面走得太远了一点"(《诗学》(Poetica)第 7期，第 229 页)。

5 见 J. 克拉夫特(Kraft)，《文学教学的基本问题》(海德堡，1977)，第 173 页。

6 H. 克劳斯(Krauss)，《四十年法兰西文学中的自律地位的倒退》，收入 R. 克勒普弗(Kloepfer)编《罗马语系中的教育与训练》第 1 卷(慕尼黑，1979)。

7 格哈德·格贝尔(Goebel)，《"文学"与解释》，提交给于 1979 年 10 月在萨尔布吕肯召开的"文学与社会学"讨论会的论文。

8 布尔迪厄在指出需要市场来创造艺术自律原理存在的前提条件时，也坚持自律地位与自律原理间的联系(《社会学年鉴》22 期〔1971 / 72〕，第 49-126 页)。

9 左拉，《实验小说》(巴黎，1971)，第 191 页。

10 参见《自然主义与唯美主义》一书中我的文章以及汉斯·桑德斯的文章(法兰克福：苏尔坎普，1979)。

11 可以看出，从 1840 年起，当文学成为高级文科中学的一个学科时，自律文艺的概念成为文学观念的标志。(见 Ch. 比格尔，《"高等的"与"普及的"教育的两分》，载《高中与德语课程》，舍费尔(R.Schäfer)编〔慕尼黑，1979〕，第 74-102 页。

12 亦请参见约亨·舒尔特-扎塞编《阐释与文学史上的社团》(法兰克福，苏尔坎普，1980)。

13 布克哈特·林德纳，《作为艺术的文学学的自律》，载《让-保罗-格塞尔沙夫特年鉴：1975》，第 85-107 页。

书　目

(仅包括涉及本项研究主题的著作)

Adorno, Th. W.: *Ästhetische Theorie*, hrsg. v. Gretel Adorno/R.
Tiedemann (*Gesammelte Schriften, 7*). Frankfurt 1970
— *Der Artist als Statthalter*, in: ders., *Noten zur Literatur I* (Bibl.
Suhrkamp, 47). 10.-13. Taus. Frankfurt 1970, S. 173-193
— *Einleitungsvortrag zum 16. deutschen Soziologentag*, in: *Verhand-
lungen des 16. deutschen Soziologentages* [...]. *Spätkapitalismus
oder Industriegesellschaft?* hrsg. v. Th. W. Adorno. Stuttgart 1969,
S. 12-26
— *Erpreßte Versöhnung. Zu Georg Lukács:* ›*Wider den mißverstande-
nen Realismus*‹, in: ders., *Noten zur Literatur II* (Bibl. Suhrkamp,
71). 6.-8. Taus. Frankfurt 1963, S. 152-187
— *Über den Fetischcharakter in der Musik und die Regression des
Hörens*, in: ders., *Dissonanzen. Musik in der verwalteten Welt*
(Kleine Vandenhoeck-Reihe, 28/29/29a). ⁴Göttingen 1969, S. 9-45
— *George und Hofmannsthal. Zum Briefwechsel: 1891-1906*, in:
ders., *Prismen. Kulturkritik und Gesellschaft* (dtv, 159). ²München
1963, S. 190-231
— *Philosophie der neuen Musik* (Ullstein Buch, 2866). ²Frank-
furt/Berlin/Wien 1972
— *Rückblickend auf den Surrealismus*, in: ders., *Noten zur Literatur
I*, S. 153-160
— *Thesen über Tradition*, in: ders., *Ohne Leitbild. Parva Aesthetica*
(ed. suhrkamp, 201). Frankfurt 1967, S. 29-41
— *Versuch über Wagner* (Knaur, 54). ²München/Zürich 1964
— *Über Walter Benjamin*, hrsg. v. R. Tiedemann (ed. suhrkamp, 260).
Frankfurt 1970
Althusser, L./Balibar, E.: *Lire le Capital I* (Petite Collection Maspero,
30). Paris 1969
Arvatov, B.: *Kunst und Produktion*, hrsg. und übers. v. H.
Günther/Karla Hielscher (Reihe Hanser, 87). München 1972
Baumeister, Th./Kulenkampff, J.: *Geschichtsphilosophie und philoso-
phische Ästhetik. Zu Adornos* ›*Ästhetischer Theorie*‹, in: *Neue
Hefte für Philosophie*, Nr. 5 (1973), 74-104
Benjamin, W.: *Geschichtsphilosophische Thesen*, in: ders., *Illumina-
tionen. Ausgewählte Schriften* [1], hrsg. v. S. Unseld. Frankfurt
1961, S. 268-281
— *Das Kunstwerk im Zeitalter seiner technischen Reproduzierbarkeit*
(ed. suhrkamp, 28). Frankfurt 1963, S. 7-63
— *Über einige Motive bei Baudelaire*, in: ders., *Illuminationen*, S. 201ff.

— *Der Sürrealismus. Die letzte Momentaufnahme der europäischen Intelligenz*, in: ders., *Angelus Novus. Ausgewählte Schriften* 2. Frankfurt 1966, S. 200-215

— *Ursprung des deutschen Trauerspiels*, hrsg. v. R. Tiedemann. Frankfurt 1963

Bezzel, Ch.: *Dichtung und Revolution*, in: *Konkrete Poesie. Text + Kritik*, Nr. 25 (Jan. 1970), S. 35 f.

Bloch, E.: *Erbschaft dieser Zeit*. Erweiterte Ausgabe (Gesamtausgabe, 4). Frankfurt 1962

Bohrer, K. H.: *Surrealismus und Terror oder die Aporien des Justemilieu*, in: ders., *Die gefährdete Phantasie, oder Surrealismus und Terror* (Reihe Hanser, 40). München 1970, S. 32-61

Brecht, B.: *Arbeitsjournal*, hrsg. v. W. Hecht. 3 Bde, Frankfurt 1973

— *Der Dreigroschenprozeß* (1931), in: ders., *Schriften zur Literatur und Kunst*, hrsg. v. W. Hecht. Bd. I, Berlin/Weimar 1966, S. 151-257

— *Radiotheorie 1927-1932* in: ders., *Schriften zur Literatur und Kunst*, Bd. I, S. 127-147

— *Mehr guten Sport!* (1926), in: ders., *Schriften zum Theater*, Bd. I, Berlin/Weimar 1964, S. 64-69

Bredekamp, H.: *Autonomie und Askese*, in: *Autonomie der Kunst. Zur Genese und Kritik einer bürgerlichen Kategorie* (ed. suhrkamp, 592). Frankfurt 1972, S. 88-172

Breton, A.: *Manifeste du surréalisme*]1924], in: ders., *Manifestes du surréalisme* (Coll. Idées, 23). Paris 1963, S. 11-64

Bubner, R.: *Über einige Bedingungen gegenwärtiger Ästhetik*, in: *Neue Hefte für Philosophie*, Nr. 5 (1973), S. 38-73

Bürger, Ch.: *Textanalyse als Ideologiekritik. Zur Rezeption zeitgenössischer Unterhaltungsliteratur* (Kritische Literaturwissenschaft, 1; FAT, 2063). Frankfurt 1973

Bürger, P.: *Zur ästhetisierenden Wirklichkeitsdarstellung bei Proust, Valéry und Sartre*, in: ders. (Hrsg.), *Vom Ästhetizismus zum Nouveau Roman. Versuche kritischer Literaturwissenschaft.* Frankfurt 1974

— *Der französische Surrealismus. Studien zum Problem der avantgardistischen Literatur.* Frankfurt 1971

— *Funktion und Bedeutung des ›orgueil‹ bei Paul Valéry*, in: *Romanistisches Jahrbuch* 16 (1965), S. 149-168

— *Ideologiekritik und Literaturwissenschaft*, in: ders. (Hrsg.), *Vom Ästhetizismus zum Nouveau Roman*

— *Zur Methode. Notizen zu einer dialektischen Literaturwissenschaft*, in: ders., *Studien zur französischen Frühaufklärung* (ed. suhrkamp, 525). Frankfurt 1972, S. 7-21

— *Benjamins ›Rettende Kritik‹. Vorüberlegungen zum Entwurf einer kritischen Hermeneutik*, in: *Germanisch-Romanische Monats-schrift* N.F. 23 (1973), S. 198-210

Chvatik, K.: *Strukturalismus und Avantgarde* (Reihe Hanser, 48). München 1970

Damus, M.: *Funktionen der bildenden Kunst im Spätkapitalismus. Untersucht anhand der ›avantgardistischen‹ Kunst der sechziger Jahre* (Fischer Taschenbuch, 6194). Frankfurt 1973

Dischner, G.: *Konkrete Kunst und Gesellschaft*, in: *Konkrete Poesie. Text + Kritik*, Nr. 25 (Jan. 1970), S. 37-41

Eisenstein, S.: *Dialektische Theorie des Films*, in: D. Prokop (Hrsg.), *Materialien zur Theorie des Films. Ästhetik, Soziologie, Politik.* München 1971, S. 65-81

— *Die Montage der Attraktionen* [...], in: *Ästhetik und Kommunikation*, Nr. 13 (Dez. 1973), S. 76-78

Enzensberger, H. M.: *Die Aporien der Avantgarde*, in: ders., *Einzelheiten II. Poesie und Politik* (ed. suhrkamp, 87). Frankfurt o. J., S. 50-80

— *Baukasten zu einer Theorie der Medien*, in: *Kursbuch*, Nr. 20 (1970), S. 159-186

Erlich, V.: *Russischer Formalismus* (suhrkamp taschenbuch wissenschaft, 21). [2]Frankfurt 1973

Francastel, P.: *Art et technique aux XIXe et XXe siècles* (Bibl. Médiations, 16). o. O. [2]1964

— *Etudes de sociologie de l'art* (Bibl. Médiations, 74). Paris 1970

Friedrich, H.: *Die Struktur der modernen Lyrik* [...] (rowohlts deutsche enzyklopädie, 25/26/26a). [2]Hamburg 1968

Gadamer, H.-G.: *Wahrheit und Methode. Grundzüge einer philosophischen Hermeneutik.* [2]Tübingen 1965

Gehlen, A.: *Zeit-Bilder. Zur Soziologie und Ästhetik der modernen Malerei.* Frankfurt/Bonn 1960

Günther, H.: *Funktionsanalyse der Literatur*, in: *Neue Ansichten einer künftigen Germanistik*, hrsg. v. J. Kolbe (Reihe Hanser, 122). München 1973, S. 174-184

Habermas, J.: *Bewußtmachende oder rettende Kritik – die Aktualität Walter Benjamins*, in: *Zur Aktualität Walter Benjamins* [...], hrsg. v. S. Unseld (suhrkamp taschenbuch, 150). Frankfurt 1972, S. 173-223

— *Legitimationsprobleme im Spätkapitalismus* (ed. suhrkamp, 623). Frankfurt 1973

— *Zur Logik der Sozialwissenschaften. Materialien* (ed. suhrkamp, 481). Frankfurt 1970

— *Strukturwandel der Öffentlichkeit. Untersuchungen zu einer Kategorie der bürgerlichen Gesellschaft* (Politica, 4). [3]Neuwied/Berlin 1968

John Heartfield Dokumentation, hrsg. von der Arbeitsgruppe Heart-field. Berlin (Neue Gesellschaft für bildende Kunst) 1969/70

Haug, W. F.: *Kritik der Warenästhetik* (ed. suhrkamp, 513). Frank-furt 1971

Hauser, A.: *Sozialgeschichte der Kunst und Literatur* (Sonderausgabe in einem Band). ²München 1967

Hausmann, R.: *Am Anfang war Dada*, hrsg. v. K. Riha/G. Kämpf. Steinbach/Gießen 1972

Hegel, G. W. F.: *Ästhetik*, hrsg. v. F. Bassenge. ²Berlin/Weimar 1962

Hielscher, K.: *S. M. Eisensteins Theaterarbeit beim Moskauer Prolet-kult (1921-1924)*, in: *Ästhetik und Kommunikation*, Nr. 13 (Dez. 1973), S. 64-75

Hinz, B.: *Zur Dialektik des bürgerlichen Autonomie-Begriffs*, in: *Autonomie der Kunst*, S. 173-198

Horkheimer, M.: *Traditionelle und kritische Theorie. Vier Aufsätze* (Fischer Bücherei, 6015). Frankfurt 1970

Horkheimer, M./Adorno, Th. W.: *Dialektik der Aufklärung* [...]. Amsterdam (1947)

Iser, W.: *Image und Montage. Zur Bildkonzeption in der imagisti-schen Lyrik und in T. S. Eliots ›Waste Land‹*, in: *Immanente Ästhe-tik, Ästhetische Reflexion* [...] (Poetik und Hermeneutik, 2). München 1966, S. 361-393

Jauß, H. R.: *Literaturgeschichte als Provokation* (ed. suhrkamp, 418). Frankfurt 1970

Jens, W.: *Statt einer Literaturgeschichte*. ⁵Pfullingen 1962

Kant, I.: *Kritik der Urteilskraft*, in: ders., *Werke in zehn Bänden*, hrsg. v. W. Weischedel. Darmstadt 1968, Bd. 8

Köhler, E.: *Der literarische Zufall, das Mögliche und die Notwendig-keit*. München 1973

Lachmann, R.: *Die ›Verfremdung‹ und das ›neue Sehen‹ bei Victor Šklovskij*, in: *Poetica* 3 (1970), 226-249

Lenk, E.: *Der springende Narziß. André Bretons poetischer Materia-lismus.* München 1971

Lethen, H.: *Neue Sachlichkeit 1924-1932* [...]. Stuttgart 1970

Lindner, B.: Brecht/Benjamin/Adorno. *Über Veränderungen der Kunstproduktion im wissenschaftlich-technischen Zeitalter*, in: *Bertolt Brecht I*, hrsg. v. H. L. Arnold (Sonderband der Reihe *Text + Kritik*). München 1972, S. 14-36

– *›Natur-Geschichte‹ – Geschichtsphilosophie und Welterfahrung in Benjamins Schriften*, in: *Text + Kritik*, Nr. 31/32 (Okt. 1971) S. 41-58

Lukács, G.: *Erzählen oder Beschreiben? Zur Diskussion über Natura-lismus und Formalismus*, in: *Begriffsbestimmung des literarischen Realismus*, hrsg. v. R. Brinkmann (Wege der Forschung, 212).

Darmstadt 1969, S. 33-85
— *Geschichte und Klassenbewußtsein. Studien über marxistische Dialektik* (Schwarze Reihe, 2). Amsterdam 1967 (fotomechanischer Neudruck der Originalausgabe von 1923)
— *Wider den mißverstandenen Realismus.* Hamburg 1958
— *Es geht um den Realismus,* in: *Marxismus und Literatur. Eine Dokumentation,* hrsg. v. F. J. Raddatz. Bd. II, Reinbek bei Hamburg 1969, S. 60-86
Marcuse, H.: *Über den affirmativen Charakter der Kultur,* in: ders., *Kultur und Gesellschaft 1* (ed. suhrkamp, 101). Frankfurt 1965, S. 56-101
— *Konterrevolution und Revolte* (ed. suhrkamp, 591). Frankfurt 1973
Marx, K.: *Grundrisse der Kritik der politischen Ökonomie.* Frankfurt/Wien o. J. (fotomechanischer Nachdruck der Moskauer Ausgabe von 1939/41)
— *Zur Kritik der Hegelschen Rechtsphilosophie. Einleitung,* in: Marx-Engels, *Studienausgabe,* hrsg. v. I. Fetscher. Bd. I (Fischer Bücherei, 764). Frankfurt 1966, S. 17-30
Mattenklott, G.: *Bilderdienst. Ästhetische Opposition bei Beardsley und George.* München 1970
Müller, M.: *Künstlerische und materielle Produktion. Zur Autonomie der Kunst in der italienischen Renaissance,* in: *Autonomie der Kunst,* S. 9-87
Oelmüller, W.: *Die unbefriedigte Aufklärung. Beiträge zu einer Theorie der Moderne von Lessing, Kant und Hegel.* Frankfurt 1969
Plessner, H.: *Über die gesellschaftlichen Bedingungen der modernen Malerei,* in: ders., *Diesseits der Utopie. Ausgewählte Beiträge zur Kultursoziologie* (suhrkamp taschenbuch, 148). [2]Frankfurt 1974, S. 103-120
Pomorska, K.: *Russian Formalist Theory and its Poetic Ambiance* (Slavistic Printings and Reprintings, 82). The Hague/Paris 1968
Pudowkin, W.: *Über die Montage,* in: *Theorie des Kinos,* hrsg. v. K. Witte (ed. suhrkamp, 557). Frankfurt 1972, S. 113-130
Roters, E.: *Die historische Entwicklung der Collage in der bildenden Kunst,* in: *Prinzip Collage.* Neuwied/Berlin 1968, S. 15-41
Schiller, F.: *Über die ästhetische Erziehung des Menschen* [. . .], in: ders., *Sämtliche Werke,* hrsg. v. G. Fricke/G. H. Göpfert. Bd. V, [4]München 1967, S. 570-669
Schneede, U. M.: *René Magritte. Leben und Werk* (dumont kunsttaschenbücher, 4), Köln 1973
Seeba, H. C.: *Kritik des ästhetischen Menschen. Hermeneutik und Moral in Hofmannsthals ›Der Tor und der Tod‹.* Bad Homburg/Berlin/Zürich 1970
Šklovskij, V.: *Die Kunst als Verfahren,* in: *Texte der russischen*

Formalisten. Bd. I, hrsg. v. J. Striedter (Theorie und Geschichte der Literatur und der schönen Künste, 6/I). München 1969, S. 3-35

Steinwachs, G.: *Mythologie des Surrealismus oder die Rückverwandlung von Kultur in Natur. Eine strukturale Analyse von Bretons ›Nadja‹* (Sammlung Luchterhand, 40; collection alternative, 3) Neuwied/Berlin 1970

Szondi, P.: *Hegels Lehre von der Dichtung*, in: ders., *Poetik und Geschichtsphilosophie I* [...] (suhrkamp taschenbuch wissenschaft, 40). Frankfurt 1974, S. 267-511

Tiedemann, R.: *Studien zur Philosophie Walter Benjamins* (Frankfurter Beiträge zur Soziologie, 16). Frankfurt 1965

Tomberg, F.: *Politische Ästhetik. Vorträge und Aufsätze* (Sammlung Luchterhand, 104). Darmstadt/Neuwied 1973

Tretjakov, S.: *Die Arbeit des Schriftstellers* [...], hrsg. v. H. Boehncke (das neue buch, 3). Reinbek bei Hamburg 1972

Tynjanov, J.: *Die literarischen Kunstmittel und die Evolution in der Literatur* (ed. suhrkamp, 197). Frankfurt 1967

Tzara, T.: *Lampisteries précedées des sept manifestes dada* [...], o. O. 1963

Warneken, B. J.: *Autonomie und Indienstnahme. Zu ihrer Beziehung in der Literatur der bürgerlichen Gesellschaft*, in: *Rhetorik, Ästhetik, Ideologie. Aspekte einer kritischen Kulturwissenschaft*. Stuttgart 1973, S. 79-115

Wescher, H.: *Die Collage. Geschichte eines künstlerischen Ausdrucksmittels*. Köln 1968

Winckler, L.: *Kulturwarenproduktion. Aufsätze zur Literatur- und Sprachsoziologie* (ed. suhrkamp, 628). Frankfurt 1973

Wissmann, J.: *Collagen oder die Integration von Realität im Kunstwerk*, in: *Immanente Ästhetik. Ästhetische Reflexion*, S. 327-360

译 者 后 记

在翻译本书之前，我曾零星地接触过彼得·比格尔的名字。他曾为《美学百科全书》（牛津大学出版社 1998 年版）写过两个词条，一条是"自律的批判"，另一条是"先锋派"。从这两个词条，我感到，这位学者将精力用来做一件很重要的工作：批判自康德以来占据着统治地位的艺术自律观念，说明先锋派运动的历史意义。后来，在哈贝马斯那篇著名的讲演"现代性——一个未完成的工程"中，我又再次读到比格尔的名字。哈贝马斯对比格尔提出的"后先锋派"概念及其所可能具有的含义表示关注。

前年秋天，国际美学协会主席阿列西·艾尔雅维奇来访。我和他去司马台，我们一边登长城一边谈比格尔。他的意见是，这本《先锋派理论》是当今西方世界讨论先锋派艺术影响最大的一本书，但还不够全面。他回去后还特地给我另寄一本书来，说那可以补充这本书的论述。我知道他的意思，比格尔主要讲的是西方国家的先锋派，而艾尔雅维奇所关注的，则是原社会主义阵营国家在经济、政治方面发生变化后的先锋派现象。如此说来，比格尔的书完成了自己的任务，剩下的事不应由比格尔去做，而应由我们去做了。

近年来，中国人在先锋主义艺术方面的动作多，议论也多，但理论探讨似乎还有欠缺。做一些这方面的基础理论工作，很重要，也有实践意义。希望《先锋派理论》的翻译能助其一臂之力。在这方面做一些事，对在 20 世纪席卷全球的大的艺术潮流有一些了解，会有助于我们对自身以及正在我们身边发生的事的认识。

本书依据德国苏尔坎普出版社 1980 年第二版译出，并参照了迈克尔·肖（Michael Shaw）的英译本。英译本由于在翻译时还依据了本书作者收入《中介-接受-功能》一书中的两篇文章："先锋派理论与文学理论"（作为英译本引言）和"解释学-意识形态批判-功能分析"（作为英译本第一章），故在内容和体例上与德文本略有不同。这样做也许会方便非德语读者更全面地了解作者的思想。另外，约亨·舒尔特-扎塞为该书写了一篇非常好的英译本序言，我读后觉得会对读者有所帮助，于是将它放在书前。

这是我与商务印书馆的第一次合作。为商务译一本经典的书是我多年的愿望。我不知道现在这本书是否算得上"经典"，因为它是被列入一套丛书，作为"新潮"来组织出版的。这本书在西方已经逐步迈入"经典"的行列了。我相信，随着时间的推移，它在中国也会变成经典。

感谢周宪和徐奕春先生将这本书列入选题，这是件需要眼光的事；感谢何世鲁先生精心编辑译文；也感谢所有为这本书的翻译和出版提供过帮助的朋友们。

高　建　平

2001 年 7 月 30 日

图书在版编目(CIP)数据

先锋派理论 /(德)彼得·比格尔著;高建平译. —
北京:商务印书馆,2024
(现代性研究译丛)
ISBN 978-7-100-23097-1

Ⅰ.①先⋯ Ⅱ.①彼⋯ ②高⋯ Ⅲ.①先锋派—
文艺理论—研究 Ⅳ.① I109.9

中国国家版本馆 CIP 数据核字(2023)第 193443 号

现代性研究译丛
先锋派理论
〔德〕彼得·比格尔 著
高建平 译

商 务 印 书 馆 出 版
(北京王府井大街 36 号 邮政编码 100710)
商 务 印 书 馆 发 行
北京市白帆印务有限公司印刷
ISBN 978-7-100-23097-1

2024 年 3 月第 1 版 开本 880×1230 1/32
2024 年 3 月北京第 1 次印刷 印张 7
定价:45.00 元